Hildgunde Artmeier

DRACHEN-FRAU

Inhalt

Ein Mann wird in seiner Wohnung in Regensburg grausam ermordet. Die Situation am Tatort deutet auf einen Lustmord hin. Der Tote ist an sein Bett gekettet, die Pulsadern sind aufgeschnitten und die Tatwaffe liegt ein paar Meter vom Opfer entfernt – neben einer Peitsche …

Lilian Graf, die toughe Kommissarin und ihr Kollege stehen zunächst vor einem Rätsel. Wer ist die unbekannte Frau im schwarzen Lackmantel? Hat Sie etwas mit dem Mord zu tun? Und was ist mit der seltsamen Thea? Auch die Firma BioMed gibt Rätsel auf.

Und dann gerät Lilians Privatleben auch noch ins Wanken, als sie überraschend ihrer großen Liebe begegnet und die alten Gefühle wieder aufflammen.

Krimi im Gmeiner-Verlag:
die mit dem besonderen Pfiff.

Hildegunde Artmeier lebt mit ihrer Familie in einemkleinen Ort bei Regensburg. Ihre Leidenschaft für anspruchsvolle Kriminalliteratur ist in jeder Zeile ihres überaus gelungenen Krimidebüts »Drachenfrau« zu spüren.

Hildgunde Artmeier

DRACHEN-FRAU

Kriminalroman

KRIMI IM GMEINER-VERLAG

Bibliografische Information
Der Deutschen Bibliothek
Die Deutsche Bibliothek verzeichnet diese
Publikation in der Deutschen Nationalbibliografie;
detaillierte bibliografische Daten sind im Internet über
http://dnb.ddb.de abrufbar.

Besuchen Sie uns im Internet:
www.gmeiner-verlag.de

Im Ehnried 5, 88605 Meßkirch
Telefon 07575/2095-0
info@gmeiner-verlag.de

1. Auflage 2004

Lektorat: Claudia Senghaas, Kirchardt
Umschlaggestaltung: U.O.R.G. Lutz Eberle, Stuttgart
Gesetzt aus der 10/14 Punkt GV Garamond
Druck: Druckerei C. H. Beck, Nördlingen
Printed in Germany
ISBN 3-89977-610-0

Für Herbert und die Freiheit der Gedanken

Tempus vincit omnia …
(Lateinische Weisheit)

KAPITEL 1

Sofort nach dem ersten Klingelzeichen öffnete er die Tür. »Bin gespannt, was du heute vorhast«, sagte er ohne Begrüßung, fasste sie am Arm und zog sie in die Wohnung. Die Tür fiel ins Schloss.

Als er sie an die Wand drängen und küssen wollte, drückte sie ihn von sich weg. »Lass dir Zeit. Heute habe ich was Besonderes vor. Es wird dir gefallen.«

Mit einem geheimnisvollen Lächeln schob sie sich an ihm vorbei und ging von der Diele ins Wohnzimmer. Auf dem Couchtisch stand eine Champagnerflasche in einem mit Eis gefüllten Sektkühler. Er hatte bereits zwei Sektgläser mit der prickelnden Flüssigkeit gefüllt. Doch anstatt sich eines der Gläser zu nehmen, knöpfte sie langsam ihren schwarzen Lackmantel auf und ließ ihn über die Schultern zu Boden gleiten. Es raubte ihm fast den Atem, als er sah, was darunter zum Vorschein kam. Sie war ganz in Schwarz gekleidet. Ihren schlanken Hals zierte ein breites, eng anliegendes Lederband. Ein knappes Satinmieder verbarg ihre vollen Brüste im genau richtigen Maße. Das gefiel ihm mehr als jedes bloße Zur-Schau-Stellen. Ihre Beine steckten in hauchzarten Strümpfen, die fast nachlässig an den Strapsen des Mieders befestigt waren. Am aufregendsten aber fand er die hochhackigen Lackpumps und die Satinhandschuhe, die ihr bis zu den Oberarmen reichten. Das roch nach purer Verheißung. Ihre Haare waren streng nach hinten gekämmt und kaum zu sehen. Nur ein leichtes Schimmern durch die Maschen eines Haarnetzes. Kein Schmuck, wenig Schminke an den Augen. Nur ihr sinnlicher Mund leuchtete ihm in einem erregenden Blutrot entgegen.

Sie sah so anders aus. War das die Frau, die er kannte? Ein anerkennendes Lächeln huschte über sein Gesicht. Als er langsam auf sie zuging, begann er, sein Hemd aufzuknöpfen. Aber sie trat dicht an ihn heran, schob seine Finger weg und machte das Hemd zu. Ihre verführerischen Lippen näherten sich seinem Mund. Bevor sie ihn berührten, glitten sie weiter über seine rechte Wange, nur wenige Millimeter darüber. Bis zum Ohr. »Nicht so schnell! Erst kommt unser Spiel.«

Ihre Stimme war kaum mehr als ein Hauch.

Abrupt wandte sie sich ab und ging zielstrebig ins Schlafzimmer, das neben dem Wohnzimmer lag. Die Rollos waren heruntergelassen. Nur eine kleine Nachttischlampe war angeknipst. Er folgte ihr langsam, fasziniert von dieser unerwarteten Verwandlung. Zwar spürte er, wie seine Hose schon zu eng wurde und er hätte sich am liebsten ohne weiteres Vorspiel auf sie gestürzt. Doch ihr heutiges Verhalten reizte ihn mehr als der Gedanke an eine überstürzte Nummer und seine sonst übliche Rolle dabei.

»Hast du alles dabei, so wie wir es besprochen hatten?« fragte sie beiläufig.

Ihr Ton war geschäftsmäßig.

Auch der war neu. Sie wirkte so distanziert und überlegen. Keine Spur von angespannter Erwartung, wie sonst. Das machte ihn an. Er wollte wissen, was dahinter steckte. Gleichzeitig war er irritiert. Hatte das Gefühl, als bewege er sich auf dünnem Eis. Ob es einbrechen konnte? Doch wie herrlich es glitzerte! Die Verführung war zu groß. Er wusste, er war bereit mitzuspielen. »Ja, dort auf dem Tisch.«

Ihre Augen folgten seinem Blick zu einem kleinen Mahagonitisch in einer Ecke des Schlafzimmers. Es war alles da. Zwei rote Kerzen in Kerzenhaltern, eine Schachtel Streichhölzer, ein Paar Handschellen mit Schlüssel, das Jagdmesser, die Peitsche mit langen Lederriemen, eine schwarze Augenbinde. Sie trat an den Tisch, nahm die Kerzen und verteilte sie auf den Nachtkästchen. Mit einem Streichholz zündete sie die erste Kerze an. Blies es aus und legte es in die halb geöffnete Streichholzschachtel zurück. Als die andere Kerze brannte, landete das zweite Streichholz neben dem ersten. Sorgfältig schob sie die Streichholzschachtel zu, knipste die Nachttischlampe aus, ging wieder zu dem kleinen Tisch. Die Zündholzschachtel legte sie auf die Tischplatte. Ihre Bewegungen waren exakt und mechanisch. Fast rituell. Als hätte sie diese vorher genauestens einstudiert. Ohne ihn anzusehen, nahm sie die Handschellen und den Schlüssel und sperrte die Ringe auf. Langsam, einen nach dem anderen. Den Schlüssel legte sie zurück auf den Tisch. Einen Moment lang stand sie unbeweglich wie eine Marmorstatue. Ohne Gedanken, ohne Wärme, ohne Leben. Der Augenblick war so schnell vorbei, dass er sich fragte, ob er real gewesen war. Wie gebannt hatte er sie beobachtet und keinen Blick von ihr gelassen. Ihr verheißungsvolles »Komm!« wäre gar nicht nötig gewesen, denn in diesem Moment wäre er ihr überallhin gefolgt. Sogar in die Hölle.

Sie ging vor ihm her zum Bett, dessen Kopf- und Fußenden aus massiv geschmiedeten Eisenstäben gefertigt waren. Während sie die Handschellen daran befestigte, legte er sich mit dem Rücken aufs Bett und streckte seine Arme nach oben. Sie umschloss seine Handgelenke mit den Ringen.

»Bist du bereit?« Ein kurzer Blick in seine Augen, ihr Gesicht direkt über ihm. Die Art, wie sie ihn ansah, verursachte ein Kribbeln in seinem Magen. Er nickte. Die Handschnellen schnappten zu.

Sie stand auf. Ging zurück zum Mahagonitisch. Ohne zu zögern, wählte sie das Jagdmesser mit dem Griff aus fein bearbeitetem Horn. Sie kam zum Bett und beugte sich über ihn. Mit der spitzen Klinge des Messers beschrieb sie langsam feine Linien auf seiner

Brust, die sich so schnell hob und senkte, als wollte sie davonflattern. Wie ein Vogel. Die Schneide glitt über den dünnen Stoff seiner Kleidung bis zum Bauch. Bis zu seiner Hose, unter der sich sein steifer Schwanz gierig emporreckte. Bald würde er platzen, so voll war er schon. Warum fasste sie ihn nicht an? Aber alles, was sie tat, war zu lächeln. Und die Klinge wieder hinaufwandern zu lassen. Bis zu seiner Brust und weiter bis zur linken Schulter.

Er atmete schwer und stoßartig, stöhnte. »Oh Gott, ich halt es nicht mehr aus! Mach schon die Hose auf und setz dich auf ihn drauf! Los! Und küss mich endlich. Ich will deine Lippen spüren!«

Leise lachte sie. »Ich würde gerne, aber es geht nicht. Leider.« Die Klinge suchte sich ihren Weg über seinen muskulösen Oberarm.

Er wurde ungeduldig. »Was soll das heißen? Dein Spielchen ist zwar phantastisch, aber jetzt will ich dich haben. Sofort!« Sein Tonfall nahm einen herrischen Klang an.

Nun war die Klinge an seinem Ellenbogen. »Das Spiel ist aber noch nicht zu Ende.« Fast gluckste sie vor Belustigung.

Der kalte Stahl berührte seinen Unterarm. Als sie sich niederbeugte, hätte er so gerne ihre seidigen Haare gespürt. Doch er fühlte nur einen kurzen, heftigen Schmerz am Handgelenk. Blitzschnell rollte sie sich über ihn zur anderen Seite des Bettes. Genauso unerwartet ein schneidender Schmerz am zweiten Handgelenk.

Es zuckte, pulste, rauschte. Was war das? Das konnte doch nicht ... Nein, das war unmöglich ... Es dauerte ein paar Sekunden, bis er realisierte, dass diese warme, zähflüssige Brühe, die sich in schwallartigen Fontänen über ihn ergoss, Blut war. Sein eigenes Blut. Scheiße, verdammte! Sie hatte ihm die Pulsadern aufgeschnitten!

Er brach in Panik aus, versuchte sich loszureißen. Wie ein Besessener zerrte er an den eisernen Fesseln. Das Bett schwankte unter seinen ruckartigen Bewegungen. Doch es half nichts, er kam nicht los. Er fing an zu schreien. Sein Kopf dröhnte von seinem eigenen Gebrüll.

»Hilf mir! Du musst mich losmachen, los, schnell, schnell! Los, hilf mir, bevor ich verblute!« Er schrie und brüllte, er zog und zerrte. »Hilf mir, du verdammtes Miststück! Bist du wahnsinnig geworden? Ruf einen Arzt! Mach schon, los!«

Sie stand hinter dem Mahagonitisch, das Messer in der Hand. Starrte ihn mit großen Augen an. Sah nur das Blut, das überall war. An den Wänden, auf dem Boden, auf den weißen Bettlaken und seiner hellen Kleidung, am Hals, im Gesicht. Sie wusste nicht, wie lange sie dastand und zuschaute. Zuschaute, wie mit jedem der spritzenden Blutschwalle das Leben aus ihm wich. Seine zunächst kraftvollen Bewegungen wurden schwächer. Das Bett krachte nicht mehr so, als würde es jeden

Moment auseinander brechen. Sie hörte nur noch leise Geräusche. Sein aggressives Brüllen ging in ein hoffnungsloses Wimmern über. Seine Beschimpfungen wichen flehentlichen Bitten. »So hilf mir doch! Bitte ruf einen Arzt an! Wir sagen einfach, es war ein Unfall. Bitte, geh zum Telefon!«

Als sie endlich anfing, mit ihm zu reden, war ihr Mund trocken. »Ich werde dir nicht helfen. Du wirst sterben. Aber weißt du, was das Schlimmste ist?« Sie hörte sein Winseln, die bettelnden Worte. Sie schaute direkt in seine Augen. Sah darin erst Ungläubigkeit, dann Verzweiflung und schließlich die Gewissheit über seine hoffnungslose Lage.

»Das Schlimmste ist, dass ich dich liebe.«

Der Lärm des Radioweckers war so unbarmherzig wie immer. Viertel vor sechs.

Es half nichts, sie musste raus.

Lilian Graf, Oberkommissarin bei der Kriminalpolizei Regensburg, stand auf und ging ins Bad. Nach dem Duschen richtete sie Frühstück und Pausenbrote für Miriam und Tobias her. Miriam war ihre siebenjährige Tochter. Tobias war ein Jahr jünger und Miriams bester Freund. Seine Mutter, Hanna Freileben, war Lilians Busenfreundin. Die Vier bewohnten ein alleinstehendes Haus in Regensburgs Stadtteil Prüfening. Gut, dass Hanna, allein erziehende Mutter wie Lilian, so geschickt im Umgang mit dem Malerpinsel und dem Bohrer war. Auf jeden Fall geschickter als sie. Unter ihrer Anweisung hatten die beiden Frauen das anfangs nicht gerade ansehnliche Gebäude in ein gemütliches Heim verwandelt. Jeder Besucher bewunderte die zarten Farben der Wände. Und die Bordüren aus Schmetterlingen und Blumen in der Wohnküche und im Wohnzimmer. Die einzigen weißen Wandflächen im Erdgeschoss waren unter einer Flut von Bildern verborgen. Berge, Berge, Berge – wohin man blickte. Berge mit schneebedeckten Hängen. Bewaldete Berge in der Herbstsonne in leuchtenden Rot- und Gelbtönen. Berge in der Ferne, die blau und verschwommen an ein längst vergessenes Märchenland aus der Kindheit erinnerten. Lilian wunderte sich, wie Hanna immer wieder einen Platz für ein neues Bergpanorama auftrieb. Hanna sammelte Fotos, Bilder, Drucke – Hauptsache von Bergen. Die wurden ihr nie zu viel. Auch Lilian nicht, obwohl sie das Meer bevorzugte. Sie liebte es, die Winterabende im Ohrensessel vor dem gusseisernen Schwedenofen zu verbringen. Und in die Flammen zu schauen, während sie vom nächsten Urlaub für sich und ihre Tochter an einer italienischen Küste träumte.

Gerade, als sie Tobias wecken wollte, kam er bereits fertig angezogen in die Wohnküche spaziert. Er war daran gewöhnt, dass es morgens schnell gehen musste. Miriam konnte länger schlafen, denn ihr Schulbus ging später. Während Tobias seine Cornflakes löffelte, trank Lilian ihren Cappuccino. Dann schnappte sie sich die ausgebeulte Umhängetasche. Halt, wo hatte sie denn den Brief für die Versicherung und die Überweisung für die Bank liegen gelassen? Ah, da unter dem Telefonbuch. Die landeten auch in der Tasche zwischen Terminkalender und Lippenstift. Noch ein Guten-Morgen-Bussi für Miriam, die nachher mit Hanna frühstücken würde. Mit Tobias im Schlepptau verließ Lilian kurz darauf das Haus. Der Zwischenstopp im Kindergarten dauerte heute länger als sonst, weil Tobias ihr unbedingt noch seine Vorschularbeit vom Vortag zeigen wollte. Aber die paar Minuten würde sie schon wieder reinholen. Allerdings war von der grünen Welle auf Regensburgs Hauptstraßen nichts zu merken. Aber war das nicht immer so, wenn sie es eilig hatte? Mist, schon wieder schaltete eine Ampel auf Rot. Lilian bremste scharf. Außerdem war halb Regensburg auf den Beinen. Genauer gesagt auf den Reifen. Trotzdem schaffte sie es mit nur fünfminütiger Verspätung bis zum Minoritenweg 1 ins Polizeidirektorium.

Im Büro im zweiten Stock befand sich das Fachkommissariat K1 für Tötungsdelikte und Suizide. Lilian wurde von ihrem Kollegen Helmut Brunner mit einem undefinierbaren Seitenblick empfangen. Obwohl er selbst Vater eines fast zweijährigen Jungen war und seine Frau ihr zweites Kind erwartete, erschöpfte sich sein Verständnis für ihre Situation als allein erziehende Mutter meist in einem skeptischen Stirnrunzeln. Typisch Mann, dachte sie genervt.

Im Büro war es heiß. Fast so heiß wie draußen. Lilian konnte sich nicht erinnern, dass sie schon einmal einen 10. Mai erlebt hatte, an dem es annähernd so heiß gewesen war wie heute. Heute war erst Mittwoch. Wie sollte sie es nur bis zum Wochenende hier drinnen aushalten?

Kurz vor zehn läutete Helmuts Telefon. Seine kurz angebundene Sprechweise und sein charakteristischer Tonfall waren wie Schlüsselreize. Aha, ein neuer Fall. Gut, vielleicht bekam sie draußen etwas mehr Luft. Lilian packte eilig ihre Sachen zusammen.

»Die Einsatzzentrale. Ein Toter am Oberen Wöhrd. Sieht nach SM aus.«

Zehn Minuten später fuhr Lilian vor dem zweistöckigen Altbauhaus direkt am Donauufer vor. Traumhafte Lage: mitten in Regensburg und doch wie auf einer Insel. Was auch stimmte. Das Haus befand sich auf der Wöhrdinsel zwischen der Donau und dem Kanal. Im Vergleich zu den schmucklosen Nachbarhäusern fiel das hellblau gestrichene Gebäude aus der Reihe. Es war als einziges frisch renoviert. Weißer Stuck an der Frontseite des Jugendstilgebäudes. Und ein Erker, der in einem Türmchen mit überdachtem Balkon endete.

Wie erwartet, war es schwierig, einen Parkplatz zu bekommen. Die Schaulustigen überschwemmten die schmale Uferstraße und versperrten den Fahrzeugen der Kriminalpolizei und der Spurensicherung den Weg. Ein Streifenpolizist versuchte, die Situation unter Kontrolle zu bekommen. Kein einfaches Unterfangen angesichts der vielen gaffenden Passanten. Hier handelte es sich ja um was richtig Aufregendes! Das durfte man sich nicht entgehen lassen. Als Lilian ausstieg, drängte eine Frau mit einer Küchenschürze über ihrem gepunkteten Kleid sie unsanft zur Seite. Ihre Augen suchten gierig nach Spuren des Schreckens, der sich in dem noblen Haus dort drüben abgespielt haben musste. Gut, dass es auch mal einen von denen erwischte. Morgen würden ihre Nachbarinnen die grausamen Details in der Zeitung lesen können. Die würden vor Neid erblassen, weil nur sie selbst die Sache hautnah miterlebt hatte. Zumindest würde sie es so darstellen, während sie genüsslich ihren Kaffee schlürfte.

Lilian und Helmut bahnten sich mit Hilfe ihrer Dienstausweise einen Weg bis zu einem gewölbeartigen Durchgang, der in einen großen Innenhof führte. Auf dem gepflasterten Viereck standen mindestens ein Dutzend Terrakottatöpfe mit Oleander und Palmen. Wie entspannend wäre es doch, auf der Teakholzbank neben der Eingangstüre den Tag zu vertrödeln. Aber an diesem Mittwochvormittag war in dem sonst so stillen Innenhof mit südlichem Flair von Ruhe und Beschaulichkeit nichts zu spüren. Dicht an dicht drängten sich die Fahrzeuge des Rettungsdienstes, des Notarztes und von der Streife. Den Wagen da hinten mit Münchner Nummer kannte Lilian nicht. Gehobene Preisklasse. Das passte zur Jugendstilvilla.

Vor einem Streifenwagen standen zwei uniformierte Beamte und ein Sanitäter. Sie redeten auf eine junge Frau ein. Die sah ziemlich verstört aus. Das lange schwarze Haar hing ihr in ungeordneten Strähnen ins Gesicht, das verschmierte Augen-Make-up bildete hässliche Flecken um die großen Augen. Vom ehemals blutroten Lippenstift war nicht mehr viel übrig. Eine verquollene Nase, die sie ständig schniefend hochzog. Dazu rote Streifen auf den schmalen Wangen. Kamen die vom Weinen? Oder waren das die Reste des Lippenstiftes?

Einer der Polizisten löste sich aus der Gruppe und kam auf Lilian und Helmut zu. »Sind Sie die Verstärkung vom K1? Gehmeier ist mein Name. Ich war mit meinem Kollegen als erster vor Ort.« Er setzte eine gewichtige Miene auf. »Bei dem Opfer handelt es sich um Dr. Andreas Robner, 46 Jahre alt, Biochemiker, ledig, keine Kinder. Die junge Dame dort drüben hat den Toten gefunden. Hat per Handy gleich die Einsatzzentrale verständigt. Das war um 9:55 Uhr. Vier Minuten später waren wir da.« Das klang stolz.

»Wie heißt sie?« fragte Helmut.

»Paula Gerber. Sie kennt den Toten. Arbeitet als Sekretärin in der gleichen Firma. Gestern war er noch in der Arbeit, hat sie gesagt. Sie wollte ihn aus dem Bett klingeln. Um 11:00 Uhr hätte er eine wichtige Besprechung gehabt. In der Firma dachte man, er hätte verschlafen. Die heißt« – er blätterte in seinem Notizblock – »BioMed GmbH. So'n modernes Biotechnologieunternehmen im Stadtosten. Die Frau war völlig hysterisch. Verständlich, bei einem Chef mit aufgeschnittenen Pulsadern.«

»Hört sich nach Selbstmord an. Ich dachte, hier geht's um SM.«

»Tut es auch. Der Tote ist mit Handschellen ans Bett gekettet. Und die Tatwaffe liegt vier Meter davon entfernt.«

»Ist die Zeugin vernehmungsfähig?« fragte Lilian zweifelnd. Die junge Frau hatte wieder zu weinen angefangen.

»Der Sanitäter sagt schon«, meinte Gehmeier. »Sollen wir sie zur Vernehmung ins Polizeidirektorium bringen?«

Helmut war einverstanden. Während der Fahrt zum Tatort hatten sie über Funk erfahren, dass er als leitender Ermittlungsbeamter in diesem neuen Fall die einzelnen Aktionen zu koordinieren hatte. Beim K1 war es üblich, dass die Verantwortungsbereiche wechselten. »Aber sorgen Sie dafür, dass eine Frau mit ihr spricht. Ein bisschen Feingefühl wäre angebracht.«

Er wandte sich zum Eingang. Lilian folgte ihm. Das Türschloss an der Haustür war unversehrt. Sie stiegen eine knarrende Holztreppe hinauf. Bei der Wohnung im obersten Stock stand die Türe weit offen. Auch hier keinerlei Zeichen eines gewaltsamen Eindringens.

Im Inneren des geräumigen Appartements wimmelte es vor Menschen: Kollege Hakan Özmöd – ein türkischstämmiger Berliner – vom K1, haufenweise Leute vom Erkennungsdienst, Polizisten in Uniform und ein weiterer Sanitäter. Lilian war froh über das übliche Anfangschaos, auch wenn dadurch Spuren verwischt werden konnten. Sonst hätte das Grauen sie überwältigt. Wie so oft. Trotz der vielen erschütternden Anblicke, die sie im Laufe ihrer Karriere bei der Kriminalpolizei aushalten hatte müssen, war sie noch nicht wie so manch anderer abgestumpft, immer mit einem lässig-morbiden Spruch auf den Lippen. Vielleicht war sie einfach noch nicht lange genug bei der Kripo. Auf jeden Fall war das ein Teil ihrer Arbeit, auf den sie gern verzichtet hätte. Auch jetzt zwang sie sich, das getrocknete Blut auf Wänden, Boden, Bett und dem Opfer selbst als das zu sehen, was es war. Einfach nur der Blutfarbstoff Hämoglobin, der Sauerstoff transportiert und ohne den der menschliche Organismus nicht lebensfähig ist. Das war alles.

Helmut pfiff leise durch die Zähne. »Na, das sieht ja wie in einem Schlachthof aus. Das arme Schwein, das diese Sauerei hier aufräumen muss, tut mir jetzt schon Leid.«

Lilian sagte nichts. Mit undurchdringlicher Miene konzentrierte sie sich auf den Tatort. Der Tote lag vollständig bekleidet auf dem Bett. Er musste ein attraktiver Mann gewesen sein mit seinem muskulösen Körper und den kantigen, männlichen Gesichtszügen. Jetzt war allerdings alles an ihm durch seinen letzten

Kampf entstellt: Weit aufgerissene Augen. Ungläubig. Als ob sie es nicht fassen konnten, dass dies das Ende sein sollte. Die dunklen Haare verklebt, blutverschmierte Haut, aufgeschnittene Handgelenke. Dazu die Handschellen. Die sahen irgendwie unfein aus. Passten nicht zur Villa, dem schönen Innenhof und den wertvollen Möbeln.

Das Bett mit den langen Eisenstäben am Kopf- und Fußende – bestimmt ein sündhaft teures Designerteil, Marke ‚Jailhouse Fuck‹ – stand schief. Das Bettlaken – war das einmal weiß gewesen? – hing über den Bettrand auf den Boden hinunter. Auf einem kleinen Tisch in einer Zimmerecke lag ein blutbeflecktes Messer. Lilian trat näher. Es sah aus wie ein Jagdmesser. Mit kunstvoll bearbeitetem Horngriff, leicht gezackter Klinge. Daneben lagen eine Peitsche mit langen schwarzen Lederbändern und ein etwa zehn Zentimeter breites Tuch aus schwarzem Filz. Was war das? Eine Augenbinde?

Lilian nahm den Rest des großen Schlafzimmers in Augenschein. Eine Deckenlampe verbreitete helles Licht. Heruntergelassene Rollos. Auf den beiden Nachtkästchen zwei Kerzenhalter mit heruntergebrannten Kerzen. Unregelmäßige, dunkelrote Wachsflecken an den Ständern und außen herum. Ansonsten sah der Raum sauber und aufgeräumt aus. Beim Durchqueren der anderen Zimmer auf dem Weg hierher war ihr aufgefallen, dass es dort genauso ordentlich gewesen war. Nur auf dem Wohnzimmertisch eine Flasche

Champagner mit zwei gefüllten Sektgläsern. Im hinteren Teil des Schlafzimmers war eine schmale Türe in der Wand. Lilian öffnete sie. Sie führte in ein kleines Ankleidezimmer.

Ein weißgekleideter Mann kam auf Helmut zu. »Ich bin soweit fertig. Der Totenschein ist ausgestellt. Brauchen Sie mich noch?«

»Sind Sie der Notarzt?«

Der Mann nickte. Wippte ungeduldig auf den Fußspitzen hin und her.

»Ist die Leichenstarre schon eingetreten?«

»Ja.« Er sah angestrengt auf seine Armbanduhr.

»In Ordnung. Sie können gehen.«

Der Arzt verabschiedete sich kurz angebunden und verschwand.

»Also ist er schon seit ein paar Stunden tot«, sagte Lilian.

»Ja, die Blutlachen auf dem Boden sind zum Teil auch schon getrocknet.«

»Dann muss er in der Nacht oder gestern Abend gestorben sein.«

»Sieht wirklich nach einem Lustmord aus.« Helmut deutete vielsagend zu den Utensilien auf dem kleinen Tisch hinüber.

»Wahrscheinlich erwartete er eher ein amüsantes Bettspielchen als so was.« Lilian verzog das Gesicht. »Aber warum ist er komplett angezogen? Komisch, nicht?«

»Vielleicht war's ja nur ein Unfall im Eifer des Gefechts.«

»Du meinst, der Täter – oder die Täterin – wollte nur ein bisschen mit dem Messer spielen und hat ihn aus Versehen getötet?« Lilians Blick war skeptisch.

»Nein, das macht keinen Sinn. Dann hätte er nur eine Schnittwunde.« Helmut überlegte. »Schau dir das viele Blut an den Wänden an. Schleuderspuren wie aus dem Lehrbuch. Er hat sich also wie ein Wahnsinniger gewehrt. Ich wette, das war mächtig laut. Das Bett ist total verrutscht.«

»Davon muss doch jemand im Haus was mitbekommen haben. Oder sogar von draußen.«

Lilian schaute zu den Fenstern. Alle waren fest verschlossen. Helmut registrierte es im gleichen Moment wie sie.

Ein uniformierter Kollege kam ins Zimmer.

»War das Licht hier an, als Sie gekommen sind?« fragte Lilian.

Nicken. »Auch in der Diele und im Wohnzimmer. Die Frau, die den Toten gefunden hat, hat allerdings gesagt, dass es hier im Schlafzimmer dunkel war. Erst sie hat dann das Licht angemacht.«

»Wie ist sie in die Wohnung gekommen?«

»Unter einem der Blumentöpfe im Innenhof lag ein Schlüssel.«

»Woher wusste sie davon?«

»Sie hat hier früher schon mal die Post abgeholt. Für ihn, war doch ihr Chef.«

»Dann hätte jeder andere genauso in die Wohnung gelangen können«, bemerkte Helmut. »Trotzdem muss unser Herr Doktor den Täter gekannt haben. Sonst hätte er sich wohl kaum ans Bett fesseln lassen.«

»Stimmt«, sagte Lilian. »Kräftig genug war er ja. Keine Hinweise auf einen Kampf. Sieht so aus, als ob er sich erst nach den tödlichen Schnitten gewehrt hat.«

Helmut nahm den Streifenpolizisten ins Visier. »So, und jetzt sorgen Sie mal dafür, dass alle überflüssigen Leute hier verschwinden. Ich brauche Timo Meier vom Erkennungsdienst. Das Bestattungsunternehmen können Sie auch anrufen. Das war's. Danke.«

Der Beamte entfernte sich eilig.

»Warum hat der Täter die Tatwaffe hier gelassen?« überlegte Lilian. »Das Messer ist so ungewöhnlich, so was gibt's nur in einem Fachgeschäft. Daran würde sich doch sicher jeder Verkäufer erinnern.«

»Aber nur, wenn es erst vor kurzem gekauft worden ist.« Helmut wischte sich über die Stirn. Auch hier war es furchtbar heiß. Und stickig. »Mal schauen, was die beim LKA in München herausfinden. Vielleicht sind noch andere Blutspuren als die des Toten drauf.«

Timo Meier erschien in der Tür. »Wir haben was für euch. Der Anrufbeantworter blinkt.«

Lilian und Helmut folgten ihm in die Diele zu einem alten Vertiko. Ein bemerkenswertes Stück mit einem geschliffenen Kristallspiegel. Etwa Anfang des zwanzigsten Jahrhunderts, bestimmt schweineteuer. Darauf standen ein Telefon und ein Anrufbeantworter. Hakan Özmöd wartete auch schon. Timo Meier drückte mit seinen behandschuhten Händen auf eine Taste am Anrufbeantworter. Die ersten beiden Anrufe stammten von der Sekretärin Paula Gerber, die den Toten entdeckt hatte. Sie erinnerte Dr. Robner an seine Besprechung um 11:00 Uhr und bat um seinen Rückruf. Dabei benutzte sie seinen Vornamen. Na also, dachte Lilian – daher die vielen Tränen ... Dann war eine Männerstimme zu hören. »Guten Morgen, hier Demel. Leider ist Ihre Bestellung vom 19. April erst heute fertig geworden. Aber ich musste direkt beim Hersteller ordern. Bitte geben Sie mir Bescheid, ob Sie das Paket wie immer bei uns abholen.« Der Mann nannte eine Münchner Nummer und legte auf.

»Hört sich nach einem Geschäft an. Ich werd das überprüfen.« Lilian notierte sich die Telefonnummer und den Namen des Anrufers.

Die letzte Nachricht war von einer Frau. »Hallo Andreas, hier ist Thea. Warum meldest du dich nicht mehr? Ich rufe ständig bei dir an. Und du lässt einfach nichts von dir hören. Ich finde das ziemlich armselig, vor allem nach unserem letzten Termin. Wenn das so weitergeht, dann kann ich wirklich keine Verantwortung mehr übernehmen für irgendwelche ... Vorkommnisse. Bitte ruf mich an.«

Timo Meier spulte das Band zurück.

»Klingt ja fast wie eine Drohung«, sagte Helmut.

»Ob das eine verschmähte Geliebte ist? Und was meint sie mit ›Vorkommnisse‹?« Lilian schrieb den Namen der Frau ohne große Hoffnung in ihr Notizbuch. Thea war zwar ein seltener Name, aber ohne Nachnamen oder Adresse konnte sie damit nichts anfangen.

»Okay, das bringt uns im Moment nicht weiter.« Helmut sah Lilian an. »Fahr bei dieser Biotechnologiefirma vorbei, wo der Tote gearbeitet hat. Schnapp dir den Chef. Guck dir schon mal die Leute an, die am engsten mit dem Toten zusammengearbeitet haben.« Er wandte sich an Timo Meier. »Ich bleibe noch ein bis zwei Stunden hier. Dann nehmen wir uns die Wohnung gemeinsam vor, bevor die Leiche abtransportiert wird. Nimmst du mich in deinem Auto zum Bergfriedhof mit? So kann Lilian den Dienstwagen nehmen, während wir bei der Obduktion sind.«

Timo Meier nickte.

»Hakan, du übernimmst die Hausbefragungen hier im Haus und in der Nachbarschaft. Stell die üblichen Fragen: Wer kannte den Toten, was war er für ein Mensch, hatte er oft Besuch ... Wir brauchen Infos, um die Tatzeit genauer eingrenzen zu können.«

Auch Lilian wollte sich noch in der Wohnung umsehen. Überall teure, antike Holzmöbel. Im Esszimmer ein Bauernschrank mit farblich aufwändigen Malereien und ein Tisch aus dunkel lasiertem Holz. Darauf eine Glasvase mit einem Strauß gelber Tulpen. Das Wasser roch frisch. Alle glatten Flächen im Raum blank gewischt, die Glasscheiben poliert. Sogar auf den Bilderrahmen der teuren Kunstdrucke, die überall die Wände zierten, war kein Staubkorn zu entdecken.

Der Herr Doktor hatte wohl eine zuverlässige Putzfrau, dachte Lilian. Aber irgendetwas stimmte hier nicht. Es fehlte etwas, bloß was? Sie ging in den hinteren Teil des Raumes, der durch ein hohes Bücherregal abgetrennt war. Der Schreibtisch dahinter war ein einziges Chaos. Sie grinste. Das sah ja fast wie Helmuts Schreibtisch im Büro aus. Und das schien der einzige Ort in der Wohnung zu sein, an dem Andreas Robner gelebt hatte. Das Durcheinander im Regal passte dazu. Neben einer Reihe von Wälzern über Molekularbiologie und Biochemie gab es dicke Nachschlagewerke über Kunstgeschichte, Politik und Literatur mit Eselsohren und zerdrückten Seiten. Und plötzlich wusste Lilian, was fehlte: Fotos. Nirgendwo ein einziges Foto. Auch in den anderen Zimmern war ihr keines aufgefallen. Warum gab es hier keine Erinnerungsfotos? Auch wenn der Tote unverheiratet gewesen war, so hatte er doch sicher Verwandte oder Freunde gehabt.

Mit dem Handy wählte Lilian die Telefonnummer des Münchner Geschäftes. Während sie darauf wartete, dass jemand den Hörer abnahm, ging sie auf den überdachten Balkon hinaus. Hier war es zwar nicht kühler, dafür aber angenehm still. Trotz des gedämpften Verkehrslärms jenseits der Donau. Unter ihr lag der Fluss, in dessen starker Strömung vereinzelt Strudel gurgelten. Es war ein sanftes, glucksendes Geräusch. Eine Flussmöwe flog vorbei. Lilian sah ihr nach. Sie schwebte über die Spitzen der Bäume, die die Uferstraße zur Donau hin abgrenzten, und weiter zum Eisernen Steg. Die schmale Fußgängerbrücke führte rechts von Lilian über den breiten Strom, links von ihr die uralte Steinerne Brücke. Am gegenüber liegenden Donauufer drängten sich die Häuser der Altstadt. In zartem Hellgrün und Rosa. Oder in kräftigem Ocker und Zinnoberrot. Manche zierten Rundbögen oder Erker, andere schmale Türmchen, putzige Gauben oder gotische Fenster mit Spitzbögen und kleinen Säulen an den Seiten. Zwischen den Hausdächern guckten überall Kirchturmspitzen von Regensburgs unzähligen Gotteshäusern hervor. Die Zwillingstürme des gotischen Doms St. Peter überragten diese abwechslungsreiche Pracht.

Was für ein herrlicher Blick auf Regensburgs mittelalterliches Stadtpanorama! Auf den Ansichtskarten in den Buchgeschäften oder Andenkenläden für Touristen empfand Lilian ihn als kitschig. Aber in Natura war er einfach überwältigend. 14 Jahre lebte sie nun schon hier. Regensburg war für sie in der Zwischenzeit mehr zur Heimat geworden als der kleine, verträumte Weiler am Chiemsee nahe bei Seebruck, wo sie ihre Kindheit und Jugend verbracht hatte. Sie überlegte, woher diese Verbundenheit kam. Vielleicht weil sie so viele entscheidende Lebensabschnitte mit dieser Stadt teilte.

Hier hatte sie ihr Jurastudium begonnen und schweren Herzens wieder abgebrochen. Das Studium war ihr zu trocken gewesen, zu theoretisch. Auch sonst hatte sie sich nicht immer mit der Interpretation der Gesetzestexte identifizieren können. Aus beruflicher Sicht hatte sie es zwar nie bereut, sich als Quereinsteigerin für den Polizeidienst entschieden zu haben. Aber es kratzte am Selbstbewusstsein, den Schwanz eingezogen zu haben. Na ja, nur sprichwörtlich. Aber trotzdem.

Hier hatte sie Stefan kennen gelernt, ihren Ex. Verliebt, verlobt, verheiratet – wie romantisch. Jetzt war sie schon lange geschieden. Weniger romantisch. Kurz nach der Trennung hatte sie ihre Tochter zur Welt gebracht. Ohne Stefan. Noch weniger romantisch. Hatte dafür mit Miriam Höhen und Tiefen durchlebt, die man nur mit seinem Kind durchleben konnte. Das zählte mehr als dumme Romantik.

Hier hatte sie Freunde gefunden, auf die sie sich verlassen konnte. Hatte sich durchgesetzt und in ihrem Beruf etabliert. Sich ihr eigenes Leben aufgebaut. Der Zauber dieser Stadt würde sie nie wieder loslassen.

Nach 20 erfolglosen Klingelzeichen am anderen Ende der Telefonleitung gab Lilian auf. Warum war bei dem Laden außerhalb der Öffnungszeiten kein Anrufbeantworter eingeschaltet? Komisch, dass die überhaupt am Vormittag geschlossen hatten. Sie beschloss, es später noch einmal zu versuchen.

KAPITEL 2

Das Unternehmen BioMed befand sich im Osten von Regensburg. In einem Neubau mit Fenstern so groß wie Türen, davor frisch gepflanzte Bäume auf einer gepflegten Rasenfläche. Innen ein moderner Eingangsbereich, lange Korridore, viele Türen. Am Empfangstresen eine gut gekleidete, blonde Dame mit einem Zahnpastareklamelächeln. Lilians Dienstausweis ließ es sofort verschwinden. Ihre Erklärung hinterließ Betroffenheit in den großen, braunen Augen. »Das ist ja schrecklich! Wie geht's Paula?«

»Den Umständen entsprechend.«

»Kommt sie noch mal vorbei?«

Komische Frage. Die Frau, die den Toten gefunden hatte, hatte jetzt bestimmt andere Sorgen.

»Paula und ich teilen uns diesen Arbeitsplatz. Da ich noch eine Präsentation fertig machen musste, bin ich früher gekommen. Dafür wollte ich eher gehen«, erklärte die Frau, die Lilians Gedanken zu erraten schien. »Ich wette, Paula ist total fertig.«

Den letzten Satz betonte sie seltsam. Lilian wollte nachhaken, wie sie das meinte. Aber da erschien ein leicht untersetzter Mann mit dunklen, gewellten Haaren und einem Raverbart, der auf den ersten Blick gar nicht zu seinem Alter Ende 40 und dem schicken Designeranzug passen wollte. Mit dynamischen Schritten und einem Stapel Kopien in der Hand federte er auf den Schreibtisch der Empfangssekretärin zu. Als er sah, dass sie nicht alleine war, setzte auch er sein freundlichstes Lächeln auf.

»Die Dame ist von der Kriminalpolizei.« Das kam zögernd. Wie aus einem Springbrunnen sprudelte dann die Neuigkeit von Dr. Robners Tod aus der blonden Frau hervor.

»Ist das wahr? Andreas ist ermordet?« Fassungslos sah der Mann Lilian an. »Das kann ich nicht glauben!«

Lilian nickte ernst und stellte sich vor.

»Ich bin Dr. Bruno Winters, der Inhaber von BioMed. Am besten gehen wir in mein Büro.«

Lilian folgte Dr. Winters. An der Tür zu seinem Büro fiel ihm ein, dass er bei der Empfangssekretärin Silke Kämmerer noch zwei Tassen Kaffee in Auftrag geben wollte. Er ließ sie eintreten und verschwand. Lilian sah sich um. Schreibtisch, Regale und eine einladende Sitzgruppe. Lilian strich mit der Hand über den Bezug des Zweisitzers. Schwerer Stoff mit zartem Blumenmuster, fühlte sich gut an. Dann bemerkte sie ein paar kunstvoll bemalte Zinnfiguren auf dem Schreibtisch. Ein Soldat mit einer Lanze, ein prunkvoll gekleideter König, ein bunter Harlekin. Die gefielen Lilian. Sie nahm eine Figur nach der anderen in die Hand. Wo der Unternehmer die wohl aufgegabelt hatte? Ob er am Wochenende die Flohmärkte in Regensburg unsicher machte? Schwer vorstellbar, dass er seine teueren Klamotten gegen ein paar ausgewaschene Jeans und ein Hemd von der Stange tauschte. Daneben entdeckte Lilian ein Foto mit zwei Kindern und einer dunkelblonden, hübschen Frau, die auf einer Wiese saß und Ketten aus Gänseblümchen knüpfte. Der Junge und das Mädchen knieten vor ihr und sahen ihr eifrig zu, während ihr Blick auf den lachenden Kindergesichtern ruhte. Die Harmonie auf dem Bild verzauberte Lilian.

»Das ist meine Frau mit unseren Kindern.«

Lilian drehte sich um. Dr. Winters schloss gerade die Tür hinter sich. »Wie klein die zwei da noch sind. Julia muss acht gewesen sein und Fabian vier. Jetzt ist Fabian acht und Julia zwölf. Wo ist nur die Zeit geblieben?« Er sah Lilian prüfend an, als forsche er in ihrem Gesicht nach einer Antwort.

»Ihre Zinnfiguren gefallen mir.«

Dr. Winters lachte. »Die hat meine Frau mir geschenkt. Nicola fährt mit Fabian am Wochenende oft in die Stadt und streift stundenlang herum, um nach lauter unnötigem Firlefanz zu suchen.«

Also war nicht er der Trödelliebhaber. Das hätte Lilian auch gewundert.

Sie setzten sich. Lilian holte einen Notizblock aus ihrer Tasche. Es schien, als rufe Dr. Winters, der ihr aufmerksam zusah, sich erst jetzt den tatsächlichen Grund ihres Besuches ins Gedächtnis.

»Es ist furchtbar!« Pflichtbewusst setzte er eine traurige Miene auf. Den Schreck von vorhin hatte er offenbar schon verdaut. »Was genau ist denn passiert?«

Lilian schilderte die Situation am Tatort, ohne ins Detail zu gehen. Das wollte sie sich für später aufheben.

Bestürzt lauschte Dr. Winters. Seine Reaktion zeigte aber, dass sein Mitgefühl nicht nur dem Unglück des Opfers galt. »Das ist eine Katastrophe! Andreas, also Dr. Robner, war erst seit Mitte Februar für mich tätig. Er leitete die Einführung einer neuen Produktionslinie. Was soll jetzt bloß aus diesem Projekt werden? Ich weiß überhaupt nicht, wie das weiter gehen soll.« Das klang so, als hätte der Mann sich absichtlich umbringen lassen, um Dr. Winter's Firma in den Ruin zu treiben. »Sein Tod kommt zu einem sehr ungünstigen Zeitpunkt. Aber lieber jetzt als vor sechs Wochen.«

Lilian schwieg. Dachte sich nur ihren Teil.

Er schien zu merken, dass diese Äußerung geschmacklos war. »So meine ich das natürlich nicht! Aber ich bin für mehr als 20 Arbeitsplätze verantwortlich. Da kann ich mir persönliche Gefühle nicht leisten. Wissen Sie, wir entwickeln und produzieren biochemische Teststreifen für den medizinisch-pharmazeutischen Laborbedarf. Die Konkurrenz ist enorm. Mitte des letzten Jahres ist mein wichtigster Sub-Lieferant abgesprungen. Das war kurz nachdem wir hier in diese neuen Räume eingezogen sind. Was für ein Schlag!« Er seufzte tief. »Wir sind mehr schlecht als recht über die Runden gekommen. Dann konnte ich Andreas für uns gewinnen. Mit seinen guten Kontakten zu den Lieferanten und dem neuen PCR-Projekt ging es wieder aufwärts. Und jetzt ist er tot.« Da hellte sich seine Miene auf. »Aber vielleicht kann auch sein Assistent Anton Perlinger das Projekt alleine leiten. Andreas hat ihn in alles eingeweiht.« Mit einem Mal sah er wieder ganz zufrieden aus.

»Was ist das für ein Projekt?«

»PCR bedeutet Polymer Chain Reaction, also Polymerkettenreaktion. Die Methode kennen Sie doch sicher aus der forensischen Medizin.«

Lilian fühlte sich durch seinen herablassenden Ton an einen ihrer Lehrer am Gymnasium erinnert, der niemals Mitleid bei vergessenen Hausaufgaben gehabt hatte.

In belehrendem Tonfall fuhr er fort: »Man braucht nur winzigste Mengen an DNA, der menschlichen Erbinformation, um einen Täternachweis durchzuführen. Es genügt eine Haar- oder Spermienprobe. Das Prinzip ist sehr einfach und bietet ein breites Einsatzspektrum, etwa im klinischen Bereich bei der Diagnose von Infektionskrankheiten. Die Erbsubstanz wird in vitro, das heißt im Labor außerhalb der normalen zellulären Bedingungen, mit Hilfe eines Enzyms millionenfach angereichert und kann so weiter untersucht werden. Die

Methode an sich ist ausgereift. Woran es allerdings fehlt, ist die Optimierung der Testbedingungen, so dass die Tests zuverlässig und jederzeit reproduzierbar ablaufen können. Diese Marktlücke wollten wir für uns nutzen. Andreas meinte, das könnte vor allem im Genfood-Bereich der Renner werden.« Auf Lilians verständnislosen Blick hin erklärte er ungeduldig: »In der Nahrungsmittelbranche produziert man zunehmend Nahrungsmittel mit verändertem Genmaterial. Denken Sie zum Beispiel an Mais, der besonders große Körner haben soll. Dafür wird eine bestimmte Stelle im Erbmaterial der Pflanze verändert. Wir arbeiten Tests aus, um das fertige Nahrungsmittel auf Abweichungen von der Vorgabe zu untersuchen.« Dieses Thema gefiel ihm offenbar, denn sein Gesicht leuchtete vor Begeisterung.

Lilian war sich nicht sicher, ob sie alles verstanden hatte. Eigentlich war sie aber auch hier, um ein Verbrechen aufzuklären. »Wie lange hätte Dr. Robner dieses Projekt betreut?«

»Ein bis zwei Jahre.«

»Woher kannten Sie ihn?«

»Von einer Fachmesse in den USA. Das war vor acht Jahren. Er arbeitete dort als Assistent bei dem Forschungsinstitut, wo er auch promoviert hatte. Kurz darauf ging er nach München zurück. Dort war er aufgewachsen, hatte eine Ausbildung zum Chemielaboranten gemacht und danach Biologie studiert. In München war er dann als freier Mitarbeiter bei verschiedenen

Unternehmen tätig. Da liefen wir uns wieder über den Weg. Die PCR kannte er aus den Staaten. Das interessierte mich. Also zog ich Erkundigungen über ihn ein. Sie wissen ja: Vertrauen ist gut, Kontrolle besser.« Sein Lächeln war vielsagend. »Sein Leumund im Bereich der Biotechnologie war hervorragend. Also bearbeitete ich ihn so lange, bis er bei mir anfangen wollte.«

»Kannten Sie ihn auch privat?«

»Wenig. Er kam zwei-, dreimal zu uns zum Essen. Hin und wieder war ich mit ihm beim Golfspielen.« Er räusperte sich, als sei ihm unwohl. »Aber ein allein stehender Mann hat andere Interessen als ein Familienvater mit zwei Kindern. Außerdem habe ich wenig Zeit. Ich arbeite oft am Wochenende. Nicht einmal für meine Familie habe ich die Zeit, die ich mir wünsche. Eigentlich nur die zwei Wochen Skiurlaub in der Schweiz und im Sommer die drei Wochen Cluburlaub am Meer.«

Na, immerhin. Das konnte sich nicht jeder leisten.

Ein Klopfen. Die Sekretärin Silke Kämmerer kam mit einem voll beladenen Tablett herein, stellte es auf einen Beistelltisch und verschwand wieder. Lilian nahm sich eine Tasse Kaffee, gab Milch und Zucker hinein. Sie trank einen Schluck. Der Kaffee war zu wässrig. Automatisch musste sie an den herrlichen Cappuccino denken, den sie sich jeden Morgen mit ihrer Cappuccinomaschine machte. Die hatte sie von einer Italienreise mitgebracht. Mindestens dreimal war sie in den kleinen Laden in Mailand gegangen, wo sie um das fast unerschwingliche Designerstück aus glänzendem Edelstahl herumgestrichen war wie ein Bär um ein Honigfass. Ob das überhaupt stimmte – dass Bären Honig naschten? Irgendwann hatte ihre Tochter Miriam entnervt gefragt, wann sie endlich wieder etwas anderes tun könnten, als immer nur in diesem langweiligen Geschäft herumzulungern. Inzwischen war Lilian süchtig nach dem Geruch der fein gemahlenen Kaffeebohnen, der so anders war als der von deutschem Filterkaffee. Trotzdem war sie jetzt froh um diese Stärkung, auch wenn sie nur halb so gut schmeckte wie gewohnt. Höchstens.

»Wissen Sie, ob Dr. Robner eine feste Beziehung hatte?«

»Ich denke schon. Er machte sogar Andeutungen, als ob er nicht nur eine einzige Freundin hätte.« Sein Lächeln war durchtrieben. Dann wurde ihm bewusst, mit wem er sprach. »Unter Männern, Sie verstehen schon …«

Und wie ich dich verstehe, dachte Lilian. »Hieß eine seiner Freundinnen Thea?«

»Diesen Namen habe ich noch nie gehört.«

»Hat Ihnen Dr. Robner auch von seinen ungewöhnlichen sexuellen Neigungen erzählt?«

»Was meinen Sie damit?« Entrüstet löffelte Dr. Winters drei Berge Zucker in seine Tasse und rührte geräuschvoll um. »Auf mich hat er immer einen normalen Eindruck gemacht.«

Lilian verstand nicht, warum er sich über diese Frage

so aufregte. »Dr. Robner war mit Handschellen ans Bett gefesselt. Neben ihm fanden wir eine Peitsche und eine Augenbinde. Hört sich nicht gerade normal an, oder? Man denkt eher an Sado-Maso. Vielleicht war er auch homosexuell veranlagt?«

»Das meinen Sie doch nicht ernst!« Fassungslos inspizierte Dr. Winters seine blank geputzten Schuhe. »Andreas hat sich immer vorbildlich verhalten und beruflich war er ein absolutes Ass. Sie glauben doch nicht, dass ich ihn für meine Firma angeworben hätte, wenn mir etwas Derartiges bekannt gewesen wäre?«

Lilian überlegte, was die sexuellen Vorlieben des Toten mit seiner fachlichen Qualifikation zu tun gehabt hätten. Aber sie wollte sich nicht auf eine solche Diskussion einlassen. Und bei diesem Herrn schon gar nicht. »Ist Ihnen nichts aufgefallen?«

»Was soll mir aufgefallen sein? Er war bestimmt nicht ... homosexuell! Wie absurd! Wo er doch eine so starke Ausstrahlung auf Frauen hatte! Einmal nannte ich ihn spaßeshalber ›Ladies Man‹, nach einem Golfspiel bei einem gemeinsamen Abendessen. Alle Frauen drehten sich nach ihm um. Und er sonnte sich in ihrer Bewunderung.« Ein herausfordernder Blick. »Aber in der Firma hat er sich immer korrekt verhalten. Darauf lege ich großen Wert. Ich will keine Techtelmechtel am Arbeitsplatz.« Seine Stimme war übermäßig laut geworden. Klar, was er persönlich davon hielt.

»Hatte Dr. Robner Feinde?«

»Feinde? Aber nein!« Dann zögernd: »Natürlich kann man nicht in die Leute hineinschauen. Mag sein, dass bei dem einen oder anderen da was falsch angekommen ist.« Er vermied es, Lilian anzusehen.

»An wen denken Sie?«

»An niemanden.«

»Dann möchte ich meine Frage anders formulieren. Hat sich durch die Ankunft von Dr. Robner in Ihrer Firma für jemanden etwas verändert?«

»Es verändert sich doch immer alles. Die größte Beständigkeit im Leben eines Menschen ist die Unbeständigkeit.«

Diese philosophische Betrachtungsweise gefiel Lilian. Es war wohl eine der schwierigsten Lektionen, die jeder im Laufe seines Lebens zu lernen hatte. Und auch eine der vielversprechendsten: Alles war im Fluss, in Veränderung, in ständiger Weiterentwicklung. Wer wusste schon, was das Morgen bringen würde …

Gleichzeitig wurde ihr klar, dass Dr. Winters keine Aussage machen würde, die einen seiner Angestellten belastete. Seine Loyalität ehrte ihn, doch bei einer Morduntersuchung war sie völlig fehl am Platz. »Wissen Sie eigentlich, worum es geht? Mein Job ist, einen Mord aufzuklären. Wenn Sie sich weigern zu kooperieren, kann das unangenehme Folgen für Sie haben. Also, an wen dachten Sie eben?«

»An Anton Perlinger, den früheren Produktionsleiter«, sagte Dr. Winters widerstrebend. »Andreas hat praktisch seinen Posten übernommen. Anton arbeitete bei der PCR-Sache ja nur als Assistent mit. Alle laufenden Produkte betreute er aber nach wie vor in leitender Position.«

Ein degradierter Konkurrent am Arbeitsplatz. Nicht schlecht für den Anfang. »Wollte Herr Perlinger die Firma verlassen?«

»Ja. Er hatte sogar schon eine neue Stelle. Ich drängte ihn, es sich noch einmal zu überlegen. Als einer meiner langjährigsten Mitarbeiter hat er ein fast unersetzliches Fachwissen für mein Unternehmen.«

»Niemand ist unersetzlich.«

»Das schon. Trotzdem war ich froh, dass Anton dann doch mitmachte. Und die Zusammenarbeit zwischen den beiden klappte gut. Also war meine Wahl mit Andreas die richtige gewesen. Und Anton konnte auch noch einiges von ihm lernen.«

Lilian lächelte. Wie alle Chefs verstand auch dieser Unternehmer es hervorragend, mit ein paar beschönigenden Worten die sicher latent vorhandene Rivalität zwischen den beiden Kontrahenten in das Gegenteil zu verwandeln. Egal, ob Industriemanager oder Parteifunktionär – sie waren und blieben Meister der Illusion. »Was dachten Sie sich eigentlich, als Dr. Robner heute nicht in der Arbeit erschienen ist?«

»Erst mal gar nichts. Das machte er ja öfter.«

»Was meinen Sie damit?«

»Zwischendrin ist er einfach nicht aufgetaucht. Ohne

Entschuldigung. Oder er hat sich erst mittags blicken lassen. Ein paar Mal hat er eine ewig lange Mittagspause gemacht und ist erst am Spätnachmittag wieder aufgekreuzt. Wenn die Besprechung heute nicht gewesen wäre, hätte ich Paula sicher nicht in seine Wohnung geschickt.«

»Wo ist er denn da immer gewesen?«

»Er hat sich nicht dazu geäußert. Irgendwann ist mir der Kragen geplatzt. Ich hatte schon das zweite Mal eine wichtige Besprechung verschieben müssen. Da sagte ich, er solle doch seine privaten Termine auf den Abend legen.«

»Wie hat er darauf reagiert?«

»Dass sein ›Tête-à-Tête‹ da keine Zeit hätte. Und außerdem säße er oft genug abends noch im Büro.«

Das hörte sich nach einer Frauengeschichte an. »Was haben Sie dazu gesagt?«

»Nichts. Er hatte ja Recht. Außerdem arbeitete er auf freiberuflicher Basis, musste sich also nicht an die normalen Arbeitszeiten halten. Allerdings hätte er mich oder meine Sekretärinnen informieren müssen. Gleich am Anfang, Anfang März, fing er schon mit dieser Unsitte an. Damals wusste ich noch nicht, dass das so seine Art war.« Er stutzte. »Damals benahm er sich wirklich seltsam. Es hörte sich so an, als wollte er wieder nach München zurück. Das sorgte in der Firma für Gerede. Logisch! Ich wollte von ihm wissen, ob er aus dem Vertrag aussteigen wollte.«

»Wollte er das?«

»Er sagte Nein. Vielleicht hatte er auch nur private Sorgen.«

»Wann haben Sie ihn zum letzten Mal gesehen?«

»Gestern um 14 Uhr bei einer Besprechung. Die dauerte etwa eine halbe Stunde. Danach musste er weg.«

»Wohin?«

»Wie immer sagte er nichts dazu. Von meiner Sekretärin Silke habe ich aber erfahren, dass er die Adresse des nächsten Blumenladens haben wollte.«

Sein ›Tête-à-Tête‹ schien ihm einiges wert gewesen zu sein. »Wer außer Herrn Perlinger hat mit Dr. Robner sonst noch eng zusammen gearbeitet?«

»Svenja Richter, unsere Laborassistentin. Sie ist unsere Vollzeitkraft. Meine Frau ist vormittags auch im Labor, außer am Dienstag. Da arbeitet sie am Nachmittag. Zu Hause hat sie ja noch genug um die Ohren mit den Kindern und ihrem Pferd. Unser Au-pair-Mädchen hilft zwar kräftig mit, aber Nicola ist trotzdem ständig beschäftigt.« Das klang missbilligend.

»Wo waren Sie übrigens seit gestern Abend?«

»Warum fragen Sie? Verdächtigen Sie mich etwa?«

»Das hat nichts mit Ihnen persönlich zu tun. Diese Frage muss ich allen hier stellen.«

Trotzdem wirkte er irritiert. »Da muss ich mal überlegen. Also, gleich nach der Arbeit bin ich zum Golfplatz nach Sinzing. Ich hatte um 18 Uhr einen Termin mit einem Kunden. Nach dem Spiel waren wir im Golfplatzrestaurant. Danach bin ich nach Hause gefahren.«

Ein wirklich vielbeschäftigter Mann. »Wann war das?«

»Kurz vor Mitternacht.«

»War Ihre Frau noch wach?«

»Nein. Sie hatte starke Kopfschmerzen und ist sehr früh zu Bett gegangen. Aber unser Au-pair-Mädchen war noch auf.«

»In Ordnung, Dr. Winters.« Lilian leerte ihre Kaffeetasse und stand auf. »Dann würde ich jetzt gern mit Herrn Perlinger reden.«

»Da haben Sie Pech. Der hat sich heute frei genommen.«

Ob das ein Zufall war? »Dann geh ich mal ins Labor.«

Er schaute auf seine Armbanduhr. »Da finden Sie jetzt Svenja. Meine Frau ist schon weg.« Er begleitete sie zur Tür.

»Hat es einen bestimmten Grund, dass Sie immer die Vornamen verwenden, wenn Sie von Ihren Mitarbeitern reden?« fragte Lilian.

»Ja. Ich bestehe darauf, dass sich in meiner Firma alle duzen. Mich eingeschlossen. Verbessert das Betriebsklima.«

Für so fortschrittlich hätte Lilian ihn gar nicht gehalten. Auch Paula Gerbers Tränen erschienen jetzt in einem anderen Licht. Es war einfach nur der Schock gewesen. Oder doch nicht?

Die Befragung der Laborkraft brachte nichts Neues. Für die Tatzeit hatte sie ein Alibi. Als Lilian zum Ausgang ging, saß die Sekretärin Silke Kämmerer immer noch an ihrem Schreibtisch. Ihr Gesicht war eine Maske, freundlich und unverbindlich. Nur mit dem Kugelschreiber trommelte sie unruhig auf die Unterlage. Auf einmal sagte sie: »Ich weiß, man soll nicht schlecht über Tote reden. Aber ich fand Andreas manchmal … seltsam.«

Lilian blieb am Empfangstisch stehen. »Wie meinen Sie das?«

»Es kam mir so vor, als würde er etwas verbergen. Als hätte er ein anderes, zweites Gesicht. Nicht nur das offizielle.«

Das erstaunte Lilian nicht. Hätte der Mann seine masochistischen Vorlieben jedem auf die Nase binden sollen?

»Wissen Sie, ich …« Die Frau zögerte. »Ehrlich gesagt: Ich machte mir Sorgen.«

»Worüber?«

»Nicht worüber. Eher um wen.«

»Und um wen genau?«

»Um … Nein, ich … Ach, vergessen Sie's. So ein Blödsinn! Wahrscheinlich habe ich mir das nur eingebildet.« Dann entschieden: »War nichts Wichtiges.« Ihr Empfangssekretärinnen-Lächeln erschien wieder.

Das Telefon klingelte. Silke Kämmerer hob ab. Erleichtert. Warum wohl? Weil ihr eine Antwort erspart geblieben war? Lilian wartete, bis das Telefonat beendet war. »Was wollten Sie eben sagen?«

»Nichts, wirklich. Vergessen Sie's!«

»Manchmal sind gerade die unwichtigen Dinge die wichtigsten.«

Wieder läutete das Telefon. Während Silke Kämmerer den Anrufer weiterverband, klingelte es schon auf einer anderen Leitung. Lilian verabschiedete sich. Sie würde nichts vergessen, das war sicher. Und sie würde wieder kommen. Bald.

Sie fühlte seinen heißen Atem auf der Haut, spürte seine Lippen auf Hals, Brüsten, Bauchnabel, Scham. Sie hörte, wie er ihren Namen flüsterte. Fühlte ihn tief in sich eindringen. Zuerst waren seine Bewegungen langsam, intensiv. Dann wurden sie immer heftiger. Schweiß perlte über ihren Körper. War der von ihr? Oder von ihm? Egal. Gleich würde sie explodieren, nicht mehr lange … In der gleichen Sekunde breiteten sich die Wellen ihrer Lust vom Unterleib bis in jede noch so winzige Faser ihres Körpers aus. Rissen sie mit in einen Strudel der Sinnlichkeit, in dem sie am liebsten ertrunken wäre. Sie wollte den Moment festhalten, in ihm versinken. Doch schon ebbten die Wogen ab. Wichen einem Meer der Zufriedenheit. Des Gesättigtseins. Bis zum nächsten Mal … Oh mein Gott, nie wieder! Es gab nie wieder ein nächstes Mal.

Wann würden sie endlich aufhören, diese Erinnerungen? Sie wollte die vergangenen Augenblicke nicht wieder durchleben. Wollte nicht an seine Umarmungen denken, seine Berührungen. Und auch nicht an alles andere. Sie hatte geglaubt, mit seinem Tod würde sie alles auslöschen. Als wäre es nicht geschehen. Wie hatte es ihr gut getan, ihn leiden zu sehen. Was für ein unbeschreibliches Gefühl der Macht, wie er hilflos wimmernd auf dem Bett gelegen war. Ihr ausgeliefert, ohne Grenzen. Damit hatte er nicht gerechnet. Diese Ungläubigkeit in seinen Augen. Beim Gedanken daran ging es ihr ein wenig besser. Doch diese kurze Empfindung befriedigter Rache wich sofort einem anderen Gefühl. Einem Gefühl tiefster Verzweiflung. Es war vorbei. Für immer und ewig.

Ihre Hände strichen über ihre Schultern, liebkosten den Bauch. Als wären es die seinen. Doch die würden sie nie wieder berühren, denn jetzt lagen sie kalt und leblos auf einer Bahre im Gerichtsmedizinischen Institut. So wie sein ganzer kalter, lebloser Körper. Sie schauderte. Krümmte sich. Es tat so weh! Ihr Körper schrie nach ihm. Wie bei einem Fixer, der sich keinen Schuss mehr setzen kann. Sie spürte ein Ziehen und Brennen im Unterleib. Auch in der Brust. Ihr wurde übel, am liebsten hätte sie sich übergeben. Wie sollte sie das nur aushalten? Sie schwankte. Glaubte, ohnmächtig zu werden. Ihre Hände suchten Halt, tasteten nach festem Untergrund. Panisch hielt sie sich am Fenstersims fest, hustete ein paar Mal, atmete tief durch. Doch es ging nicht vorbei. Sie rannte ins Badezimmer. Schaffte es gerade noch bis zum Klo, in das sie sich mehrmals erbrechen musste.

»Du bist das letzte Stück Scheiße«, sagte diese innere Stimme, die sie so hasste. Und fürchtete. Kam die denn nie zum Schweigen? Da war sie schon wieder: »Zuerst kaltblütig einen Mord planen, den auch wirklich durchziehen – und jetzt bist du auf einmal am Ende. Und warum? Weil du ihn nicht mehr ficken kannst. Was für eine Null du doch bist!« Aber das allein war es nicht. Sie hasste sich selbst dafür, dass sie einem Menschen das Leben genommen hatte. Es war so einfach gewesen. Nur zwei kleine Schnitte. Das war's.

Doch was viel schlimmer war … Sie hatte nicht mit dieser verdammten Sehnsucht gerechnet, nicht mit dem körperlichen Verlangen nach ihm. Und auch nicht mit den Bildern aus der Vergangenheit …

Wenzenbach war ein kleiner Ort nordöstlich von Regensburg. An einem sonnigen Südhang am Ortsende lag das Haus der Familie Winters. Ein großes, allein stehendes Gebäude inmitten eines riesigen Grundstücks. Hohe Fenster, schnörkellose Fassaden, ein leicht geneigtes Flachdach, kaum mehr als drei bis vier Jahre alt. Mit einem alten Obstbaumbestand zwischen Birken, Linden und Buchen in einem weitausladenden Garten, der mehr an einen Park erinnerte. Auf einem der Bäume entdeckte Lilian ein Holzbaumhaus, aber weder Leiter noch Seil um hinaufzugelangen.

Die Obstbaumblüte war dieses Jahr schon fast vorbei, denn der April war ungewöhnlich warm gewesen. Fast, als ob der Frühling übersprungen worden wäre. Nur noch vereinzelte Rapsfelder in strahlendem Gelb neben dem satten Grün auf den umliegenden Wiesen. Nach den langen Wintermonaten empfand Lilian die Farbenflut der Natur immer wieder als Wohltat für Auge und Seele. Allerdings hätte sich diese Hitze noch bis zum Sommer Zeit lassen können. Als Lilian in die breite Einfahrt einbog, wischte sie sich den Schweiß von der Stirn. Vor dem Haus war ein kleiner Anbau, daneben die Garage. Eine Großraumlimousine der gehobenen Preisklasse stand davor. Lilian parkte und stieg aus. Da stürzten aus dem Schatten des Anbaus zwei wild bemalte Piraten hervor. Laut schreiend und mit gezückten Holzsäbeln umringten sie Lilian.

»Geld oder Leben!« rief der ältere Pirat übermütig. Blonde Haarspitzen lugten unter einem selbstgebastelten Seeräuberhut hervor. Dazu gefährlich aussehende Narben, ein aufgemalter Stoppelbart und eine Augenklappe. An einem Ohr baumelte ein goldener Reifenohrring, den er wahrscheinlich aus dem Modeschmuckbestand seiner Mutter stibitzt hatte. Lilian erkannte in ihm den Jungen von dem Foto in Dr. Winters' Büro. Der zweite Seeräuber sah nicht gar so verwegen aus mit nur halb so vielen Löchern im T-Shirt.

Lilian brach theatralisch zusammen. Mit scheinbar

letzter Kraft kramte sie aus ihrer Tasche ein gelbes Gummiband. »Erbarmen! Ich habe kein einziges Goldstück mehr. Nur noch dieses Goldarmband. Nehmt es und lasst mir mein Leben!«

Die beiden Seeräuber rissen es siegessicher an sich und zogen mit wildem Geheul ihrer Wege. Schmunzelnd richtete sich Lilian auf. Aus den Augenwinkeln sah sie, wie der blonde Seeräuberkapitän seinem Spießgesellen den Schatz überließ. Langsam kam er zurück.

»Bist du von der Polizei?« fragte er neugierig.

»Wie kommst du denn darauf?«

Der Junge guckte sie an, als ob sie nicht bis Drei zählen könnte. »Die reden doch alle von nichts anderem als von dem toten Mann aus der Firma, seit der Papa angerufen hat. Zumindest dann, wenn sie meinen, dass ich nicht zuhöre.« Sein Blick drückte deutlich aus, was er von diesen Leuten hielt, wen immer er damit meinen mochte. »Wenn man Zwei und Zwei zusammenzählen kann, dann ist doch klar, dass die Polizei auch mal zu uns kommt.«

»Und du kannst Zwei und Zwei zusammenzählen.« Lilian klopfte sich den Staub von der Hose.

»Klar.« Lässig zuckte er mit den Achseln. »Bin doch nicht doof.«

»Hast du den Toten gekannt?«

»'türlich. War doch hin und wieder hier bei uns. Zum Essen und so.«

»Hat er mit dir gespielt?«

»Gespielt? Der?« Ein verständnisloser Blick. »Der doch nicht. Der hat immer nur mit Papa irgendwelches Zeug geredet. Oder mit Mama.« Prüfend blickte er Lilian an. Es war klar, was er dachte: Obwohl sie eine Erwachsene war, schien sie trotz ihrer dummen Fragen nicht ganz von der üblichen, im Allgemeinen völlig begriffsstutzigen Sorte zu sein. Immerhin konnte sie sogar Seeräuber spielen. Zumindest beherrschte sie die Grundregeln.

»Ich heiße übrigens Lilian.«

»Und ich Fabian.«

»Und dein Freund?«

»Martin. Der ist sieben.« Das klang ein wenig verächtlich. Dann stolz: »Ich bin schon acht.« Kurze Pause. »Wie alt bist du?«

»34.«

»Aha. Meine Mama ist 36.«

Fabian setzte an, um noch etwas zu sagen. Ob das Kräftemessen jetzt beendet war? Offenbar, denn er schwieg.

Lilian deutete zum Haus. »Ist deine Mama da?«

»Ja. Mit Jenny auf der Terrasse.«

»Ist das deine Schwester?«

»Nein, unser Au-pair. Die kommt aus Irland, redet richtig Englisch. Kannst du auch Englisch?«

»Klar. Und Französisch. Sogar ein wenig Italienisch. Aber das bleibt unter uns. Das ist mein Geheimnis.«

Fabian sah sie mit großen Augen an. Sein Freund rief ihm etwas zu. Fabian winkte ihm.

»Wo ist denn die Terrasse?«

Fabian schaute unentschlossen zu Martin hinüber, der das Gummiband durch die Luft wirbelte. Wie eine Siegestrophäe. Lilian spürte, dass der blonde Junge nicht so recht wusste, wem er im Moment seine Aufmerksamkeit schenken sollte: seinem Freund mit der wertvollen Beute oder dem spektakulären Besuch.

»Hinter dem Haus. Du kannst da lang gehen.« Der Junge zeigte auf einen gepflasterten Weg. Trat von einem Bein aufs andere.

Lilian winkte ihm zum Abschied, um ihm seine Entscheidung zu erleichtern, und folgte dem beschriebenen Weg.

Fabian lief ihr hinterher. »Einmal hat er ihr Pralinen mitgebracht. So ganz teure aus einem Extra-Pralinengeschäft. Aber die mochte sie nicht. Sie isst nie Pralinen. So wie ich.«

»Wer hat wem Pralinen mitgebracht?«

»Halt der, der abgemurkst wurde. Der wusste eben nicht, dass meine Mama keine Pralinen mag. Aber Julia mochte sie. Sie durfte die ganze Schachtel aufessen.«

»Ist Julia deine Schwester?«

Ein zufriedenes Nicken. »Nachher war ihr schlecht.«

»Wem? Julia?«

»Genau. Aber ich hab ihr gleich gesagt: Selber schuld, wenn du alles auf einmal aufisst.« Er verzog sein Gesicht. »Danach hat sie tagelang gejammert, weil ihr ihre Lieblingsjeans zu eng war. Typisch!«

»Sie hätte sich die Pralinen ein bisschen einteilen sollen.«

Das Gefühl der Solidarität wuchs. »Genau. Diese Frauen ...«

Bevor Lilian noch etwas entgegnen konnte, war Fabian schon mit lautem Kampfgeschrei davongesaust. Sie grinste und ging zur Rückseite des Gebäudes. Dort gabelte sich der gepflasterte Pfad. Ein Teil führte an den Obstbäumen vorbei bis zu einem kleinen Teich, der andere bis zur Terrasse. Dort waren zwei Frauen. Die eine war fast noch ein Mädchen. Eine Flut von Sommersprossen übersäte ihre helle Haut. Kaum ein Fleckchen, das nicht rotbraun gesprenkelt war, dazu helle Augenbrauen und Wimpern. Das musste das irische Au-pair-Mädchen sein. In ihren hohen Plateauschuhen und der knappen Hüfthose wirkte sie ein wenig fehl am Platz, wie sie ganz in ihre Arbeit versunken vor dem Gartentisch stand und Wäsche zusammenlegte. Die andere Frau bügelte. Dunkelblonde, bis zu den Schultern reichende Haare umrahmten ein schmales Gesicht mit hoher Stirn und dunkelblauen Mandelaugen. Sie sah genauso aus wie auf dem Gänseblümchen-Foto, nur an den Mundwinkeln und um die Augen hatte sie ein paar Falten mehr. Ob das Lachfalten waren? Die hellen Farben ihres schlichten Kleides standen ihr gut.

Lilian stellte sich vor und erklärte kurz ihr Hiersein.

»Ihr Sohn hat mir gesagt, wo Sie zu finden sind. Sie sind doch Nicola Winters?«

Die Frau im Leinenkleid nickte. Ihr Händedruck war fest und warm. »Haben die Seeräuber Sie am Leben gelassen? Wie schön.« Ein herzliches Lachen. »Wollen Sie was trinken? Vielleicht einen Cappuccino?«

»Aber bitte keinen zum Aufgießen.«

»Natürlich nicht! Bei mir gibt's nur einen echten mit aufgeschäumter Milch.«

»Hört sich gut an. Dann bitte einen großen.« So was kam selten genug vor.

»Kommt sofort. Jenny, willst du auch einen?«

Jenny wollte einen Apfelsaft. Die Hausherrin verließ die Terrasse. Durch die Glasscheiben der breiten Terrassentüren konnte Lilian einen Blick ins Wohnzimmer werfen. Ein Sofa mit aufgestickten Blumen, darauf haufenweise Kissen in farblich passenden Stoffen. Die Farben des gelb-grün gemusterten Teppichs wiederholten sich in den weitschwingenden Vorhängen. Vor dem offenen Kamin ein bequemer Polstersessel, auf dem Kaminsims Windlichter aus farbigem Glas und Keramik. Sah sehr gemütlich aus.

Jenny bot Lilian einen Platz auf einem der einladend aussehenden Teakholzstühle an. Sie setzten sich.

»Wie gesagt, ich ermittle in diesem Mordfall. Sie haben wohl schon davon gehört?«

»Ja.«

»Kannten Sie den Toten?«

»Nur vom Sehen.« Trotz des unverkennbar englischen Akzents war Jennys Deutsch ausgesprochen gut. Lilian machte eine anerkennende Bemerkung. Das unerwartete Kompliment entlockte Jenny ein schüchternes Lächeln. »In den letzten zwei Jahren war ich oft hier in der Nähe.« Sie errötete. »Mein Freund studiert in Regensburg. So oft es geht, treffen wir uns und ... gehen ins Kino ...«

Die beiden saßen sicher nicht nur händchenhaltend auf Plüschsesseln im Kino, um Popcorn zu futtern. Aber warum war Jenny dieses Thema so unangenehm? Redete man in Irland nicht darüber? Das konnte Lilian sich nicht vorstellen. Sie fragte nach Dr. Winters' Alibi.

Wieder wurde Jenny rot. »Er war um Viertel nach 12 da. Ich hatte noch ferngesehen und bin gerade ins Bett, als er kam. Ich hab hier im Haus geschlafen, denn Nicola war ja drüben im Anbau. Neben meinem Appartement gibt es noch ein Gästezimmer. Sie hatte schreckliche Migräne. Sie hat das hin und wieder. Es sind richtige Anfälle. Das einzige, was ihr dann hilft, sind absolute Ruhe und Dunkelheit.«

Lilian machte sich ein paar Notizen. Jenny stand auf, um Nicola Winters zu helfen. Doch die kam schon mit den Getränken zurück. Jenny trank in einem Zug ihr Glas leer. »Brauchen Sie mich noch?«

Lilian verneinte. Schon war Jenny verschwunden.

»Sie sind ja ziemlich flott«, sagte Lilian und nahm sich einen Cappuccino.

»Bleibt mir auch nichts anderes übrig.« Nicola verzog das Gesicht. »Bin ständig am Sausen mit dem Job in der Firma, den Kindern und meinem Pferd. Das steht in einem Stall in der Nähe. Dann das Haus mit allem was dazu gehört, denn meine Putzhilfe macht schließlich auch nicht alles. Und die vielen Termine mit Ballett, Klavier, Karate, Schauspielgruppe. Manchmal komme ich mir vor wie ein Privatchauffeur für die Kinder. Meine Tage haben viel zu wenig Stunden.«

»Das kenne ich. Ich habe auch ein Kind. Mein Hauptproblem ist, dass ich ständig meine, ich mache alles halb und nichts ganz. Vom schlechten Gewissen gegenüber meiner Tochter mal ganz abgesehen.« Lilian wunderte sich über sich selbst. Sonst war es nicht ihre Art, im Job über private Dinge zu reden. Noch dazu vor einer Zeugin. Auch Nicola musterte Lilian überrascht, als hätte sie nicht erwartet, ausgerechnet von dieser selbstbewussten Polizeibeamtin Verständnis für ihre Situation zu bekommen. Verlegen trank Lilian einen Schluck Cappuccino. Er schmeckte köstlich. »Welche Beziehung hatten Sie zu Dr. Robner?«

»Eine vorwiegend berufliche. Als Chef war er absolut okay. Auch wenn er mal zu uns zum Abendessen kam, war das immer ein angenehmer Abend. Andreas war ein guter Unterhalter. Zuvorkommend, humorvoll, belesen.«

Kein Wunder bei den vielen Büchern in seiner Wohnung. »Hat er von seinem Privatleben erzählt?«

»Nein. Er hat nie über private Dinge geredet.«

»Wissen Sie, ob er eine Freundin hatte?«

»Nein, aber des Öfteren hat eine Frau im Labor angerufen. Ich glaube, ihr Name war ... Thea, ja genau.«

Die Frau vom Anrufbeantworter! Endlich eine Spur! »Was wissen Sie von ihr?«

»Nichts weiter. Andreas hat nicht über sie gesprochen. Aber ich hatte den Eindruck, als ob ihm ihre Anrufe peinlich gewesen wären. Danach war er jedes Mal richtig aufgebracht.«

Das passte zu der versteckten Drohung von der Nachricht auf dem Anrufbeantworter. »Hatte er Feinde? Etwa in der Firma?«

»Feinde?« Sie überlegte. »Nicht direkt. Aber letzten Freitag hab ich mitgekriegt, wie er sich mit Anton Perlinger gestritten hat. Da brachte ich Andreas die Testergebnisse des laufenden Versuches ins Büro. Ziemlich dicke Luft, dachte ich mir noch. War aber auch kein Wunder. Die Rivalität der beiden war nicht zu übersehen.«

Na also! Hinter den Kulissen sah es eben doch anders aus, als der Unternehmer es hatte darstellen wollen. Dann fiel Lilian auf, dass Nicola angestrengt die schmalen Hände musterte. »Sonst noch was?«

»Ja, ich ... Ich bin nicht sicher ... Aber ich glaube, dass Andreas auch mit Sandra Probleme hatte. Sandra Jentschek ist die Cousine meines Mannes. Seit vier Jahren macht sie die Buchhaltung und das Personalwesen.«

»Warum glauben Sie das?«

»Neulich tauchte Sandra im Labor auf und redete mit ausgesprochen verbissener Miene auf Andreas ein. Es kam mir seltsam vor. Ich saß ganz hinten am Schreibtisch, so konnte ich nicht verstehen, worum es ging.« Verlegen drehte sie an einem Perlmuttknopf ihres cremefarbenen Leinenkleides. Es hatte ganz feine, hellbraune Streifen. »Es ging mich ja auch nichts an. Offenbar hatten sie aber eine private Auseinandersetzung.«

»Woher wissen Sie das?«

»Ich traf Sandra kurz danach auf dem Gang. Ich dachte mir nichts dabei und fragte sie einfach, was das eben zu bedeuten hatte. Schließlich ist sie die Cousine meines Mannes. Und wenn es um berufliche Differenzen geht, dann möchte ich auch davon wissen. Auch wenn die Firma Bruno allein gehört. Aber Sandra ließ mich ziemlich abblitzen. Ich solle doch meine Nase nicht in ihre Privatangelegenheiten stecken, war ihre Antwort.«

»Deutlicher geht's nicht.«

»Ja, ich war richtig sauer. Sie ist zwar oft so zu mir. Aber da war sie noch frecher als sonst.« Nicola zögerte. »Sie hatte wohl ihre Gründe.«

»Welche denn?«

»Na ja. Sehr private eben.« Sie zog die Worte in die Länge.

»Sie meinen, die beiden hatten ein Verhältnis miteinander?«

»Das dachte ich mir, ja. Sandra ist eine allein stehende, attraktive Frau. Und Andreas war ein gut aussehender Mann.«

Interessant. »Wann genau war dieser Streit?«

»Am Montag, gegen Mittag.«

»Also einen Tag vor seinem Tod?«

»Sie meinen doch nicht …? Nein, Sandra hat bestimmt nichts damit zu tun.« Nicola sah ziemlich erschrocken aus. »Ich wollte doch Sandra nicht in Schwierigkeiten bringen.«

Warum hatte sie dann nicht den Mund gehalten? »Wann haben Sie Dr. Robner das letzte Mal gesehen?«

Nicola brauchte einen Moment, als beschäftige sie immer noch dieser unfassbare Gedanke. »Vorgestern am … Montag. Gestern war ich nachmittags in der Firma. Andreas kam nicht ins Labor.«

Da hatte er ja Blumen gekauft, wie Lilian inzwischen in der Gärtnerei herausgefunden hatte. 50 rote Baccararosen. Für die Verabredung mit seinem ›Tête-à-Tête‹? »Gut, Frau Winters. Das ist im Augenblick alles.« Sie leerte ihre Tasse in einem Zug und stand auf. »Danke, hat sehr gut geschmeckt.«

»Freut mich. Ich begleite Sie ein Stück. Die Piraten haben sicher Hunger.«

Sie verließen die Terrasse. Sorgfältig angelegte Blumenbeete säumten den schmalen Weg. Wann Nicola dafür wohl Zeit hatte? Ihr Mann kümmerte sich bestimmt nicht um den Garten.

»Ist das eigentlich Zufall, dass in der Firma Ihres Mannes so viele Frauen arbeiten?« fragte Lilian.

»Nicht wirklich. Ich nutze meinen Einfluss. Ich finde, wir Frauen sollten zusammenhalten.« Nicola sagte das mit einer erstaunlichen Selbstverständlichkeit, nicht die Spur hochnäsig. Auch nicht herablassend gegenüber den Männern auf der Welt im Allgemeinen – oder bei BioMed im Besonderen.

Da stürmten die jungen Seeräuber mit ohrenbetäubendem Geheule aus dem Unterholz hervor. Nicola war hin- und hergerissen, als wüsste sie nicht, ob sie die beiden ausschimpfen oder lauthals loslachen sollte. Bevor sie etwas sagen konnte, waren die tollkühnen Freibeuter aber schon wieder in den Büschen verschwunden. Nicola lachte nur und rief sie zum Essen. Dann verabschiedete sie sich und ging ins Haus.

Als Lilian sich umdrehte, winkte Fabian ihr vom Baumhaus aus zu. In der Hand hielt er etwas fest: das gelbe Gummiband.

KAPITEL 3

Sandra Jentschek wohnte in einem Mehrparteienhaus am südlichen Stadtrand von Regensburg. Nach dem dritten Klingeln hörte Lilian eine rauchige Frauenstimme aus der Sprechanlage. »Wer ist da?«

»Kriminalpolizei. Ich ermittle in einem Mordfall. Darf ich reinkommen?«

»In Ordnung. Erster Stock, linke Seite.«

Ein kurzer Summton. Lilian drückte gegen die Eingangstür und ging die Treppe hinauf. Die beschriebene Tür in der ersten Etage war offen.

»Ich ziehe mir nur was über. Gehen Sie schon mal ins Wohnzimmer«, ertönte die Frauenstimme von vorhin aus dem hinteren Teil der Wohnung.

Im Wohnzimmer dominierten glatte, glänzende Oberflächen aus Leder, Glas und Nirostahl. Überall Schwarz, Grau und Weiß. Ziemlich trist. Nirgendwo eine halbvolle Teetasse oder herumliegende Seiten der Tageszeitung. Als einzige Farbtupfer ein paar gut gelungene Reisefotografien. Einsame Sandstrände unter azurblauem Himmel, exotische Pflanzen, antike Ruinen vor fremdländischen Kulissen. Sandra Jentschek musste weit in der Welt herumgekommen sein. So wie David. Mist, warum musste Lilian ausgerechnet jetzt an ihn denken? Neulich hatte sie ihn zufällig wiedergetroffen. In der Alten Mälzerei, einer Regensburger Musik- und Kleinkunstbühne. Bei einem Jazzkonzert. Sie hatte ihn sofort erspäht, aber trotzdem die ganze Zeit über so getan, als sähe sie ihn nicht. Wie ein kleines Mädchen. In der Pause war er an ihren Tisch gekommen, um sie in unverfänglichen Smalltalk zu verwickeln. Woher sie den Mut genommen hatte, ihm vor Beginn der zweiten Konzerthälfte einen Bierdeckel mit ihrer Telefonnummer zuzustecken, wusste sie bis heute noch nicht. Wahrscheinlich war es der Rotwein gewesen. Natürlich hatte er sie nicht angerufen. Was hatte sie denn auch erwartet? Dass er ihr am nächsten Tag die Tür einrennen würde? Das war doch lächerlich! Verdammt noch mal, sie wollte nicht mehr an ihn denken. Obwohl sie es viel zu oft tat …

Sandra Jentschek erschien in einem Morgenmantel aus dunkelgrauer Seide. Darunter ein Pyjama aus dem gleichen Stoff. Was für ein ungewöhnlicher Aufzug für diese Uhrzeit. Es war schon nach drei. Bei BioMed hatte man Lilian gesagt, dass Sandra Jentschek sich wegen einer Reifenpanne entschuldigt hatte. War sie danach wieder ins Bett gegangen? Sie bot Lilian einen Platz auf dem Sofa an, das sich ebenso kalt anfühlte, wie es aussah. Sie selbst setzte sich Lilian gegenüber in einen Designerstuhl, so dass sie mit dem Rücken zum Fenster saß. So hatte sie Lilian bestens im Visier, blieb selbst aber im Schatten.

Lilian betrachtete ihre Gastgeberin unverhohlen. Eine ungewöhnlich schöne Frau Anfang, Mitte 30. Lange, hellblonde Haare. Ein ebenmäßiges, schmales Gesicht mit einer Haut wie aus weißem Porzellan. Eisblaue Augen. Lilian musste immer wieder auf die knallrot geschminkten Lippen starren. Das irritierte sie. Aber das sinnliche Rot schien ihr das einzig Warme an dieser Frau zu sein.

»Sie kommen wahrscheinlich wegen Andreas.« Lässig schlug sie ihre perfekt geformten Beine übereinander. »Bruno hat mich vorher angerufen.« Sie machte keinen sehr betroffenen Eindruck. Bemühte sich auch nicht, das zu verbergen.

»Wann haben Sie Dr. Robner zuletzt gesehen?«

»Keine Ahnung. Vielleicht gestern? Oder vorgestern? Bis auf die Überweisung seines Honorars hatte ich nicht viel mit ihm zu tun.«

»Worum ging es dann bei Ihrem Streit am Montagmittag? Haben Sie 100 Euro zu wenig überwiesen?«

»Die liebe Nicola hat also ein wenig geplaudert.« Sie verzog die Lippen zu einem abfälligen Grinsen.

»Sie verstehen sich nicht besonders mit Frau Winters?«

»Nicola wusste schon immer alles besser, auch früher auf der Schule. So wie ihre Mutter, die hochgeschätzte Geschichtslehrerin Anna Seelinger. Bis zur Kollegstufe waren Nicola und ich in der gleichen Klasse in dieser Schule am Münchner Stadtrand. Später im Studium wohnten wir sogar im gleichen Studentenwohnheim.«

»Auch in München?«

Sie nickte. »Und jetzt arbeiten wir auch noch in der gleichen Firma. Ich werde sie wohl nicht mehr los.«

»Ich dachte, Frau Winters ist Technische Assistentin.«

»Sie hat zuerst Chemie studiert.«

»Hat sie ihren Mann über Sie kennen gelernt?«

»Ja. Sie sollte mir eigentlich dankbar sein, dass sie mit meiner Hilfe eine so gute Partie an Land ziehen konnte.«

»Auf mich hat sie nicht den Eindruck gemacht, als ob ihr das so wichtig wäre.«

»Dann sind Sie auf sie hereingefallen. Sie lässt es sich doch ziemlich gut gehen. Dabei ist sie wirklich nicht die einzige, die viel um die Ohren hat. Bruno weiß nie, wo ihm der Kopf steht vor lauter Arbeit. Und Leute wie ich müssen auch alles alleine managen. Aber die gnädige Dame geht jeden Tag zum Reiten, während das Aupair-Mädchen sich um die Kinder kümmert, der Gärtner den Garten auf Vordermann bringt und die Putzfrau das Haus in Ordnung hält.«

Die Herablassung in Sandra Jentscheks Ton hatte sich nicht verändert. Doch ihre Wut und ihr Neid waren fast mit Händen greifbar. Obwohl sie selbst sicher auch nicht die Ärmste war. Warum regte sie sich so auf?

Der eine brauchte ferne Reiseziele und einen erlesenen Geschmack, der andere ein langersehntes Pferd und Entlastung im täglichen Kleinkram. Noch dazu bei einem Mann, der seine Zeit lieber auf dem Golfplatz und in seiner Firma verbrachte.

»Trotzdem würde ich jetzt gerne wissen, worum es bei Ihrem Streit mit Dr. Robner gegangen ist«, sagte Lilian. Bemerkenswert, mit welcher Unauffälligkeit diese Frau ihr eine Antwort schuldig geblieben war. »Vielleicht darum, dass Sie ein Verhältnis mit ihm hatten?«

Sie lachte abfällig. »So ein Quatsch. Ich hatte kein Verhältnis mit ihm.«

Hatte Nicola sich getäuscht? »Warum haben Sie dann mit ihm gestritten?«

»Aus einem ganz anderen Grund. Aber das hat mit Andreas Tod nichts zu tun.«

»Das zu entscheiden ist meine Sache. Also?«

Lautes Seufzen. »Es ging um unser gemeinsames Projekt.«

»Was für eins?«

»Wir hatten vor, eine eigene Firma zu gründen.«

»Wer? Sie und Dr. Robner?«

»Ja. Und Anton.«

»Anton Perlinger?« Der ausgebootete Laborleiter. Das wurde ja immer besser. »Weiß Dr. Winters davon?«

»Natürlich nicht! Dann wären wir doch alle unsere Stelle los gewesen.«

»Sie sind doch seine Cousine.«

»Gerade deshalb hat er gewisse Erwartungen an meine Loyalität. Und bei Sachen, die seine Firma angehen, versteht Bruno keinen Spaß. Anton war ziemlich sauer, als Bruno ihm einen Chef vor die Nase setzte. Er suchte nach einem neuen Job, fand aber nur was in Köln. Das war ihm zu weit weg. Also überlegten wir, was sonst noch in Frage käme. Wir treffen uns regelmäßig zum Schachspielen. Daher weiß ich, dass er ein großzügiges finanzielles Polster hat und sich selbstständig machen will. Das fachliche Know-how für den labortechnischen Bereich hat er sowieso. Er wusste nur nicht, auf welches Zugpferd er setzen sollte.«

»Etwa auf das PCR-Projekt?«

»Ganz genau. Es war zwar nicht ganz ohne Risiko, denn Andreas hätte bei diesem Angebot direkt zu Bruno marschieren können. Aber ich hatte Andreas richtig eingeschätzt. Er lachte sich richtig ins Fäustchen bei dem Gedanken, den Unternehmer selbst hinters Licht zu führen. Wir fingen also damit an, die staatlichen Zuschüsse zu beantragen und ein Labor im BioPark bei der Universität zu organisieren.«

»Eine heikle Sache. Man hätte Sie wegen Industriespionage zur Verantwortung ziehen können.«

»Das sehe ich anders. Andreas Vertrag war so ausgearbeitet, dass das kein Problem gewesen wäre. Trotzdem wollte Andreas aus genau diesem Grund auf einmal einen Rückzieher machen. Das war letzte Woche. Am

Freitag wollte Anton ihn umstimmen. Aber es klappte nicht. Da habe ich mir Andreas am Montag vorgeknöpft.«

Das deckte sich mit Nicola Winters Schilderung. »Was hat er gesagt?«

»Dass er nicht im Gefängnis landen will. Ich lachte ihn aus. Erklärte ihm die Sachlage. Außerdem war ja er der PCR-Spezialist, und nicht Bruno. Schließlich konnte ich ihn überzeugen.«

»Wie schade, dass er dann so unerwartet ermordet wurde. Damit haben sich Ihre Pläne in Luft aufgelöst.«

»Da haben Sie leider Recht. Aber wir finden sicher bald einen neuen Partner. Vielleicht mit einer nicht so vielversprechenden Idee, aber Hauptsache, man bleibt flexibel.«

Ein Menschenleben war ziemlich wenig wert in den Augen dieser Frau. Was zählte, waren wirtschaftliche Aspekte. Sie würde nicht in einer schlaflosen Nacht darüber grübeln, was ihr ehemaliger Geschäftspartner in seinen letzten Lebensminuten erlitten hatte. Menschen wie sie hatten sich ohnehin nicht mit schlaflosen Nächten herumzuschlagen. Das waren nur die, die sich viel zu viele Gedanken über Dinge machten, die sie sowieso nicht ändern konnten. So wie Lilian. »Wo waren Sie von Dienstagabend bis zum nächsten Morgen?«

»Sie denken doch nicht allen Ernstes, dass ich Andreas getötet habe?« Sie war mehr erstaunt als aufgebracht. »Ich hätte doch viel mehr davon gehabt, wenn Andreas so lange wie möglich am Leben geblieben wäre.«

»Beantworten Sie meine Frage.«

»Ich hatte Besuch. Von 20 Uhr bis 3 Uhr morgens.«

»Von wem?«

»Von Anton.«

»Ziemlich lange für ein Schachspiel.«

»Wir haben nicht Schach gespielt.«

»Sie haben also ein Verhältnis mit ihm.«

»Nein. Es ist was Ernstes. Wir wollen heiraten. Aber das weiß niemand. Bruno stellt sich ja bei solchen Dingen furchtbar an. Wegen seiner Firma und ... na ja.«

»Na ja was?«

»Bei seiner Cousine wäre das doppelt schlimm.«

»Hat Herr Perlinger deshalb die Stelle in Köln ausgeschlagen?«

Sie wickelte eine ihrer blonden Strähnen um den Finger. »Ja, denn ich hätte nicht mitgehen können. Ich bin im dritten Monat schwanger. Zurzeit ist mir oft schlecht.« Deshalb also die ungewöhnliche Kleidung. Sie hatte sich tatsächlich hingelegt. »Aus diesem Grund hatten wir es so eilig, den Plan mit Andreas als Kompagnon in die Tat umzusetzen. Nach der Geburt meines Sohnes kann ich nicht mehr als Ganztagskraft mitmachen.«

»Woher wissen Sie denn jetzt schon, dass es ein Junge wird?«

»So was spürt man doch! Als Frau!«

Und warum hatte Lilian das nicht gemerkt? War sie etwa keine Frau? »Ist Herr Perlinger der Vater?«

»Klar. Wer denn sonst?« Die Strähne glitt vom Finger.

Ob es noch eine andere Antwort gab?

Im Besprechungszimmer wurde es stickig. Lilian schaute verstohlen auf ihre Uhr. Hoffentlich würde sie pünktlich zu Hause sein, um die Kinder zu Bett zu bringen. Heute war Hannas Bauchtanzabend.

Am Tatort hatte man keine Haar- oder Hautreste gefunden. Auch keine Streichhölzer oder ein Feuerzeug, womit die Kerzen angezündet worden wären. Die Fingerabdrücke in der Wohnung stammten vom Toten, von der Sekretärin Paula Gerber und einer noch nicht identifizierten dritten Person. Auf der Leiche selbst waren keine Fingerabdrücke. In der Rigipswand zwischen dem Schlafzimmer und dem Ankleideraum befand sich ein kreisrunder Durchbruch von der Größe eines Zweieurostückes, der erst nach Abhängen eines Bildes entdeckt worden war. Keiner hatte eine Idee, wofür der gut sein sollte. Die erkennungsdienstlichen Ermittlungen sollten im Laufe der nächsten Woche abgeschlossen werden.

Die Schnittwunden an den Handgelenken des Toten

waren die einzigen größeren Verletzungen. Außer den Druckmalen an den Handgelenken, die von den Handschellen verursacht worden waren, hatte man noch auf Rücken, Gesäß und den hinteren Oberschenkeln längliche, vernarbte Striemen festgestellt. Möglicherweise stammten sie von der am Tatort gefundenen Peitsche. Der Mageninhalt des Toten wies eine Zusammensetzung auf, die zeigte, dass der Verstorbene kurz vor seinem Tod noch eine mehlhaltige Speise gegessen hatte. Im Blut war eine geringe Konzentration an Alkohol gefunden worden.

»Die Peitsche und das Jagdmesser sind schon auf dem Weg zum LKA in München. In ein paar Tagen wissen wir, ob alle Blutspuren auf dem Messer vom Opfer selbst sind, »sagte Helmut. »Die Frau, die unter Dr. Robners Wohnung wohnt, hat ihn gestern gegen 18 Uhr im Treppenhaus getroffen. Er kam gerade nach Hause. Sie ist bisher die letzte Person, die ihn lebend gesehen hat. Leider hat niemand von dem Lärm im Haus etwas mitbekommen. Die dritte Wohnung im Haus steht leer und diese Nachbarin hatte gestern Nachtschicht. Sie ist Krankenschwester. Sie hat unseren Herrn Doktor als unauffälligen Nachbarn geschildert. Lebte sehr zurückgezogen, kein Kontakt nach draußen. Nur einmal hat sie eine Frau in einem schwarzen Lackmantel auf der Treppe nach oben gehen sehen. Eine genauere Beschreibung konnte sie nicht geben, denn an dem Tag hat es geregnet und die Unbekannte hatte die Kapuze übergezogen.

Auch eine Anwohnerin in der Straße hat diese Frau vor etwa drei Wochen zu dem Jugendstilhaus gehen sehen. Trotz Sonnenschein wieder mit Kapuze.«

»Vielleicht war sie der Grund, warum der Tote sich öfter aus der Arbeit abgeseilt hat«, mutmaßte Lilian. »Möglicherweise ist sie sogar unsere Thea.«

»Bisher haben wir seinen Terminkalender noch nicht gefunden«, sagte Timo Meier. »Weder in der Wohnung noch im Büro noch im Auto.«

»Ich bezweifle, dass er seine amourösen Treffen dort eingetragen hat«, meinte Helmut.

»Bei denen er es sich offenbar gerne auf die harte Tour besorgen ließ.« Das kam von Hakan Özmöd, der auf die ellenlange Liste auf Lilians Platz neben sich schielte. Handschellen, Lederriemen, Brustklammern, Peitschen, Masken, Videos, Fetischkleidung in diversen Ausführungen. Die Nachricht auf dem Anrufbeantworter war aus einem Pornoartikel-Versandhaus gekommen, das der Inhaber Herr Demel allem Anschein nach ohne offizielle Genehmigung leitete. Er war sehr kooperativ gewesen.

Der Kommissariatsleiter klopfte auf den Tisch. »Etwas zurückhaltender bitte. Weiß man schon, wo diese Sachen hingekommen sind?«

»Bisher noch nicht«, sagte Helmut. »Wir überprüfen gerade, ob der Tote noch eine Wohnung in München hatte.«

»Wie sieht's mit Verwandten aus?«

»Bis jetzt konnten wir nur die Mutter ausfindig machen. Sie ist Witwe, lebt in Freising bei München.«

»Wie hat sie reagiert?«

»Zuerst ungläubig. Dann erstaunlich gelassen. Ich glaube, sie wird ihren einzigen Sohn gar nicht besonders vermissen. Bis auf seltene Telefonate hatten sie kaum Kontakt miteinander.«

»Ob er seiner Thea mehr abgeht?« flüsterte Hakan Lilian zu.

Es wurde nicht besser. Diese verdammten Erinnerungen! Die würden sie noch erdrücken. Oder eher unter sich begraben. Sie sah ihn dauernd vor sich. Mit diesem Augenflackern und amüsierten Lächeln auf den Lippen, wie er ihr vor ein paar Wochen auf dem Parkplatz vor BioMed gegenübergestanden war. ›Genauso unwiderstehlich wie früher sieht er aus‹, war es ihr durch den Kopf geschossen. Natürlich hatte er sie sofort erkannt, so wie sie ihn. Doch keiner hatte sich verraten. Schließlich wusste man nicht, wer als Nächster um die Ecke bog. Nach den üblichen Floskeln – »Freut mich, Sie kennen zu lernen.« »Wenn Sie Hilfe brauchen, können Sie sich gerne an mich wenden.« – war jeder wieder seiner Wege gegangen. Doch sie wusste, sie würden sich wieder begegnen. Unweigerlich. Deshalb hatte sie sich überlegt, ihn irgendwann abzufangen. Um den Status Quo klarzustellen. Doch er war ihr zuvorgekommen.

Nur wenige Tage später hatte sie eines Morgens gar

keine Lust mehr auf Arbeit gehabt. Ein ungewöhnlich warmer Tag für Anfang März. Wer wollte diesen ersten Frühlingsvorboten denn hinter tristen Betonwänden verbringen? Sie würde einfach die heutigen Termine platzen lassen. Über ihr Handy verständigte sie die Firma, dass sie sich nicht gut fühlte und den Arzt aufsuchen wollte. Die kleine Notlüge gab ihr ein erstes Gefühl von Freiheit. Einfach nur die Seele baumeln lassen. Das leistete sie sich so gut wie nie. Dann fuhr sie stadtauswärts Richtung Nordwesten. Sie folgte der Straße nach Kallmünz, einer idyllisch gelegenen, kleinen Ortschaft im Naabtal. Hier hatten schon so bedeutende Maler wie Wassily Kandinsky und Gabriele Münter den Zauber der Natur auf sich wirken lassen. Und den ihrer Gefühle füreinander.

Sie beschloss, einen Spaziergang zur Burgruine hinauf zu machen. Um diese Tageszeit war sicher noch kein Mensch unterwegs. Sie parkte ihr Auto am Ortsende beim Flussufer, schlenderte zwischen den letzten Häusern hindurch. Der Fußweg ging über in einen Trampelpfad. Er wand sich über die Hänge der steilen Trockenrasen den Berg hinauf. Die frische Luft tat ihren Lungen gut, sie atmete tief ein. Bald entdeckte sie ein paar Kuhschellen am Wegrand. Die Südhänge lagen so exponiert, dass die zart-lila Blüten schon sehr früh zu blühen begannen. Trotz des Windes, der hier oben immer wehte. Sie schlug den Kragen ihrer Jacke hoch. Viel zu bald erreichte sie die Burgruine. Warum führte dieser Weg sie nicht endlos weiter? Sie ging unter dem halbverfallenen Torbogen, der das Burgareal begrenzte, hindurch und machte an der Aussichtsmauer vor dem Turm halt. Ließ die Augen über die mittelalterlichen Häuser von Kallmünz schweifen, über den kleinen Wasserfall bei der alten Steinbrücke, über die sanften Hügel mit den selten gewordenen Hecken.

Sie wusste nicht, wie lange sie an der Brüstung gestanden und in die Ferne geblickt hatte. Plötzlich schreckten sie dumpfe Geräusche auf: Schritte. Sie wollte jetzt niemandem begegnen. Um sich ein sicheres Versteck zu suchen, ging sie zu den alten Burgmauern hinüber. Doch der andere Wanderer wählte den gleichen Weg. Unter einem Bogen standen sie sich auf einmal gegenüber. Sie glaubte, ihren Augen nicht zu trauen. »Was tust du denn hier?«

Sein altbekanntes, spöttisches Lächeln. »Das gleiche wie du. Blau machen.«

»Was für ein Zufall! Bist du mir etwa gefolgt, Andreas?«

»Nicht direkt. Ich war eben auf dem Weg zur Arbeit. Da seh ich gerade noch, wie du in einem halsbrecherischen Manöver genau vor der Firma abbiegst und in eine völlig andere Richtung davonsaust. Ich dachte mir, vielleicht kann ich sie irgendwo alleine erwischen und … mit ihr plaudern.«

»Du meinst wohl, mich nachher verpfeifen, weil ich meine Pflichten vernachlässige. Aber hättest du nicht

auch eine wichtige Besprechung?« Sie wollte sich an ihm vorbeischieben, doch er versperrte ihr den Weg.

»Das ist mir ziemlich egal. Da rede ich lieber in dieser wundervollen Umgebung mit dieser wunderschönen Frau. Denn da wäre einiges, über das wir reden sollten. Zum Beispiel über unsere kleine Episode von damals. Die würde bestimmt einige Leute brennend interessieren. Vor allem in der Firma.« Er grinste. Drängte sie gleichzeitig mit dem Körper an die Mauer.

Die rauen Steine drückten gegen ihren Rücken. Sie versuchte, ihn von sich wegzustoßen. »Willst du mir drohen? Oder was soll dieser Mist?« Ihre Stimme war übertrieben laut. Bloß nicht die Angst zeigen, die in ihr hochkroch. Nur zu gut erinnerte sie sich daran, wozu er fähig war.

Er kam noch näher. Seine Beine berührten ihre Beine, sein Unterleib rieb sich an ihrem Unterleib. »Was für eine Übertreibung! Ich würde einfach sagen, du schuldest mir was.« Die Arme stemmte er auf die hinter ihr liegende Wand. Sie konnte weder vor noch zurück.

Aber so leicht wollte sie es ihm nicht machen. »Ich schulde dir gar nichts. Jeder von uns hatte seinen Spaß. Basta!« Provozierend warf sie den Kopf zurück. »Was willst du überhaupt noch von mir?«

»Na, was wohl? Du hast dich einfach aus dem Staub gemacht. Bist ohne ein Wort aus meinem Leben verschwunden. Und ich? Ich war verrückt nach dir!«

Sein Gesicht war direkt vor ihr. Sie sah das Verlangen in seinen Augen. Und den alten Zorn. »Lass mich los, du Mistkerl! Sofort!« Wütend versuchte sie sich zu befreien. Doch er hielt sie fest, eng an die Mauer gepresst, sein Körper dicht an ihrem. Sie spürte, wie sich unter seiner Hose etwas regte. Er begann, sich langsam zu bewegen. Sie konnte nicht ausweichen. Musste sich seinem Rhythmus anpassen, ob sie wollte oder nicht. Zum Kotzen war das! Und gleichzeitig faszinierend. So wie damals. Da war sie 17 gewesen, ohne ausgefeilte erotische Erfahrungen. Warum sie trotz seiner magischen Anziehungskraft einfach davongelaufen war, wusste sie noch zu gut. Und jetzt war alles anders. So viel war passiert. Ihr Leben verlief in festen Bahnen, aus denen sie nicht ausbrechen konnte. Und auch nicht wollte. »Lass mich los, Andreas. Es ist vorbei.«

Seine Lippen näherten sich den ihren, ohne sie zu berühren. Dicht an ihrer Wange flüsterte er: »Ich will dich haben. Und ich weiß, dass du mich auch willst. Ich werde nie vergessen, wie du mich in jener Nacht angesehen hast.«

Er ließ sie los. Beinahe wäre sie nach vorne gestürzt, so abrupt war seine Bewegung. Was sollte das nun wieder?

»Du kannst gehen. Du weißt, was ich von dir will. Ich geb dir bis morgen Abend Zeit.«

Aus seiner Jackentasche kramte er eine Visitenkarte. Drückte sie ihr in die Hand. »Ruf mich auf dem Handy an. Aber ich warne dich! Glaub ja nicht, du könntest mich hinhalten. Und wenn du Nein sagst ... Tja, dann werde ich eine sehr interessante Geschichte aus deinem früheren Leben in Umlauf bringen. Das wär bestimmt lustig für deine Arbeit in der Firma! Gar nicht zu reden von deiner sonstigen Lebenssituation. Wer weiß, vielleicht verschwinde ich sogar aus Regensburg und gehe nach München zurück ...«

Fassungslos starrte sie ihn an. »Du bist verrückt! Was soll das überhaupt?«

»Du hältst die Fäden in der Hand, meine Liebe. Also, denk drüber nach.«

Er trat beiseite. Sie drängte sich an ihm vorbei. Wollte weg von hier. Von ihm. Doch blitzschnell ergriff er sie an der Schulter, zog sie zu sich heran, küsste sie auf den Hals. Sie fühlte seine Zunge auf der Haut, seine Zähne. Dann wieder diese leise, einschmeichelnde Stimme, aus der alle Härte verschwunden war: »Stell dir vor, wie schön es sein wird. Wenn wir uns lieben. Ich verspreche dir, du wirst süchtig nach mir.«

Jetzt ließ er sie endgültig los. Sie taumelte davon, so schnell sie konnte, ohne sich umzuschauen. Bloß weg von hier! Der Zauber der Natur war vergessen. Ihre Begeisterung von vorher wie weggeblasen. Sie rannte. Rannte den Berg hinab, strauchelte, schürfte sich die Hände auf. Egal. Sie rappelte sich hoch, rannte weiter. Atemlos kam sie beim Auto an. Kramte panisch nach dem Autoschlüssel. Fand ihn, sperrte das Auto auf, fuhr sofort los. Scheiße, ein Wagen! Sie trat auf die Bremse.

Den hatte sie total übersehen! Dann drückte sie wieder aufs Gaspedal.

Erst als sie Kallmünz hinter sich gelassen hatte und schon eine Weile auf der Bundesstraße gefahren war, merkte sie, dass sie sich ein wenig beruhigt hatte. Was war denn das für zerknülltes Stück Papier in der Hand, das sie so verkrampft festhielt? Seine Visitenkarte …

Hanna erwartete Lilian schon an der Haustür. »Jetzt wollte ich gerade die Mama anrufen.«

Franziska Freileben wohnte nur drei Häuserecken weiter. Als private Musiklehrerin unterrichtete sie ihre Schüler in den eigenen vier Wänden und konnte bei organisatorischen Schwierigkeiten jederzeit einspringen. Sie unterstützte Lilian und ihre Tochter Hanna, ebenfalls allein erziehend, wo es ging. Hanna arbeitete als selbstständige Übersetzerin für Französisch und Spanisch zu Hause und war so als Ansprechpartnerin für die Kinder meistens erreichbar.

»Tut mir Leid. Hat mal wieder ewig gedauert.« Als Entschuldigung drückte Lilian ihrer Freundin einen Kuss auf die Wange.

Doch die tanzte schon mit weiten, beckenkreisenden Bewegungen zur Tür hinaus. »Essen ist auf dem Herd. Tobias hat vorher zwei Teller Nudeln gefuttert. Gib ihm bloß nichts mehr!« Die tizianroten, wallenden Locken wirbelten ihr um die Schultern. »Übrigens hat Viktor angerufen. Vielleicht probiert er's später noch mal.« Weg war sie.

Lilian wusste, dass Viktor Wannsee sich bald wieder melden würde. Er war zuverlässig. Wie Lilian stammte er aus dem oberbayerischen Chiemgau. Mit seinen 52 Jahren war er eigentlich ein Freund ihres Vaters, den sie im Alter von 12 Jahren kennen gelernt hatte. Inzwischen war er aber mehr ein enger Vertrauter als ein väterlicher Freund.

Sie ging in die Küche. Miriam und Tobias saßen am Tisch und spielten Karten. Die Kinder begrüßten sie mit lautem Hallo. Lilian inspizierte die Essensreste: Spaghetti mit Thunfischsoße, Butterbohnen und glasierte Karotten. Lecker. Mit einem voll beladenen Teller setzte sie sich an den Tisch.

Tobias sah zu ihr hinüber. »Kann ich was haben? Ich hab noch Hunger.«

Lilian holte eine Gabel und legte sie ihm hin. »Aber nicht alles.« Sie bemühte sich, nicht ganz so verschwörerisch wie Tobias zu schauen.

»Spielst du nachher noch mit uns Karten?« fragte Miriam.

»Glaub nicht. Ist schon ziemlich spät.« Miriams enttäuschter Blick traf sie direkt ins Herz. Den heutigen Abend hatte sie sich anders vorgestellt. Aber es gab viele solche Abende.

Eine halbe Stunde später, nach den Gute-Nacht-Geschichten und dem obligatorischen Kuscheln, setzte sie sich noch zu ihrer Tochter ans Bett. Sie genoss Momente wie diese. Egal, ob sie beide sich von den Freuden und Sorgen des Tages erzählten oder vom nächsten Urlaub in Italien träumten. Diese Nähe flocht ein Band zwischen ihnen, mit oder ohne Worte. Wenigstens eine kleine Entschädigung – als Ausgleich zu Lilians schlechtem Gewissen. Denn ihr Anspruch an sich selbst, wie eine gute Mutter zu sein hatte, war hoch. Die würde mit Sicherheit mehr Zeit mit ihrem Kind verbringen und nicht nur kurz vor dem Zu-Bett-Gehen mal schnell eine halbe Stunde erübrigen. Wenn überhaupt. Doch diesen Anforderungen würde Lilian nie gerecht werden. Wie sollte sie auch? Ihr Job verlangte absolute Zuverlässigkeit. Für sie käme es nicht mehr in Frage, die wöchentliche Arbeitszeit zu reduzieren, wie nach der Babypause. Sie wollte nicht aufs berufliche Abstellgleis geraten. Und sie brauchte das Geld. Mit der monatlichen Überweisung von Stefan würden sie beide nie auskommen. Das war immer eine gute Ausrede. Vor ihren Kollegen, vor den Frauen ihrer Kollegen, vor ihren Freunden. Und vor allem vor sich selbst …

Wieder in der Küche deckte Lilian den Tisch ab, räumte die Spülmaschine ein, verstaute die letzten herumliegenden Kinderspielsachen. Und jetzt? Worauf hatte sie mehr Lust? Auf den Korb Bügelwäsche oder den Roman, den sie schon seit Wochen zu Ende lesen wollte? Die eintönige Bügelarbeit würde sie beruhigen. Das tat sie auch. Gab ihr einen Moment zum Innehalten. In ihrem normalen Tagesablauf war so wenig Zeit und Raum für das nötige Luftholen.

Das Telefon läutete. Es war Viktor. »Hallo Lilian. Wie geht's dir?«

»Bin müde. Wir haben einen neuen Fall. Ansonsten alles okay. Und dir?«

»Blendend! Nach dem Jazzkonzert neulich bin ich für ein paar Tage weggefahren.«

Musste er sie an den Jazzabend in der Alten Mälzerei erinnern? Wenn er sie dazu nur nicht überredet hätte. Dann hätte sie David nicht getroffen. Und sie müsste nicht dauernd an ihn denken ... »Wo warst du denn?«

»In der Toskana. Und heute auf dem Rückweg bin ich am Chiemsee vorbeigefahren.«

Aha. In der Toskana. Da hatte er ihren Vater besucht. Den sie nach Miriams Geburt vor sieben Jahren nie wieder gesehen hatte. Und am Chiemsee hatte er Stefan, ihren Ex, nebst Familie getroffen. Wie wunderbar. Sie schwieg.

»Danke der Nachfrage. Deinem Vater geht's gut. Stefan und Heike auch. Die beiden und die Buben würden Miriam gern mal wieder sehen. Ich soll dich fragen, ob Heike am Freitag nach der Schule vorbeikommen kann, um Miriam fürs Wochenende abzuholen.«

Na bravo. Das wurde ja immer besser. »Seit wann fungierst du als Vermittler?«

»Seit bei euch wieder diese nervige Funkstille eingetreten ist. Und Ihr das offenbar allein nicht auf die Reihe kriegt. Hast du ein Problem damit?«

»Hm. Ich dachte, du stehst auf meiner Seite.«

»Das tu ich, Lilly.« Warum nannte er sie ausgerechnet jetzt Lilly? Das hatte außer ihm nur ihr Vater getan. Sie wollte etwas sagen, aber Viktor war schneller. »Miriam ist mein Patenkind. Als sie auf die Welt gekommen ist, habe ich versprochen, mich um sie zu kümmern. Sie hat einen Vater. Ich finde, sie sollte ihn hin und wieder sehen. Auch wenn er jetzt mit einer anderen Frau verheiratet ist.«

»Seit sieben Jahren, um genau zu sein. Sie war der Trennungsgrund. Sie und das erste Kind. Gott sei Dank ein Junge! Das wollte er ja immer: einen Stall voller Buben. Den hat er jetzt.« Lilian spürte den alten Groll in sich aufkeimen. Versuchte trotzdem, sachlich zu bleiben. »Es liegt nicht an mir, Viktor. Stefan ist es doch, der die Zeiten nicht einhält. Alle drei Wochen, so war es ausgemacht. Das kümmert ihn seit fast einem Jahr nicht mehr. Aber wenn es ihm dann in den Kram passt, ruft er einfach an und ich soll alle meine Pläne über den Haufen werfen. So wie in den Weihnachtsferien. Wo ich doch eh viel zu wenig Zeit für Miriam habe.«

»Das weiß ich. Und Stefan auch. Trotzdem solltest du deiner Tochter aus verletztem Stolz oder aus welchen Gründen auch immer nicht die Möglichkeit nehmen, eine Beziehung zu ihrem Vater aufzubauen. Soll sie es genau so schwer haben wie du?«

Das war ein Tiefschlag. Und das wusste er genau. Fast wollte sie den Hörer auf die Ladestation knallen. Aber das wäre doch zu lächerlich. »Mein Vater hat mit dieser Sache überhaupt nichts zu tun. Hier geht es nur um Stefan, Miriam und mich.«

»Vor allem um Miriam. Tatsache ist, dass sie seit Weihnachten nicht mehr am Chiemsee war. Gönn ihr doch zwei Tage mit ihrem Vater und ihren Brüdern! Und sei mal ehrlich – ein Wochenende ganz für dich allein wär doch auch nicht schlecht?«

Lilian kannte die Antwort. Denn ihre Anforderung an sich selbst, ihrer Tochter wenigstens in der Zeit, die ihnen blieb, Mutter und Vater zugleich zu sein, kostete sie viel Kraft. Sie fühlte sich wie ausgebrannt. Brauchte für die neuen Ermittlungen ohnehin genug innere Reserven. »Also gut. Dann soll Heike Miriam auch wieder zurückbringen. Sie hat mehr Zeit als ich.«

»Soll ich bei Stefan anrufen?«

»Das schaffe ich ja wohl noch selber.«

Stille.

Lilian war sauer auf Viktor. Zum ersten Mal hatte er eindeutig die Seite ihres Ex-Mannes vertreten. Aber neben Hanna war er ihr bester Freund. Und wenn sie sich von ihren Freunden nicht die Meinung sagen ließ – von wem dann?

Sie merkte, dass sie jetzt richtig hundemüde war. Wollte keine weiteren Diskussionen, bloß noch ihre Ruhe. Auch die Bügelwäsche musste warten. Also murmelte sie nur einen kurzen Abschiedsgruß und legte auf.

KAPITEL 4

Am nächsten Morgen erschien Anton Perlinger im Polizeidirektorium. Aus taktischen Gründen hatte Helmut ihm eine offizielle Vorladung zukommen lassen. Doch der Mann ließ sich nicht einschüchtern und bestätigte in allen Punkten Sandra Jentscheks Angaben. Lilian ertappte sich dabei, wie sie immer wieder darüber nachgrübelte, was eine so schöne – wenn auch kalte – Frau wie Sandra Jentschek an einem so schmierigen Typ wie diesem da finden konnte. Aufgedunsenes Gesicht, wenig Haare, ein zu enger Onyxring am kleinen Finger. Wahrscheinlich war es der dicke Geldbeutel. Nachdem Bruno Winters ihn zum Bleiben überredet hatte, hatte der sich offenbar noch mehr gefüllt, wie Anton Perlinger grinsend erzählte. Oder war dieser Kerl ein Ass im Bett? Lilian schüttelte sich innerlich.

Danach fuhren Helmut und Lilian zu BioMed. Helmut steuerte den Dienstwagen.

»Sag mal, hättest du nicht lieber Rennfahrer werden wollen?« fragte Lilian.

»Wieso, bin ich so ein schlechter Polizist?«

»Als Rennfahrer wärst du auf jeden Fall besser.«

Helmut lachte und trat aufs Gaspedal.

Lilian hielt sich gekonnt dramatisch am Armaturenbrett fest. Er fuhr noch eine Nuance schneller. Bei ihrer ersten Begegnung vor mehr als zwei Jahren, als sie zum K1 gewechselt hatte, war ihr erster Gedanke gewesen: ‚Für einen Ermittler sieht der doch viel zu gut aus. ‘ Der sportliche Typ mit dem flotten Kurzhaarschnitt, den strahlend hellblauen Augen und dem auffallend braunen Teint – und das mitten im Winter! – hatte bestimmt nichts anderes als den nächsten Gang ins Solarium im Sinn. Und einen Flirt am Feierabend – oder zwei. Sie erinnerte sich zu gut an den abschätzenden Blick, mit dem er sie gemustert hatte. ‚Quotenfrau‘ hätte der im günstigsten Fall bedeutet. Im ungünstigsten eher ‚Blondinchen bei der Arbeit‹. Und ob er sie auf ein Bier in die nächste Kneipe einladen sollte. Was er dann auch getan hatte. Schließlich war sie mit ihrer leicht üppigen, aber doch wohlproportionierten Figur, dem schmalen Gesicht und den ungewöhnlichen gelb-grünen Augen durchaus attraktiv. Bei dem Bier hatte er ihr überraschend Maika, seine Frau, vorgestellt. Die war genauso braungebrannt wie Helmut und erzählte Lilian von ihrem letzten Skiurlaub. Auf den hatte sie eisern bestanden. Schließlich war es ihr erster gemeinsamer Urlaub nach zwei Jahren gewesen, denn ihr Schichtdienst als Krankenschwester auf der Intensivstation im Regensburger Krankenhaus der Barmherzigen Brüder war mit Helmuts umfangreichen Dienstzeiten nur schwer zu koordinieren. Und es war der letzte Urlaub für mindestens die nächsten zwei Jahre gewesen, hatte Maika ihr im Vertrauen zugeflüstert. Die junge Frau war im vierten Monat schwanger. Das Darlehen für das Reihenhaus, das sie kaufen wollten, war von der Bank schon abgesegnet worden. So würde ihnen bei den hohen monatlichen Belastungen in naher Zukunft nicht das nötige Kleingeld für einen Erholungstrip ans Meer oder in die Berge übrig bleiben. Auch wenn sie ihn angesichts der zu erwartenden schlaflosen Nächte nach der Geburt ihres Sprösslings dringend nötig hätten, meinte Maika bedauernd. Trotzdem sah sie glücklich aus. – Bei ihrem ersten gemeinsamen Fall hatte Helmut seine neue Kollegin ziemlich in die Tasche gesteckt. Auf eine leise, unspektakuläre Art. Das hatte Lilian imponiert. Ihre Vorurteile hatte sie dorthin getan, wo sie hingehörten. In eine Schublade. Den Schlüssel dazu hatte sie weggeworfen. Sie hatte viel von ihm gelernt. Das tat sie immer noch. Und er auch von ihr – mittlerweile. Sie war sich sicher, dass seine Vorurteile ihr gegenüber in einer Schublade neben ihrer gelandet waren.

Dann wurde er wieder ernst. Und langsamer. »Der Perlinger wusste nichts über diese Thea. Auch die Nachforschungen in der SM-Szene haben bisher zu Nichts geführt. Niemand kennt unseren sauberen Herrn Doktor.«

»Bin gespannt, was Bruno Winters dazu sagt, dass der

Robner eine Konkurrenzfirma mit diesem PCR-Projekt aufziehen wollte. Wo er doch so dran hängt.«

»Ich auch. Auf jeden Fall geht es auch ohne den Robner weiter. Der Perlinger kommt ganz gut alleine zurecht. Schade, dass ich dem versprechen musste, nichts über seine und Sandra Jentscheks Rolle bei der Sache mit der eigenen Firma auszuplaudern. So ein Unsympath!« Missbilligend schüttelte er den Kopf. »Und Paula Gerber sollten wir uns auch noch mal vorknöpfen.«

Am Empfang im Foyer saß wieder Silke Kämmerer. »Normalerweise hätte Paula jetzt Dienst«, antwortete sie auf Lilians Frage. »Aber die kommt erst später. Es nimmt sie ziemlich mit.«

Lilian dachte an ihre Anspielung vom Vortag. Ob hier ein Zusammenhang bestand?

»Wir würden gerne mit Dr. Winters sprechen«, sagte Helmut.

Die Sekretärin meldete sie über die Telefonanlage an. »Ich bringe Sie zu Brunos Büro.« Sie stand auf.

Lilian schaute sich suchend um. »Entschuldigung, ich müsste mal ... Geh doch schon vor, Helmut.«

Die Toilette war gegenüber vom Empfang. Lilian wartete hinter der angelehnten Türe. Als sie draußen Schritte hörte, drehte sie den Wasserhahn kurz auf und ging dann in die Halle zurück. Wie zufällig blieb sie am Schreibtisch der Sekretärin stehen, die angestrengt auf ihren Bildschirm guckte. Ihre Hände eilten flink über die Tastatur. Allerdings schien sie Probleme mit der Konzentrationsfähigkeit zu haben, denn sie verwendete auffällig oft die Korrektur-Tasten. Schließlich schaute sie auf. Mit dem gewohnt maskenhaften Lächeln. »Haben Sie was vergessen?«

»Ich nicht. Aber Sie würden wohl gerne was vergessen. Oder sagen Sie mir jetzt, um wen Sie sich Sorgen gemacht haben? Vielleicht um Ihre Kollegin Paula?«

Das Lächeln verschwand. Zögernd: »Sie ist jung, lässt sich leicht blenden.«

»Hatte sie ein Verhältnis mit Dr. Robner?«

»Bestimmt nicht!« Ein ratloser Blick. »Ich weiß es nicht. Aber ich denke, sie hat mit dem Gedanken gespielt. Er war ein charmanter Mann, konnte mit Frauen umgehen. Und sah gut aus.« Sie seufzte. »Ich hab sie mal miteinander beobachtet. Sie wirkten so ... vertraut. Er hatte den Arm um sie gelegt und flüsterte ihr was zu, sie lächelte. Als sie mich bemerkten, waren sie wie ausgewechselt. Er ganz der geschäftstüchtige Produktionsleiter und sie die pflichtbewusste Sekretärin.«

»Wann war das?«

»Vor zwei Wochen.«

»Haben die beiden sich dazu geäußert?«

»Nein.« Sie wurde noch ernster. »Ich mag Paula. Ich hatte Angst, sie würde da in was reinschlittern, das ihr später Leid tun könnte.«

»Wie meinen Sie das?«

»Sie hat einen Sohn, hat sich vor zwei Jahren von ihrem Mann getrennt. Angeblich wegen ständiger Streitereien. Wenn Sie mich fragen, hat sie ihn rausgeworfen, weil eine andere Frau dahinter steckte. Jetzt will der nicht mal mehr was von seinem eigenen Kind wissen.« Sie verzog das Gesicht. »Paula braucht das Geld, das sie bei BioMed verdient. Es ist nicht wenig, Bruno zahlt gut. Auch sonst hat Paula es schwer genug. Keiner da, der sie bei Entscheidungen wegen Michael unterstützt. Oder ihn mal zur Räson bringt. Der Kleine ist nicht gerade einfach. Kein Wunder, bei solchen Verhältnissen.«

Das rührte an Lilians wunde Stelle. Auch Stefan hielt sich aus allen Dingen, die Miriams Erziehung oder Schulbildung betrafen, komplett heraus. Er habe genug um die Ohren, war sein gewohnt lapidarer Kommentar. Was vielleicht auch stimmte bei einer Familie mit drei Kindern, dem landwirtschaftlichen Betrieb und der Ferienpension auf dem Bauernhof. Also fragte sie ihn nicht mehr nach seiner Meinung bei ihren selten gewordenen Telefongesprächen und noch selteneren Treffen. Aber sie war es ja gewohnt, selbst starke Schultern zu haben. Schon immer …

»Seit ein paar Monaten hat Paula einen Neuen. Was hätte denn der dazu gesagt, wenn sie sich mit n'em anderen einlässt? Noch dazu mit einem Vorgesetzten? Wenn Bruno das gewusst hätte …«

»Haben Sie mit ihr geredet?«

»Ja. Letzte Woche. Aber sie wollte nicht hören.« Sie sah Lilian traurig an. »Sie hat mir mal im Vertrauen gesagt, dass ihr bei ihrem Freund auch nicht alles passt. Da redete sie wohl vom Bett, Sie verstehen schon … Und dann machte auf einmal dieser wohlsituierte, attraktive Doktor der Biologie ihr, der kleinen Sekretärin, den Hof! Sie war so naiv. Bestimmt war sie nicht die Einzige.«

»Hat er noch andere Frauen angebaggert?«

»Nicht dass ich wüsste. Aber er hatte eben Charisma.«

Ob auch Silke Kämmerer der unwiderstehlichen Ausstrahlung des Toten verfallen war? Wie passte das zum Bild eines Masochisten? Den hätte Lilian sich anders vorgestellt. Eher sanft, umgänglich, formbar. Ach, zum Teufel mit diesen Klischees! Sie war als Polizistin schon oft auf Männer gestoßen, die es sich im Bett auf heftige Weise besorgen ließen, im Berufsleben aber karrieregeile Managertypen waren. Und Paula Gerber? Sah sie wie eine Domina aus?

Das Telefon läutete. Silke Kämmerer hob ab. »Hallo, Frau Siebert. Sind Sie schon wieder zurück? War's schön auf Kreta? Ach … Ihre Kollegin hatte einen Unfall? Dann kommen Sie nächste Woche? … Ja, ich verständige Dr. Winters.« Sie legte auf. »Unsere Werbeagentur in München.« Sie machte sich eine Notiz.

Lilian hörte Stimmen. Dr. Winters und Helmut näherten sich. Der Unternehmer machte einen noch entrüsteteren Eindruck als gestern. Lilian schielte zu ihrem Kollegen hinüber. Sein Gesichtsausdruck verriet nichts. Er verabschiedete sich von Dr. Winters. Der warf Lilian nur einen indignierten Blick zu und eilte schon davon.

Da ging die Eingangstür auf. Ziemlich schwungvoll. Paula Gerber erschien. In kniekurzem Rock und figurbetontem T-Shirt. Dazu hochhackige Sandalen. Alles in Schwarz. Ob das der Ausdruck ihrer Trauer war? Dann hätte sie allerdings auf schlichtere Formen setzen sollen. Auch die übertrieben geschminkten Augen und die sorgfältig hellblau lackierten Fingernägel wirkten seltsam deplaziert. Auf einem der langen Nägel – wie Krallen sahen sie aus – prangte sogar ein silbernes Glitzersteinchen. Alle Achtung! Ihr schlechtes Befinden hatte sie nicht davon abgehalten, erstaunlich viel Zeit in ihr Outfit zu investieren.

Helmuts Lächeln war ausgesprochen charmant. »Haben Sie sich von Ihrem Schrecken erholt?« fragte er teilnahmsvoll.

Aha, los ging's mit dem Guter-Bulle-Böser-Bulle-Spiel. Lilian zückte ihren Dienstausweis und stellte sich und Helmut in barschem Ton vor. »Wir hätten noch ein paar Fragen an Sie, Frau Gerber.«

»Aber ich hab doch gestern schon alles zu Protokoll gegeben.« Die junge Frau verbarg ihren Ärger nicht. »Außerdem musst du doch bestimmt gleich weg, Silke?«

Die sah von einem zum anderen. Öffnete den Mund. Schloss ihn wieder, ohne etwas gesagt zu haben. Es wäre sowieso das Falsche gewesen.

»Sie haben bestimmt noch ein paar Minuten übrig, oder Frau Kämmerer? Dauert nicht lange, « sagte Helmut mit zuckersüßer Stimme.

»Gibt es hier ein Besprechungszimmer?« Lilian schob Paula Gerber vor sich her, bis sie zu einem kleinen Büro kamen. Helmut rückte einen Stuhl für die Zeugin zurecht. Strahlte sie förmlich an. Dankbar setzte sie sich und fragte, ob sie rauchen dürfe. Helmut nickte großmütig. Das war doch wirklich etwas übertrieben! Als Paula Gerber eine Zigarette anzündete, ging Lilian zum Fenster und öffnete es demonstrativ.

»Wir wollen Sie nicht damit quälen, das Auffinden der Leiche noch einmal zu beschreiben. Es war nicht zu übersehen, wie nahe Ihnen der Tod von Dr. Robner gegangen ist.« Lilian machte eine Kunstpause. »Hatten Sie ein Verhältnis mit ihm?«

Unbeeindruckt schaute Paula Gerber dem Rauch nach, der langsam zur Zimmerdecke stieg. »Natürlich nicht.«

»Wie war das dann, als er den Arm um Sie gelegt und mit Ihnen getuschelt hatte? Wollte er wissen, wann Sie den nächsten Bericht fertig haben?«

Sie drückte die Zigarette aus, an der sie erst ein paar Mal gezogen hatte. »Wo haben Sie denn diesen Quatsch her?«

Lilian wartete.

Unwirsch kramte Paula Gerber in ihrer Tasche nach einer neuen Zigarette, versuchte sie anzuzünden. Ihre Finger zitterten. »Okay. Andreas war sehr nett. Wir haben ein wenig geflirtet. Das war alles.« Schließlich brannte die Zigarette.

»Sie hatten also keine Affäre mit ihm?«

»Nein. Ich fühlte mich geschmeichelt. Er war ... interessant. Aber ich hab seit ein paar Monaten wieder eine feste Beziehung. Die würd ich doch nicht für ein kleines Abenteuer aufs Spiel setzen! Mit einem aus der Firma noch dazu! Für wie dumm halten Sie mich?« Sie inhalierte tief. Mehrere Male.

»Was war denn so interessant an ihm? Hat er Ihnen von seinen Bettspielchen erzählt? Hat es Sie angeturnt, dass er es gerne auf die brutale Weise haben wollte?«

»Das ist bodenlos! Das brauche ich mir nicht gefallen zu lassen ...« Sie vergaß ihre Zigarette. Helmut schob ihr den Aschenbecher hin. Erst jetzt bemerkte sie die Asche, die jeden Moment herunterzufallen drohte. Schnippte sie hastig in den Ascher. »Ich weiß, worauf Sie hinaus wollen. Schließlich habe ich Andreas gefunden. Aber ich wusste nicht, dass er auf so was steht. Und außerdem war ich nicht mit ihm im Bett!«

Lilian sah Helmut an. »Noch eine Frage zu Ihrem Alibi«, sagte der. »Sie haben angegeben, Sie hätten den ganzen Dienstagabend zu Hause verbracht. Stimmt das?«

»Ja.«

»Kann das jemand bezeugen?«

»Ja, mein Sohn. Um sechs habe ich ihn von einem

Freund abgeholt, mit dem er am Nachmittag gespielt hatte. Nach dem Abendessen hab ich ihn ins Bett gebracht.«

»Wann war das?«

»Um viertel vor acht.«

»Wie alt ist Ihr Sohn?«

»Vier.«

Helmut nickte. Soviel zu ihrem Alibi.

»Was hat Dr. Winters gesagt?«

»Angeblich wusste er nichts von der geheimen Firma. Er hat sich ziemlich aufgeregt.«

»War nicht zu übersehen.« Lilian kurbelte das Fenster hinunter, um durch den Fahrtwind wenigstens etwas frische Luft abzubekommen. Das Auto hatte sich fast bis zur Unerträglichkeit aufgeheizt. »Glaubst du ihm?«

»Schwer zu sagen. Wenn er aber im Bilde war, dann war er auf unseren Herrn Doktor bestimmt stinksauer. Allerdings hat er ein Alibi.«

»Und seine Frau? Vielleicht hatte sie gar keine Kopfschmerzen?«

»Dann sollten wir ihr mal auf den Zahn fühlen.«

Vor dem Haus der Familie Winters pfiff Helmut durch die Zähne. »Schicke Hütte.«

Lilian läutete. Es dauerte ein paar Minuten, bis Schritte im Inneren des Hauses zu hören waren. Jenny Malloy – heute in einem duftigen Rock mit Mille-

Fleurs-Muster – öffnete atemlos die Haustür. »Tut mir Leid! Niemand da. Bruno ist in der Firma und Nicola im Reitstall.«

Helmut legte seine Hand auf die Türklinke. »Macht nichts. Vielleicht können Sie uns weiterhelfen.«

Widerstrebend machte Jenny die Tür ganz auf. Sie gingen durch eine geräumige Diele in eine große Wohnküche. Was für ein verführerischer Duft! Jenny eilte zum Herd und rührte in den Töpfen um. Dann machte sie am Arbeitsblock in der Mitte des Raumes mit ihrer Arbeit weiter. Lilian und Helmut setzten sich ihr gegenüber auf zwei Barhocker an die Frühstückstheke. Lilian merkte, dass ihr Magen zu knurren anfing. Am liebsten hätte sie sich an den großen Ecktisch gesetzt und sich von Jenny eine reichhaltige Mahlzeit servieren lassen. Warum wurde ihr Gewicht eigentlich nie weniger? Es gab kaum einen Tag, an dem sie Zeit für ein ruhiges Mittagessen hatte. Das musste an den allzu üppigen Abendessen liegen, die sie sich oft gönnte. Es tat so gut, wenigstens einmal die Hektik des Tages hinter sich zu lassen …

Lilian sah sich um. Die Einbauküche war perfekt. Mit allen praktischen Geräten, die man so brauchte. Auf dem alten Küchenbüffet aber eine Sammlung von Küchendosen – moderne, urige, verspielte. An den Wänden handgebundene Kränze aus frischen Zweigen und Blumen. Daneben Malereien von Kinderhand. Das Seeräuberschiff mit den vielen Kanonen gefiel Lilian am besten. Das musste der kleine Fabian gemalt haben. Der Piratenkapitän am Bug mit dem großen Hut war sicher er selbst.

»Wollen Sie einen Saft?« Jenny schenkte in zwei Gläser Orangensaft ein. Dann fing sie an, eine Gurke zu schälen und von Irland zu erzählen. Ob diese ungezwungene Art ihrem Charakter eher entsprach als die Schüchternheit vom vergangenen Tag? Oder wollte sie damit ihre Nervosität überspielen? »Muss mich beeilen. Die Kinder kommen bald aus der Schule.« Sie hielt inne. »Eigentlich ist Julia kein Kind mehr. Mit ihren zwölf Jahren ist sie schon mehr ein Teenager. Interessiert sich bereits für Jungs. Wenn Bruno das erfährt, gibt's Ärger. Gut, dass Sandra öfter ein gutes Wort für Julia einlegt. Seiner Cousine ist Bruno nie böse.«

»Und was sagt Nicola dazu?« fragte Lilian.

»Nichts. Sie und Julia haben genug Streitereien.«

Das erstaunte Lilian nicht. Mütter und Töchter – dazwischen ein unendlicher Raum für starke Gefühle, in jeder Hinsicht. So wie bei Vätern und Töchtern … »Noch mal zum Dienstagabend. Sie sagten, Nicola hätte im Anbau geschlafen. Sind Sie rüber gegangen?«

»Natürlich nicht! Sie wollte nicht gestört werden. Außerdem schaute ich fern.« Sie fing an, die Gurke zu hobeln.

»Was kam denn?«

»Vom Winde verweht.«

»War's schön?«

»Na ja. Hab mir noch Musikclips angekuckt.« Die Gurke fiel ihr aus der Hand.

»Den ganzen Abend?«

Energisch schnappte sie sich die Gurke. »Klar.«

»Dann hätten Sie also nichts davon gehört, wenn Nicola heimlich in ihr Auto gestiegen und weggefahren wäre«, schaltete sich Helmut ein. »Wo doch der Anbau vorne bei der Garage ist, das Wohnzimmer aber hinten beim Garten.«

»Wie kommen Sie denn darauf? Nicola ging es wirklich schlecht. Das konnte man ihr richtig ansehen. Die ist bestimmt nicht noch mal weg.«

»Ich frage mich, warum Ihnen unsere Fragen nach diesem Abend so unangenehm sind«, sagte Lilian. Auch am Vortag war ihr das schon aufgefallen. »Vielleicht haben Sie ja aus dem Fenster geschaut und etwas beobachtet. Etwas, worüber Sie nicht reden wollen.«

»Also, wirklich! Ich hatte was Besseres zu tun.«

»Sich einen altmodischen Film und Musikclips reinziehen? Hört sich echt cool an.« Das kam von Helmut und klang so geringschätzig, wie es gemeint war.

Da ging Lilian ein Licht auf. Bruno war beim Golfen gewesen, Nicola hinter verschlossenen Fenstern weit weg im Anbau, die Kinder im Bett. Wenn sich das nicht nach sturmfreier Bude anhörte … »Sie haben doch einen Freund.«

Die Gurke war fertig gehobelt. Jenny starrte auf die feinen Scheiben. Sagte nichts.

»Hat er Sie an dem Abend besucht?«

»Ich …« Sie gab sich einen Ruck. »Aber Bruno darf nichts davon wissen! Sie müssen mir versprechen, dass Sie ihm nichts sagen! Sonst bin ich meine Stelle hier los!«

»Das geht ihn doch gar nichts an. Sie sind alt genug.«

»Ja … Aber er will das nicht, in seinem Haus. Wegen den Kindern.« Sie schnaubte verächtlich. »Julia würde bestimmt nichts dabei finden.«

»Wann ist Ihr Freund gekommen?«

»Kurz vor neun.«

»Und gegangen?«

»Gegen elf.«

»Hat er gesagt, ob im Gästehaus Licht gebrannt hat?«

»Er sagte, da ist alles ruhig und dunkel.«

»Wo war Nicolas Auto?«

»Vor der Garage. Mein Freund ist mit dem Rad fast dran angestoßen. Als er ging, hab ich es auch draußen stehen gesehen.«

»Haben Sie in der Zwischenzeit was gehört? Motorenlärm? Eine zufallende Tür?«

»Nein.«

»Haben Sie mit Ihrem Freund geschlafen?«

Sie schaute weg. Wurde rot bis unter die Haarspitzen. »Nicht ganz …«

»Aber fast. Dann ist Ihnen also sowieso nichts aufgefallen.«

»Von wegen! Wir müssen immer höllisch aufpassen, dass keiner kommt. Wir haben wirklich nichts gehört.«

Helmut sah sie zweifelnd an. »Wann ist Nicola wieder da?«

»So in zwei Stunden.«

»Fährt sie immer nach der Arbeit zu ihrem Pferd?«

»Meistens. Manchmal auch später. Je nachdem, wie sie um die Runden kommt.«

Der Reitstall lag auf einem kleinen Berg, umgeben von sanften, grünen Hügeln und schattigen Laubwäldern. Ein schmuckes Anwesen mit einem frisch gestrichenen Haus, mehreren Stallungen und Wirtschaftsgebäuden, einem gepflegten Bauerngarten. Auf den Weiden grasten Pferde, Vögel zwitscherten in den Hecken. Ein idyllischer Ort. So wie Lilians Zuhause am Chiemsee, wo sie selbst zwischen Pferden und Kühen aufgewachsen war. Da lebte jetzt ihr Ex-Mann – mit seiner Rama-Familie. Alle lächelnd, zufrieden. Glücklich. Sie fühlte einen Stich in ihrem Herzen. Schob die Erinnerungen zur Seite. Doch als sie die Stalltür hinter sich zuzog, kamen sie zurück. Wie in einem Schwall. Stefans lachendes Gesicht, Heikes leuchtende Augen, ihre Kinder, die mit den Hunden herumtobten. Miriam mitten unter ihnen. Und die Pferde … Sie wollte nicht daran denken. Aber der Pferdegeruch war zu stark. Führte sie noch weiter zurück. Sie sah sich hoch zu Ross, mit wehenden Haaren über die Felder galoppierend. Das Blau der Kornblumen rauschte an ihr vorbei. Sie war so schnell, dass sie sogar ihren Vater überholte. Wie in einem Traum ...

Ein Pferd wieherte. Lilian realisierte wieder, wo sie war. Sie folgte Helmut. An den Pferdeboxen entlang, zur Reithalle. Der wollte gerade das große Tor aufstoßen. Lilian drängte sich vor ihn. »Tür frei?« rief sie. Erst, als die bestätigende Antwort aus dem Inneren der Halle ertönte, machte sie das Tor auf. Manche Dinge saßen tief ...

Nicola war allein in der Halle. Sie saß auf einem Fuchs. Lilian und Helmut stellten sich an die Bande. Nicola arbeitete angestrengt mit ihrem Pferd. Was auf den ersten Blick so einfach aussah, war in Wirklichkeit harte Arbeit. Lilian wusste das aus eigener Erfahrung. Gerade versuchte Nicola, mit dem Pferd über ein niedriges Hindernis zu springen. Immer wieder galoppierte sie darauf zu, doch jedes Mal scherte der Fuchs kurz davor aus. Mit hochrotem Gesicht gelang es ihr schließlich. Dann erst schaute sie zu den Besuchern hinüber und erkannte Lilian.

»Wollen Sie zu mir? Bin bald fertig.«

»Nur keine Hektik«, rief Lilian. »Wir warten draußen.« Offenbar war das Pferd nicht an Zuschauer gewöhnt. Sie gingen hinaus in einen gepflasterten Hof.

»Ich kuck mich mal um.« Helmut schlenderte zu den Koppeln.

Lilian wartete. Schaute einem jungen Mann zu, der vor dem Stall den Hof kehrte.

»Suchen Sie jemanden?« Er hatte ein sympathisches Lächeln und zwei nette Grübchen.

»Ich warte auf Nicola Winters, danke.«

Der Mann murmelte etwas und kehrte weiter.

Helmut kam zurück. Kurz darauf ertönte Hufgeklapper. Nicola führte ihr Pferd auf den Hof und band es fest.

Lilian stellte ihren Kollegen vor. »Was für ein schönes Pferd.« Sanft streichelte sie über den Hals des Tieres. »Wie heißt es?«

»Ares.« Nicola löste den Sattelgurt und hob den Sattel mit einem Ruck vom dampfenden Rücken. Erst dann nahm sie die Reitkappe ab. »Wollen Sie die Landluft genießen? Oder haben Sie noch Fragen an mich?«

»Ja. Ihr Au-pair-Mädchen hat uns gesagt, wo Sie zu finden sind.« Lilian sah aus den Augenwinkeln, dass der junge Mann mit dem Hofkehren fertig war und auf sie zu kam.

»Hallo, Nicola. Lang nicht mehr gesehen. Schön, dich mal wieder zu treffen.« Er strahlte sie förmlich an. Zögerte, als ob er noch etwas sagen wollte. Mit einem Blick auf Nicolas Besucher stellte er aber den Besen an die Hauswand, nickte ihr nur zu und ging davon.

Verlegen hatte Nicola seinen Gruß erwidert. Jetzt

drehte sie sich hastig um und machte sich am Halfter ihres Pferdes zu schaffen. Als der Mann außer Hörweite war, sagte sie widerstrebend: »Das ist Tom, er arbeitet hier als Aushilfe. Springt ein, wenn jemand krank oder in Urlaub ist.« Ihre Stimme hatte einen eigenartigen Klang. »Was wollten Sie von mir wissen?«

Lilian sah dem Mann mit den Grübchen nach. Grinste im Stillen. »Wir haben erfahren, dass Dr. Robner sich von der Firma Ihres Mannes trennen wollte. Wussten Sie das?«

Nicola hatte den Kehlriemen geöffnet und war gerade dabei, den nächsten Riemen zu lösen. Sie hielt inne, ungläubig. »Wie bitte?«

»Unsere Quelle ist zuverlässig. Dr. Robner hatte Pläne, mit zwei Angestellten von BioMed eine eigene Firma zu gründen.« Helmut musterte sie aufmerksam.

Lilian wollte ihn schon anrempeln. Er hatte doch versprochen, die Namen für sich zu behalten. Aber er sagte nichts mehr.

»Das gibt's doch nicht! Das ist wirklich das Allerletzte! Da schleicht sich dieser … Mistkerl bei uns in der Firma ein und schwingt große Reden darüber, wie er wieder alles auf Vordermann bringen wird. Und dann so was!« Nicola zerrte ungeduldig am Halfter. Ihre Finger gehorchten ihr nicht mehr, so aufgeregt war sie. »Uns stand das Wasser wirklich bis zum Hals. Bruno musste irrsinnig investieren, als wir vor zwei Jahren in das neue Firmengebäude eingezogen sind. Auch privat hatten wir uns übernommen, da der Bau unseres Hauses mehr Geld verschlungen hatte als erwartet. Und dann will ihn dieser dahergelaufene Star-Biochemiker so über den Tisch ziehen!«

»Wieso Star-Biochemiker?«

»Na, er hat doch ständig von nichts anderem als von seinen großartigen Erfolgen in Amerika gesprochen. Als ob wir hier völlig hinter dem Mond lebten! Bruno hat ihm blindlings vertraut.« Sie sah fast ein wenig traurig aus. Wurde ruhiger und nahm schließlich das Halfter ab. »Mir ging seine wichtigtuerische Art ganz schön auf die Nerven. Aber dass er Bruno so hinters Licht führen wollte ... Und alle anderen in der Firma noch dazu, nein wirklich!« Da fiel ihr etwas ein: »Wer waren die anderen zwei Verschwörer?«

»Sie verstehen sicher, dass ich beim gegenwärtigen Ermittlungsstand nichts dazu sagen kann.« Helmut gab ihr die Hand. »Also, dann stören wir Sie nicht länger.«

Obwohl Nicola mit dieser Erwiderung sichtlich nicht zufrieden war, blieb ihr nichts anderes übrig, als sich mit säuerlicher Miene von Lilian und Helmut zu verabschieden. Die beiden gingen zum Wagen.

»Fehlanzeige«, bemerkte Lilian trocken. »Sie hat wirklich nichts davon gewusst. Und jetzt? Fahren wir zurück ins Büro?«

Helmut nickte. »Es gibt mehr als genug zu tun.«

Den Nachmittag verbrachte Lilian am Schreibtisch. Helmut erhielt laufend Bericht über die neuesten Ermittlungsergebnisse.

Als Reaktion auf den Medienaufruf hatte sich die Zugehfrau des Toten gemeldet. Von ihr stammten die noch nicht identifizierten Fingerabdrücke. Jeden Dienstag und Freitag war sie in die Wohnung auf der Wöhrdinsel gekommen. Zum Saubermachen, Wäschewaschen, Bügeln. Dienstags machte sie ihre Arbeit besonders gründlich, da Dr. Robner an einer Hausstauballergie gelitten hatte. Beim Einsortieren der gebügelten Wäsche war ihr aufgefallen, dass eine Schublade der Schlafzimmerkommode immer abgesperrt gewesen war. Und obwohl ihr Arbeitgeber nicht gerade der ordentlichste Mensch gewesen war, hatte er es sich nicht nehmen lassen, seine Bettwäsche selbst zu waschen. Und das sehr oft, mindestens zweimal wöchentlich.

Am Vormittag hatte der Staatsanwalt die Leiche freigegeben. Die Beerdigung sollte am kommenden Montag in Freising stattfinden.

Die vorliegenden Telefonlisten von Dr. Robners Privat-, Geschäfts- und Handyanschluss waren, obwohl noch lange nicht vollständig, schon jetzt ein dicker Stapel. Bei den bekannten Anschlüssen fiel auf, dass der Tote am häufigsten mit der Anmeldung bei BioMed, Dr. Winters' Geschäfts- und Privatnummer, dem Labor, Anton Perlinger und Sandra Jentschek telefoniert hatte. Es tauchten viele Verbindungen zu Handynummern auf, darunter die von Sandra Jentschek, Paula Gerber und Anton Perlinger. Dr. Winters hatte offenbar gleich zwei. Typisch, der gestresste Unternehmer. Lilian nahm sich vor, ihn zu fragen, wofür er die brauchte.

Helmut stöhnte. »Das dauert Wochen, bis wir alle Nummern durchhaben!« Seine Augen verengten sich. »Unser Herr Doktor hat gerne bei der Anmeldung angerufen. Bei der lieben Paula …«

»Sie ist die Sekretärin. Neben Silke Kämmerer. Ist also nicht erstaunlich.«

»Trotzdem ist sie meine Favoritin: Sie fand ihn interessant, hat sogar mit ihm herumgeturtelt, hat kein Alibi. Ich wette, die war mit ihm im Bett.«

»Und welches Motiv hätte sie gehabt?«

»Sie wollte nur eine schnelle Nummer. Das war ihm zu wenig. Also hat er ihr gedroht, ihr Schwierigkeiten zu machen. In der Firma, im Privatleben – Möglichkeiten hatte er genug. Oder sie hat mitgekriegt, wie unsere ominöse Thea immer wieder für ihn angerufen hat. An der Anmeldung muss man dauernd irgendwelche Anrufe weiterleiten. Wir wissen, dass Thea ihn auch im Labor und auf seinem Privatanschluss erreichen wollte. Die Gerber stellt ihn also zur Rede. Er sagt, das geht sie nichts an. Damit wird sie nicht fertig, macht aber gute Miene zum bösen Spiel. Dass er mehrere Frauen hatte, war auch die Vermutung vom Winters. Am Dienstagabend kommt die Gerber in seine Wohnung zu den üblichen Fesselspielen. Da sieht sie die 50 Rosen.

Will wissen, für wen die sind. Nicht für sie, sagt er. Sie dreht total durch.«

»Dann hätten wir die Blumen gefunden. Vielleicht war es genau umgekehrt. Die Nachricht auf dem Anrufbeantworter klang sowieso wie eine Drohung. Thea wusste von der Gerber. Mit Hilfe des Schlüssels unter dem Blumentopf gelangt sie in die Wohnung. Sie wartet, bis er kommt. Gegen 18 Uhr, wie die Nachbarin ausgesagt hat. Vielleicht findet sie die Rechnung aus dem Blumenladen und fragt ihn danach. Die Rosen hat er am Nachmittag schon der Gerber vorbeigebracht. Normalerweise arbeitet sie vormittags, hätte also Zeit gehabt. Es kommt zu einem Streit. Den Rest kennen wir.« Lilian stutzte. »So kann's nicht gewesen sein. Unter diesen Umständen hätte er sich nie von ihr ans Bett ketten lassen. Er musste befürchten, dass sie in ihrem Zorn weiter als sonst gehen würde.«

Helmut kramte auf seinem Schreibtisch. Las die Beschreibung der unbekannten Frau im schwarzen Lackmantel. »Ich wette, Thea ist dieses ›Tête-à-Tête‹, mit dem er sich regelmäßig getroffen hat. Sie wusste, dass die Putzfrau die Wohnung am Dienstag besonders gründlich sauber gemacht hatte. Also musste sie nur noch die Fingerabdrücke der letzten Stunde abwischen.«

Die Tür ging auf. Lisa Kolb, eine der Sekretärinnen im K1, warf Helmut eine Telefonnotiz auf den Schreibtisch. »Bitte schön. Der 14. Anruf.«

»Das gibt's einfach nicht! Wie viele Frauen mit

schwarzem Lackmantel laufen denn noch in Regensburg herum?«

»Tja, das nennt man Mode«, meinte Lisa Kolb schnippisch und zog die Türe zu.

Lilian prustete lauthals los.

»Sehr witzig«, erwiderte Helmut gekränkt. Lilian wusste, dass Lisa Kolb nicht die einzige war, die ihn mit seinen karierten Hemden in den skurrilsten Farbkombinationen als vorsintflutlichen Bergromantiker niedermachte. Maika, seine eigene Frau, stand des Öfteren kopfschüttelnd vor seinem Kleiderschrank. Jedes Mal, wenn er nicht auf Anhieb eines seiner alten, ausrangierten Flanellhemden finden konnte, verdächtigte er Maika, sie hätte hinter seinem Rücken ausgerechnet seine Lieblingsstücke zur Kleidersammlung gegeben. Meistens waren sie nur in der Waschmaschine gelandet oder fristeten im Bügelkorb ein unbeachtetes Dasein. Unter ihren flippigen T-Shirts und unter den Kindersweatshirts, wohlgemerkt.

»Ich hab nicht an deine modischen Hemden gedacht, die außer dir niemand mehr trägt.«

»An was sonst?«

»An den schwarzen Lackmantel in meinem Kleiderschrank. Du kannst mich gleich mit auf die Liste der Verdächtigen setzen.« Lilian wurde ernst. »Meiner ist allerdings ohne Kapuze. Wie übrigens die meisten.«

»Dann sollte einer mit Kapuze wesentlich leichter aufzuspüren sein.«

»Allerdings. Und die dazugehörige Frau auch.«

Helmut trällerte eine Melodie. Was war das nur? Lilian kam nicht drauf. Er begann zu singen: »… She came to me one morning, one lonely Sunday morning …«

»Das Lied kenne ich. Was ist das gleich wieder?«

»Sollte vielleicht eher heißen: She came to me one evening, one lonely Tuesday evening …« Er lächelte süffisant. »Das ist schon ein ziemlich alter Song, da hast du noch in den Windeln gelegen.«

Lilian war nur ein Jahr jünger als er. Sie warf eine Büroklammer nach ihm. Traf nur knapp daneben. »Von Uriah Heep, aber ich komm nicht drauf. Sag mir Greenhorn doch, wie der Song heißt.«

Ein Zungenschnalzen. »Lady in Black.«

Der schwarze Lackmantel lag zusammengeknüllt im hintersten Eck des Kleiderschranks. Neben Mieder, Strümpfen und Stöckelschuhen. Sie musste diese Sachen endlich verschwinden lassen. Schließlich war es gut möglich, dass winzige Blutspuren darauf waren. Es war zwar unwahrscheinlich, dass die Polizei ausgerechnet ihren Schrank durchsuchen würde. Aber man konnte nie wissen.

Der Artikel in der Zeitung heute morgen hatte ihr Angst gemacht. Die Kripo Regensburg bat um Hinweise zu einer mittelgroßen Frau von unauffälliger Statur in einem schwarzen Lackmantel mit Kapuze, die in der Badstraße am Oberen Wöhrd und in dem Jugendstil-

haus selbst gesehen worden war. Sie hatte immer darauf geachtet, dass die Kapuze Gesicht und Haar verdeckte. Noch lange vor dem ersten Gedanken an seinen Tod. Schließlich wusste man nie, von wie vielen wachsamen Augen man beobachtet wurde. Gerade in einem so alteingesessenen Stadtteil. Auch das Auto hatte sie immer an einem unauffälligen Ort geparkt. Aber sie hatte nie wirklich damit gerechnet, dass jemand sie erkennen würde. Bei den vielen Touristen. Ob die Polizei die Herkunft ihres Lackmantels ermitteln konnte? Schwer vorstellbar. Sie hatte ihn von einer Auslandsreise als Souvenir mitgebracht. Und ihn nur getragen, wenn sie zu Andreas gegangen war. Warum war sie überhaupt zu ihm gegangen? Weil er sie erpresst hatte? Oder aus einem anderen Grund …

Seit dem »zufälligen« Treffen in Kallmünz hatte sie keine ruhige Minute mehr gehabt. Zwar hatte sie nicht ernsthaft geglaubt, dass er seine Drohungen in die Tat umsetzen würde. Aber der Zorn auf ihn nagte an ihr. So ein unverschämter Kerl! Genauso hatte sie ihn von früher in Erinnerung behalten. Frech, selbstbewusst und absolut unerschütterlich in seiner anmaßenden Art. Das perfekte Bild, das er nach außen hin von sich zu vermitteln wusste, entsprach nicht seinem wahren Charakter. Was dachte er sich eigentlich? Sie war doch nicht mehr das unerfahrene, junge Ding von damals, dem er so einfach den Kopf verdreht hatte. Inzwischen hatte sie sich einen Platz im Leben erkämpft. Den würde sie nicht leichtsinnig aufs Spiel setzen. Außerdem wurde sie gebraucht. Zumindest vorerst. Da hatte sie keinen Sinn für ein kleines Abenteuer. Sie wusste, welche Verantwortung sie zu tragen hatte. Genau das war ihre Achillesferse. Andreas, dieses Scheusal mit psychologischem Feingefühl, hatte das sofort erkannt. Er vertraute darauf, dass sie alles tun würde, um jede Bedrohung von ihrem Heim und Herd fernzuhalten. Aber in einem hatte er sich getäuscht: Ein zweites Mal würde sie nicht mehr auf ihn hereinfallen.

Und wenn er seine Drohung doch wahr machen würde? Sie wollte um keinen Preis, dass die Geschichte, in die er sie damals verwickelt hatte, bekannt werden würde. Alle in ihrem Umkreis würden sich wie die Aasgeier darauf stürzen. Sie wäre ruiniert. In jeder Hinsicht. Müsste sich alles wieder von vorne aufbauen. Ob sie noch die Kraft dazu hatte? Aber nein, das würde er nicht tun, bestimmt nicht! Er mochte zwar ein perverser Typ im Bett und ein berechnender Taktiker sein, aber soweit würde er nicht gehen. Sie wog sich in Sicherheit. Vorerst.

Aber was sie noch viel mehr verwirrte, war etwas anderes. Warum hörte sie in Gedanken immer wieder seine schmeichelnden Worte? Sah dauernd sein Bild vor sich: den Schwung seiner Augenbrauen, die Form seines kantigen Gesichts, seine markante Hakennase. Fühlte fast seine Lippen auf ihrer Haut. Und seine feingliedrigen, langen Finger, die danach gierten, in jede ihrer Öffnungen einzudringen … Was hatte er gesagt? »Denk daran, wie schön es sein wird. Wenn wir uns lieben.« Sie dachte an nichts anderes mehr. Verlor die Kontrolle über sich. Ertappte sich dabei, wie sie Tagträumen nachhing. In denen sie es auf leidenschaftliche Weise und in den wagemutigsten Stellungen miteinander trieben. Auf dem feuchten Waldboden, der so gut roch. Auf einem unbequemen Autositz, während das Lenkrad sich ihr in den Rücken drückte. Im Keller zwischen altem Gerümpel und staubigen Blumentöpfen. Auf einem Tisch zwischen nicht weggeräumten Tellern mit Spaghettiresten.

Doch immer stahl sich auch die Erinnerung an damals dazwischen. Mit ihren unerfahrenen 17 Jahren hatte sie sich wie ein Kind gefühlt, das Angst hat vor den abstoßenden Bildern im Fernsehen. Und das doch die Augen nicht schließen kann. Sein perverses Liebesspiel hatte sie angeekelt. Und fasziniert. Ebenso wie die Abgründe ihrer eigenen Seele. Warum war sie mit ihm in das dunkle Haus gegangen? Hätte sie nicht ahnen müssen, was dort auf sie wartete? Spätestens beim Anblick der beiden anderen, die sich stöhnend auf dem Bett wälzten, als sie und Andreas das Schlafzimmer betraten, hätte sie sich aus seinem Griff befreien müssen. Um wegzulaufen. Doch sie war geblieben. Hatte auch nichts gesagt, als der fremde Mann sich von der fremden Frau gelöst und sich ihr zugewandt hatte. Er hatte sie zum ersten Orgasmus in ihrem jungen Leben gebracht. Andreas hatte sich solange mit der anderen vergnügt. An das, was danach passiert war, wollte sie nicht mehr den-

ken. Irgendwann später war sie wie eine Besessene aus dem Haus gerannt, ohne ein Wort. Nur fort von diesem schrecklichen Ort. Und fort von ihm. Den sie verabscheute. Und nach dem sie sich sehnte. Wenn sie alleine in ihrem Bett lag und ihre Hände im Dunkeln den Weg zwischen ihre Schenkel suchten. Aber auch dann, wenn sie es gar nicht erwartete. Der Gedanke an ihn hatte sie seither begleitet. Mal mehr, mal weniger. Trotz der Erleichterung, ihn nie wieder gesehen zu haben.

Pustekuchen! Jetzt war er wieder da! Wollte sich einschleichen in ihr Leben. So wie er bereits Zugang zu ihren geheimsten Gedanken gefunden hatte. Wie sie ihn hasste. Und wie sie ihn begehrte …

KAPITEL 5

Als Lilian nach Hause kam, waren die Kinder schon im Bett. Hanna saß an ihrem Schreibtisch und arbeitete an einer Übersetzung.

»Hallo, Lilian.« Hanna schob die heruntergerutschte Brille nach oben. Ohne war sie fast blind. »Du siehst geschafft aus.«

»Das bin ich auch. Schlafen die Kinder schon?«

»Schon lang.«

Lilian hätte ihrer Tochter gerne noch Gute Nacht gesagt. »Tut mir Leid, Hanna, dass es so spät geworden ist. Ich revanchiere mich am Wochenende. Dann kannst du einen Tag für dich allein einplanen.«

»Mal sehen. Eigentlich habe ich andere Pläne fürs Wochenende.«

Lilian ließ sich in einen Stuhl fallen. »Gab's was Besonderes heute?«

Hanna überlegte. »Miriam hat ihre Hausaufgaben besonders schön gemacht. Sie arbeitet wirklich sehr selbstständig. Und genau. Wenn Tobias nächstes Jahr in die Schule kommt, wird es ganz anders werden.« Sie strich sich über die Stirn. Verzagt. »Heute hat er im Kindergarten bei der Vorschularbeit wieder das schlampigste Blatt abgeliefert. Du weißt ja, wie sehr er Ausmalen liebt.«

»Hanna, er ist doch noch nicht in der Schule, Vorschule hin oder her. Und glaubst du, dass das Ausmalen für sein späteres Leben so entscheidend ist?«

»Nein, natürlich nicht. Aber Miriam war ihm vor einem Jahr meilenweit voraus.«

»Dafür kann Tobias andere Dinge besser, zum Beispiel Geschichten erzählen oder Zusammenhänge erfassen. Da kann Miriam nicht mithalten. Dafür ist sie genau und ordentlich. Man kann Kinder eben nicht miteinander vergleichen. Soll jeder Fisch das Fliegen lernen?«

»Du hast ja Recht. Aber ich tu mich trotzdem schwer damit.« Das klang ziemlich niedergeschlagen.

»Jetzt warte doch erst mal ab. Vielleicht geht in der Schule alles viel besser, als du glaubst«, versuchte Lilian sie aufzumuntern. »Hauptsache, du stehst hinter Tobias. Die Umwelt gibt ihm schon genug negative Rückkopplungen.«

»Stimmt«, sagte Hanna nachdenklich. »Ich lass mich bei Sachen, die Tobias betreffen, so leicht aus der Bahn werfen.« Dann fröhlicher: »Eine kleine Luftveränderung täte Tobias und mir gut. Morgen Nachmittag fahren wir für ein paar Tage nach Nizza. Ich brauche neue Eindrücke und Abwechslung und ...«

»Und den wildesten Sex, den du dir vorstellen kannst?« Lilian grinste.

In Nizza lebte Matthieu. Seit zwei Jahren war er Hannas leidenschaftliche Amour. Die beiden sahen sich nur alle paar Wochen, wenn überhaupt. So hatten sie wenig Gelegenheit für den täglichen partnerschaftlichen Kleinkrieg, dafür aber umso mehr für sehnsuchtsvolles Verlangen, laut Hanna. Die Zeit zwischen ihren seltenen Treffen füllten sie mit gelegentlichen Telefongesprächen und erotischen Abenteuern außerhalb ihrer lockeren Beziehung. Was keinen von ihnen störte. Sagte zumindest Hanna.

Die lachte. »Tag und Nacht.« Sie wurde wieder ernst. »Ich freu mich jedes Mal, ihn zu sehen. Er ist für mich da, wenn ich ihn brauche. Aber auf die lästigen Verpflichtungen, die eine feste Partnerschaft bedeuten würde, kann ich gern verzichten.«

»Du hast also immer noch Angst vor einer richtigen Bindung.« Lilian war sich nicht sicher, ob Hanna im Moment über dieses heikle Thema sprechen wollte. Hannas Mann war vor einigen Jahren bei einer Klettertour in den Französischen Alpen ums Leben gekommen. Da Lilian aber die gleiche Angst hatte, wenn auch aus anderen Gründen, war sie der Meinung, dass sie sich hier ein Urteil erlauben durfte. Bei ihr selbst waren die Dinge einfach, fand Lilian. Sie wollte sich nicht wieder in eine gefühlsmäßige Abhängigkeit begeben, so wie bei Stefan. Wollte ihre eigenen Entscheidungen treffen. Und ihr Leben so führen, wie sie es für richtig hielt. Außerdem hatte sie nicht vergessen, wie weit ihre frühere Kompromissbereitschaft sie gebracht hatte …

Da läutete es an der Tür. Überrascht ging Hanna zur Sprechanlage im Flur. Fast zehn. Wer war denn das? In Begleitung von Viktor kam sie zurück. Lilian begrüßte ihn kurz angebunden. Sie war immer noch sauer. Als gute Gastgeberin aber bat sie ihn ins Wohnzimmer und bot ihm einen Platz gegenüber von ihrem eigenen an. Doch er setzte sich neben sie auf das Sofa. Nahm ihre Hand.

»Lilian«, fing er an. Mit unheimlich sanfter Stimme. »Gestern am Telefon – da wollte ich dir nicht in den Rücken fallen. Ich weiß ja, wie schwierig deine Situation ist. Manchmal hab ich aber das Gefühl, als ob du jemanden bräuchtest, der dir hilft. Nicht, dass ich dich bevormunden will …«

Lilian betrachtete Viktors markantes Gesicht. Trotz seines Alters, oder vielleicht gerade deshalb, war er immer noch ein extrem gutaussehender Mann. Seine braunen Haare wiesen erst vereinzelte Spuren von feinem Grau auf. Seine hellen Augen – wie leuchtende Bernsteine – hatten den gleichen Glanz wie früher. Seine Haut war faltiger, natürlich. Die Wangen hingen ein wenig nach unten. Aber seine Ausstrahlung hatte er nicht verloren. Und dieses nachdenkliche Lächeln, das er hemmungslos einsetzte – wie eine Geheimwaffe. Und genauso effektiv.

»Ich weiß, dass ich oft ungerecht bin, wenn es um Stefan geht.« Lilian schob seine verrutschte Brille zurecht. Es war eine zärtliche Geste, die nur zwischen Menschen möglich ist, die sich schon ein halbes Leben lang kennen. Dann sagte sie leise: »Aber es tut immer noch so weh.« Sie konnte nicht weiter reden. Kämpfte mit den Tränen. Wie immer, wenn sie an die Trennung von Stefan dachte, war sie so aufgewühlt wie früher. Und so verletzt. Auf einmal sah sie David vor sich. Schon wieder! War das der Grund, warum sie den Gedanken an ihn so weit wie möglich von sich wegschob? Hatte sie Angst, sie würde sich in ihn verlieben? Natürlich hätte sie nichts gegen eine Nacht mit ihm gehabt. Dafür gefiel er ihr zu gut – und nicht nur wegen seines Knackarsches. Aber David war der Typ Mann, der ihr gefährlich werden konnte. Von dem sie mehr wollte als nur eine Nacht. Denn genau das wollte sie nicht. Und was wollte er von ihr? Überhaupt irgendetwas? Ganz offensichtlich nicht, sonst hätte er sie in der Zwischenzeit wenigstens einmal angerufen. Ihre Nummer hatte sie ihm ja gegeben. Es war zum Verrücktwerden …

Sie seufzte. Tief. »Lassen wir einfach die alten Kamellen.«

Mit einem Taschentuch wischte Viktor eine Träne auf ihrem Gesicht weg. Es war die einzige. »Ist es zu spät für ein Glas Wein mit einem alten Freund?«

Helmut sah Lilian fragend an. »Guten Morgen, Frau Kollegin. Zum zweiten Mal: Willst du auch einen Kaffee?«

Lilian schaute von ihrem Schreibtisch auf. Es war zwar schon fast elf, aber sie wirkte immer noch so müde. Ob das an der Hitze lag? »Entschuldige bitte. Was hast du gesagt?«

»Sie hat zumindest geantwortet. Kann ja nur noch besser werden.« Helmut wandte sich theatralisch zur Türe. Sagte im Hinausgehen: »Ich bring ihr einfach einen Kaffee mit, wer wird denn da lange fragen.«

»Du weißt ja, ein richtiger Cappuccino wär mir lieber. Aber trotzdem danke!«

Die Tür fiel schon zu.

Kurz darauf erschien Helmut wieder. Lilian nahm den Kaffee. »Ich bin noch nicht ganz wach. Gestern ist es später geworden. Viktor hat mich besucht.«

Helmut kannte Viktor. Wahrscheinlich hatten sie Probleme gewälzt. Er sagte nichts, nippte nur an seinem Kaffee.

»Wann fährst du nach München?« fragte Lilian.

»Nach dem Kaffee.«

Vor einer Viertelstunde hatten sie erfahren, dass Andreas Robner eine zweite Wohnung in München gehabt hatte.

»Vielleicht finde ich da einen Hinweis auf unsere liebe Thea, die große Unbekannte«, sagte Helmut. Er fing schon an, seine Sachen zusammenzupacken.

Lilians Telefon klingelte. »Ja? ... Tatsächlich? ... Das gibt's doch nicht. Wann war das? Wann ist sie wieder zurückgekommen? Aha ... Gut. Danke für die Info.« Lilian legte auf und sah ihren Kollegen vielsagend an.

»Was gibt's?«

»Stell dir vor, ein Nachbar von Paula Gerber hat ausgesagt, dass sie am Tatabend das Haus noch einmal verlassen hat. Zuerst wollte der nicht so recht damit rausrücken, dass sie keine Schwierigkeiten bekommt. Wo ihr doch eh schon der Mann weggelaufen ist, wie der Nachbar sagte.«

»Na also, ich hab's doch gewusst! Wann ist sie weg?«

»Um Viertel vor neun. Angeblich wollte sie noch eine Radtour machen. Und das in Stöckelschuhen und feinem Kleid. Auf dem Gepäckträger hatte sie noch eine große Plastiktüte. Sie gab dem Nachbarn ein Babyphon, für ihren Sohnemann. Erst um zehn hat sie das Teil wieder abgeholt.« Lilian nahm ihre Tasche. »Ich fahr gleich selber dort vorbei. Kommst du mit?«

»Geht nicht. Ein Kollege von der zuständigen Münchner Dienststelle erwartet mich in einer Stunde. Aber das schaffst du auch alleine.« Das wusste er genau. Frauen wie Lilian schafften immer alles. So schwer sie sich auch sonst taten …

Sie hatte den von ihm gesetzten Termin verstreichen lassen. Tatenlos. Er würde es nicht wagen, ihr Schwierigkeiten zu machen. Doch sie hatte sich getäuscht. Obwohl er ein ganz anderes Geschoss aufgefahren hatte. Jeder sprach hinter vorgehaltener Hand davon.

»Was denkt er sich denn! Bruno wird dumm schauen ...«

»Da ist er nicht der einzige, schließlich sind wir alle davon betroffen ...«

»Vielleicht findet sich ein anderer Labormanager für die PCR-Geschichte ...«

Die Gerüchteküche brodelte. Jeder bekam Angst. Auch sie. Wollte Andreas die Firma wirklich verlassen? Hatte es etwas mit ihr zu tun? War es ihm so viel wert, sie in sein Bett zu zerren? Um Liebe ging es ihm nicht. Auch nicht um Sex. Den konnte er sich überall holen. Was er wollte, war Macht. Seine Denkweise war ihr klar: Wenn er sich aus dem neuen Projekt zurückzog, würde Bruno Konkurs anmelden müssen. Also wäre das Schicksal der Firma besiegelt. Und so auch das von allen damit in Verbindung stehenden Personen. Zweiter Punkt der Vernichtungskampagne wäre dann die Erzählung einer kleinen Episode aus ihrer Vergangenheit. Der endgültige Todesstoß für sie. Man lebte zwar nicht mehr im Mittelalter, aber eine solche Skandalgeschichte würde sich schnell herumsprechen. Trotz der angeblichen Aufklärung saß die Prüderie viel zu tief. Oder war es die Genugtuung darüber, jemand anderen vor die Hunde gehen zu sehen, so dass man sich selbst besser fühlen konnte?

Sie merkte, wie sie in Panik geriet. Kaum mehr atmen konnte. Er hatte ihr den Krieg erklärt. Natürlich, was hatte sie denn erwartet? Was sollte sie tun? Kleinlaut in sein

Bett kriechen? Konnte sie das vor ihrem Gewissen verantworten? Doch was würde ihr Gewissen dazu sagen, wenn sie es nicht tun würde? Dann hatte sie die Folgen zu verantworten. Und was war schon dabei? Eine einzige Nacht mit ihm wäre schließlich nicht der Weltuntergang. Niemand würde es erfahren. Und dann Schluss damit, vergessen und abgehakt. Es musste ihr Geheimnis bleiben. Sie wusste von früher, wie sehr er Geheimnisse liebte. Das Versprechen würde sie ihm vorher abnehmen. Dann für ein paar Stunden die Augen zu und durch. Vielleicht hätte sie sogar Spaß dabei. Bei diesem Gedanken wurde ihr heiß. Fast spürte sie seine Lippen schon auf ihrem Hals. Hörte seine verführerischen, drängenden Worte: »Ich will dich haben. Und ich weiß, dass du mich auch willst … Ich verspreche dir, du wirst süchtig nach mir.«

Das war sie schon jetzt. Bevor überhaupt etwas passiert war, verdammt noch mal! Sie sehnte sich nach seinen Umarmungen, seinen Küssen, seinem Körper. Sie wollte, dass er sie mit seiner Zunge stimulierte und ihr unanständige Sachen ins Ohr flüsterte. Oder kurz vorm Orgasmus herausschrie. Wollte sie auch das andere? Das, woran sie nicht mehr denken wollte? Aber es hatte keinen Sinn, noch länger darüber nachzugrübeln. Zuviel hing davon ab.

Sie wählte seine Handynummer. Nach zweimaligem Läuten meldete er sich. »Ich bin‹s.«

Schweigen. Dann leise: »Bin gerade im Labor, Moment.« Etwas raschelte. Wahrscheinlich suchte er sich ein sicheres Eck, wo niemand mithören konnte. »Jetzt kann ich reden. Was gibt's?«

Das Herz schlug ihr bis zum Hals. »Es gibt Gerüchte. … Dass du wieder nach München gehst.«

»Tatsächlich? Dann wird es wohl so sein.«

Also doch! »Was kann ich tun, um die Situation zu entschärfen?«

Er lachte. »Das weißt du ganz genau.«

»Du versprichst mir, dass du mich dann in Ruhe lässt. Danach.«

»Natürlich. Wenn es dich beruhigt. Heißt das, dass du dich entschieden hast?«

Sie schloss die Augen. »Ja.«

»Was ja? Dass du dich entschieden hast oder dass du mit mir bumsen willst?«

Dieses Schwein. Er musste sie unbedingt demütigen. Sie holte tief Luft. »Ich werde mit dir schlafen.«

Sein leises Lachen. Es klang grausam. »Ich wusste es. Endlich!« Dann geschäftsmäßig: »Komm in zwei Stunden in meine Wohnung.« Er nannte ihr die Adresse.

»Das geht nicht, ich kann jetzt nicht weg. Ich komme morgen.«

»Du kommst in zwei Stunden. Sonst steckst du in ernsthaften Schwierigkeiten.« Seine Stimme war hart. »Ich warte nicht länger als fünf Minuten.« Dann hörte sie nur noch das Belegtzeichen. Er hatte aufgelegt.

Verfluchtes Scheusal! Wie sollte sie das nur anstellen? Sie konnte doch jetzt nicht einfach so verschwinden. Oh

Gott, irgendetwas musste ihr einfallen … Es fiel ihr etwas ein. Mit Ausreden hatte sie sich noch nie schwer getan. Sicherheitshalber zog sie den schwarzen Lackmantel an. Man konnte ja nie wissen.

Unschlüssig blieb Lilian auf dem Treppenabsatz des erhöhten Erdgeschosses stehen. Das Gespräch mit Paula Gerbers Nachbarn war aufschlussreich gewesen. Die Wohnung gegenüber war die von Paula Gerber. Es war kurz vor eins. Vielleicht war sie schon zu Hause. Ob Lilian einfach läuten sollte? Oder eine offizielle Vorladung zu einer Vernehmung in den Briefkasten stecken sollte?

Draußen auf dem Hof fuhr ein Auto vor. Türen fielen zu. Dann wurde die Haustür aufgesperrt. Eine quengelnde Kinderstimme: »Mama, du hast doch gesagt, du baust mit mir die Ritterburg auf …«

Eine gereizte Frauenstimme antwortete: »Das geht nicht. Ich muss kochen.«

Paula Gerber zog ihren Sohn hinter sich in den Hausgang. In einer Hand trug sie einen Einkaufskorb, gefüllt mit Lebensmitteln. Erstaunt musterte sie Lilian. »Wollen Sie zu mir?«

»Haben Sie ein paar Minuten Zeit? Oder wollen Sie lieber später aufs Präsidium kommen?«

»Es passt mir weder jetzt noch später. Aber wenn Sie gleich dableiben, brauche ich niemanden, der auf Michael aufpasst.«

Der Junge fuhr fort, auf seine Mutter in der gleichen, jammernden Tonlage einzureden. Paula Gerber warf Lilian entnervte Blicke zu, als sei sie für Michaels weinerliche Stimmung verantwortlich. Die junge Frau sperrte die Wohnungstür auf. In der Wohnung ging es mit der gleichen Zermürbungstaktik weiter.

»Hör auf, Michael! Du kannst doch was malen.«

Ein vehementer Aufschrei.

»Wie wär's mit einem Puzzle?«

»Ich hasse Puzzles!«

»Dann spiel doch mit deinen Rittern.«

Das war von allen möglichen Vorschlägen der gefährlichste, da er den kleinen Jungen an seine Ritterburg erinnerte. Ohrenbetäubendes Gebrüll folgte.

»Willst du eine Kinderkassette hören?«

Diese Idee fand endlich Gehör. Aufatmend ging Paula Gerber mit dem Kind in ein Zimmer am anderen Ende des schmalen Flurs. Einen Moment später hörte Lilian laute Stimmen: »Die kleine Hexe«.

Erleichtert machte Paula Gerber die Kinderzimmertür hinter sich zu. »Michael ist müde nach dem langen Vormittag. Ich bringe ihn jeden Morgen um sieben weg.«

Sie trug den Einkaufskorb in die winzige Küche und stellte ihn auf der Arbeitsplatte ab. Lilian folgte ihr. Ließ die Tür hinter sich zufallen. Auf der anderen Seite der Küche war eine zweite, geschlossene Tür.

Die Küche war aus lauter Einzelstücken kunterbunt zusammengewürfelt. An den Fenstern selbstgenähte Vorhänge, bei einem hing der Saum herunter. Die Topfpflanzen auf der Fensterbank sahen so aus, als bräuchten sie dringend Wasser. Auf dem Tisch ein Stoß alter Zeitungen, Werbeprospekte, zerfledderte Kinderhefte und auseinandergebaute Teile von Kinderüberraschungseiern. Daneben die ungeöffnete Post vom Vortag.

»Wollen Sie auch einen Kaffee?« fragte Paula Gerber.

»Ich hätte lieber ein Glas Wasser.«

»Wie Sie wollen.« Die junge Frau goss Mineralwasser in ein Glas und reichte es Lilian. Während sie an der Kaffeemaschine hantierte, meinte sie mehr zu sich als zu ihrem Besuch: »Die Mittagszeit ist immer anstrengend. Michael war zwar noch nie einfach, aber seit der Trennung von meinem Mann ist er noch schwieriger.« Dann mit sachlicher Stimme: »Aber Sie sind bestimmt nicht zu mir gekommen, um mit mir über meinen Sohn zu reden.«

Lilian trank einen Schluck Wasser. »Ich wollte mit Ihnen noch einmal über den Tatabend reden. Sie haben ausgesagt, dass Sie den ganzen Abend über zu Hause waren.«

Kurze Pause. Ein leises »Ja«. Paula Gerber sah dem Kaffee zu, der langsam in die Kaffeekanne hinein tropfte. Wandte sich schließlich ab und räumte den Einkaufskorb aus. Eine Packung tiefgefrorener Pommes frites und Fischstäbchen ließ sie auf der Arbeitsplatte liegen. Die anderen Lebensmittel landeten im Kühlschrank.

»Seltsam«, sagte Lilian. »Ihr Nachbar hat mir soeben erzählt, Sie seien noch mal weggefahren. Um Viertel vor neun. Erst um zehn Uhr sind Sie wieder zurückgekommen.«

Die junge Frau behielt den Becher Sahne, den sie eben in den Kühlschrank hatte stellen wollen, in der Hand. Drehte ihn langsam hin und her. »Das hatte ich ganz vergessen. Ich wollte noch ein bisschen frische Luft schnappen.«

»So spät?«

»Sonst geht's ja nicht. Vormittags bin ich in der Arbeit, nachmittags ist Michael da. Mit ihm kann ich keine richtige Radtour machen.« Abrupt öffnete sie den Kühlschrank, verstaute die Sahne in der Schranktür.

»Radeln Sie immer im Dunkeln? Wo ging's denn hin?«

»Nach … Mariaort. Und dann … über die kleine Brücke und an der Naab entlang weiter nach Etterzhausen. Da gibt's viele Radler und Inline-Skater, auch am Abend. Und außerdem bin ich nicht erst um zehn Uhr zurückgekommen, sondern schon kurz nach neun … Oder?« Sie überlegte angestrengt. Vermied peinlichst jeden Blickkontakt. »Es war zwanzig nach neun, vielleicht schon halb zehn. Ich hatte nur vergessen, das Babyphon drüben abzuholen. Ich war ja so durchgeschwitzt, da wollte ich erst mal duschen.« Sie begutachtete ihre langen Fingernägel, die heute in einem silbrigen Grün lackiert waren. Der obligatorische Glitzerstein fehlte nicht. Er leuchtete passend in hellem Grün.

Lilian kannte diese Strecke. »Sie wollen mir weismachen, dass Sie nur 35 bis 45 Minuten für den ganzen Weg gebraucht haben? Da haben Sie ja eine tolle Kondition.«

Die junge Frau sagte nichts, strich nur langsam über den schimmernden Stoff ihrer schwarzen Stretchhose. An diesem Tag hatte sie ihr schwarzes Outfit durch eine leuchtend orangefarbene Bluse aufgelockert. Trotz der Hitze war sie bis zum Hals hin zugeknöpft.

»Und warum haben Sie sich so in Schale geworfen? Stöckelschuhe und ein Kleid. Hört sich eher nach einem Rendezvous an.«

Die Kaffeemaschine gab gurgelnde Laute von sich. Der Kaffee war ganz durchgelaufen. Paula Gerber holte eine Tasse aus einem Hängeschrank und füllte sie. Als sie die Tasse auf die Tischplatte stellte, verschüttete sie etwas Kaffee. Mit einem Wischtuch versuchte sie, die Flecken zu beseitigen. Ziemlich hektisch. »Wissen Sie ... Ich bin nicht ganz bis nach Etterzhausen gefahren. Wurde ja schon dunkel. Ich hab früher umgedreht, denn eigentlich wollte ich noch in der Stadt spazieren gehen. Aber dann war es doch zu spät. Da bin ich dann direkt nach Hause.«

»Ich glaube Ihnen kein Wort«, sagte Lilian. »Ich glaube eher, dass Sie zur Wohnung von Dr. Robner gefahren sind. Dort haben Sie den Schlüssel unter dem Blumentopf genommen. Dr. Robner dachte sich nichts dabei, denn Sie waren schon öfter bei ihm gewesen. Sie hatten genug Zeit, ihn unter einem Vorwand ans Bett zu ketten und ihm die Pulsadern aufzuschneiden. Er war nicht darauf vorbereitet und begriff erst, was geschehen war, als es schon zu spät war. Dann konnten Sie in aller Ruhe nach Hause fahren, wo Sie sich wahrscheinlich wirklich erst geduscht haben. Sie mussten ja die Blutspuren beseitigen. Ach übrigens, Sie tragen doch so gern Schwarz. Haben Sie zufälligerweise einen schwarzen, knielangen Lackmantel mit Kapuze? Hatten Sie ihn am Dienstagabend in einer Plastiktüte auf dem Gepäckträger Ihres Rades dabei?«

»Nein«, flüsterte sie. Mit weit aufgerissenen Augen. Verzweifelt. »So war es nicht …«

»Frau Gerber!« Lilians Stimme wurde hart. »Sie widersprechen sich ständig. Was ist am Dienstagabend passiert?«

»Ich … ich habe ihn nicht umgebracht. Bitte, glauben Sie mir … Ich bin gar nicht ganz hingefahren …«

Da wurde die Tür zur Diele aufgerissen. Im Hintergrund die krächzende Stimme des Raben Abraxas. Und dazu der kleine Michael in anklagendem Ton: »Mama, wo hast du die Benjamin-Blümchen-Kassette hingetan? Die kleine Hexe ist doof, ich will jetzt was anderes hören. Törötörötörö!« Laut trompetend lief er auf seine Mutter zu. Auf halbem Wege machte er aber halt, drehte sich zur zweiten Tür. »Die ist doch im Wohnzimmer.« Riss sie auf und rannte in den dahinter liegenden Raum. Die Tür ließ er weit offen. Triumphierend kehrte er zurück, schwenkte eine hellblaue Kassette in der erhobenen Hand. »Nachher baust du mit mir die Ritterburg auf! Und außerdem hab ich Hunger!« Lautes Türknallen.

Paula Gerber starrte ihm nach. Geistesabwesend ging sie zur anderen Tür, wollte sie einer Gewohnheit folgend schließen. Lilian, die von ihrem Platz aus einen Teil des Wohnzimmers einsehen konnte, kam ihr zuvor und stieß die Tür ganz auf. Auf dem Wohnzimmertisch stand eine große Porzellanvase. Mit einem riesigen Strauß roter Rosen. Baccararosen. Auf die Schnelle konnte Lilian die zwar nicht zählen. Aber sie würde wetten, dass es genau 50 Stück waren.

»Was für schöne Rosen! Die müssen ja ein kleines Vermögen gekostet haben.« Lilian drehte sich um und sah der jungen Frau in die Augen.

Die antwortete nicht. Starrte nur auf die Blumen. Hilflos. Das Dunkelrot der geöffneten Knospen leuchtete ihr entgegen. Lilian führte die zitternde Frau zum Sofa. Drückte sie in die Kissen und setzte sich neben sie. »Wir wissen, dass Dr. Robner genau so einen Strauß am Tag seines Todes gekauft hat. Also, ich höre.«

Sie vergrub das Gesicht in den Händen. Laute, hemmungslose Schluchzer.

Lilian strich ihr beruhigend über die Schultern. »Hatten Sie ein Verhältnis mit ihm?«

Nicken. Und wieder verzweifeltes Weinen.

»Hat er Ihnen die Blumen geschenkt?«

»Ja.«

»Wann?«

Sie suchte nach einem Taschentuch, fand aber keines. Lilian kramte in ihrer Jackentasche und gab ihr eines.

»Am Dienstagnachmittag.« Die junge Frau tupfte mit dem Papiertaschentuch die mit Schminke verschmierten Augenlider ab. »Ich hatte mittags, kurz bevor ich mit der Arbeit fertig war, mit einer Freundin telefoniert. Michael sollte sich am Nachmittag mit ihrem Sohn zum Spielen treffen. Um drei Uhr. Während ich telefonierte, stand Andreas am Kopiergerät. Er muss alles mitgehört haben. Auf jeden Fall wartete er unten vor der Haustür auf mich. Er hatte mir in der letzten Zeit deutlich gezeigt, dass er Interesse an mir hatte. Aber ich wollte nichts mit ihm anfangen, wirklich nicht! Das hätte alles komplizierter gemacht. Die Sache mit meinem Freund, mit der Firma, mit Michael. Als er dann aber auf einmal vor mir stand, mit diesem Meer aus roten Rosen ... Und mich ansah, als ob er ohne mich nicht mehr leben könne ... Da konnte ich nicht anders. Ich nahm ihn mit in meine Wohnung.« Ratlos begutachtete sie das Taschentuch, das sie inzwischen in lauter Einzelteile zerpflückt hatte.

»Hier oben wurde er ziemlich direkt. Klar, was er wollte – und ich wollte es auch.« Sie zuckte mit den Schultern. »Später tranken wir Sekt. Ich hatte noch welchen vom Wochenende im Kühlschrank. Er hatte Hunger, weil er den ganzen Tag über nichts gegessen hatte. In einer Schublade entdeckte ich zwei Stück Kuchen. Er aß alles alleine auf.« Auf ihrem Gesicht erschien ein verträumter Ausdruck. Verschwand aber sofort wieder. »Er blieb nicht lange. Bis halb sechs. Er sagte, er müsse zu Hause noch arbeiten. Er nahm sich öfter Unterlagen aus der Arbeit mit.« Sie schwieg und starrte vor sich hin.

»Und was passierte später?« fragte Lilian behutsam.

»Später.« Erneutes Schniefen. Und ein langes Seufzen. »Später kamen bei mir die Gewissensbisse. Wegen meinem Freund. Es musste bei diesem einen Mal bleiben. Als Michael im Bett war, konnte ich mich aber nicht dazu durchringen Andreas anzurufen. Also räumte ich erst mal die Wohnung auf. Da fand ich dann das hier.«

Sie stand auf und ging zum Wohnzimmerschrank. Holte eine große Plastiktüte heraus. Ein Jackett aus einem dunklen Baumwollstoff kam zum Vorschein. Sie ließ es auseinander fallen. Ein dickes, in schwarzes Leder gebundenes Buch von der Größe eines Schulheftes tauchte auf.

»Was ist das?«

»Andreas' Terminkalender.«

Lilian sprang auf.

»Andreas hatte ihn vergessen. Mit der Jacke. Ich wollte ihm die Sachen vorbeibringen. Und reinen Tisch machen. Also holte ich mein Rad. Ich dachte mir, die frische Luft täte mir gut. Nach dieser ganzen Aufregung. Ich brachte meinem Nachbarn das Babyphon und radelte los. Auf halbem Weg fing ich aber wieder zu grübeln an. Ich kam mir so idiotisch vor. Sogar schön gemacht hatte ich mich für Andreas. Eigentlich wollte ich ihn nur so schnell wie möglich wiedersehen. Die vergessenen Sachen waren bloß ein Vorwand. Also kehrte ich um, aus Selbstschutz. Ich überlegte mir, es wäre unverfänglicher, wenn ich ihm alles am nächsten Tag in die Firma mitbringen würde.«

»Warum haben Sie das verschwiegen?«

»Sie hätten mir doch niemals geglaubt! Was für ein Klischee! Und ein gefundenes Fressen noch dazu! Die Sekretärin treibt's mit dem Chef. Da wäre ich bestimmt die Verdächtige Nummer Eins gewesen. Wo ich noch dazu zur Tatzeit auf dem Weg zu seiner Wohnung war.«

Paula Gerbers Beweggründe waren einleuchtend. Aber trotzdem. »Sie haben ein wichtiges Beweismittel unterschlagen.«

»Aber ich konnte den Terminkalender nicht zur Polizei bringen! Andreas hat für den Dienstagnachmittag den Vermerk ›Blumen/PG‹ eingetragen. Er hatte die Angewohnheit, bei seinen Terminen die Initialen der Person anzugeben, mit der er sich treffen würde. Da hätten Sie sofort herausgefunden, um wen es sich bei PG handeln musste. Eine solche Eintragung ein paar Stunden vor seinem gewaltsamen Tod! Wie praktisch!«

»Das wird ein juristisches Nachspiel für Sie haben.« Lilian zog ein Paar Plastikhandschuhe aus ihrer Umhängetasche, streifte sie über und untersuchte das schwarze Buch. Am 10. Mai, dem Tag des Verbrechens, gab es drei Eintragungen:

vo: akt Testreihen abschließen
14:00 Bespr/BW
15:00 Blumen/PG

»Wieso hat er denn die beiden ersten Notizen in roter Farbe geschrieben und den Termin um drei Uhr in blau?«

»Rot steht für Geschäftstermine und blau für private Termine«, erklärte Paula Gerber. »Er verwaltete seine Termine zwar selbst, trotzdem mussten wir viel miteinander abklären. Deshalb kenne ich sein System. Er benutzte viele Abkürzungen. So bedeutet ›vo‹ vormittags, ›akt‹ aktuell, ›na‹ nachmittags. ›14:00 Bespr/BW‹ heißt also, dass er um zwei eine geschäftliche Besprechung mit Bruno Winters hatte.«

»Kein Eintrag am Abend. Wenn Sie sich beide für den Abend verabredet haben, konnte er das aber auch nicht mehr aufschreiben. Wo doch der Terminkalender bei Ihnen war.«

»Ich habe ihn nach halb sechs nicht mehr gesehen! Das ist die Wahrheit, bitte glauben Sie mir!«

Lilian sagte nichts, sondern blätterte weiter. Das sah nach viel Arbeit aus. »Er hatte sehr viele geschäftliche Termine. Das dauert Ewigkeiten, bis wir die alle durch haben. Kommen Sie morgen ins Polizeidirektorium, um die vollständigen Namen dazuzuschreiben.« Lilian formulierte ihre Bitte absichtlich als Forderung. Das war das Mindeste, was die Frau tun konnte. Lilian erkannte an ihrem Gesicht, dass diese den Wink verstanden hatte.

»Aber morgen ist doch Samstag«, warf sie vorsichtig ein. Dann kleinlaut: »Also gut, wann?«

»Um neun.« Lilian fiel der kleine Michael ein. »Um zehn.«

Ergeben nickte sie.

Beim Durchblättern entdeckte Lilian viele verschiedene, blau eingetragene Abkürzungen, die nur vereinzelt auftauchten. Die einzigen regelmäßigen Termine bis Mitte Februar waren mit TB. Ab März stieß Lilian auf die Eintragung LS, die bis zu dreimal pro Woche erschien. Die Initialen AP/SJ konnte sie ohne Probleme zuordnen: Anton Perlinger und Sandra Jentschek. »Kommen Ihnen die Abkürzungen TB oder LS bekannt vor?«

»Nein.«

TB: Ob sich dahinter die unbekannte Thea verbarg? Lilian blätterte nach hinten zum Adressenteil. Beim Buchstaben T gab es außer diversen Doktoren, auf die das Kürzel nicht passte, nur J. Treppnau. Fehlanzeige. Und was war mit B? Hier waren zwei Namen: D. Blaschke, S. Braun. Auch nichts. Sie sah sich den Adressenteil genauer an. Keine Unterscheidung in rote und blaue Eintragungen. Überall das gleiche Schema: abgekürzter Vorname, ausgeschriebener Nachname, Telefonnummern, Adresse. Ein paar der Namen kannte Lilian von BioMed: P. (Paula) Gerber, S. (Sandra) Jentschek, S. (Silke) Kämmerer, A. (Anton) Perlinger, B. (Bruno) Winters.

Lilian wurde bewusst, dass Paula Gerber unruhig mit den Füßen hin- und herwippte. Sie suchte den Terminkalender nach der Abkürzung PG durch. Am 22. März, einem Mittwoch, tauchte Paula Gerbers Name auf. In Rot hieß es: »Anruf/PG, Post«. Am Vormittag ebenfalls in Rot: »11:30: Dr. FR/Muc«. Was sollte Muc bedeuten? Vielleicht München? Am Abend gab es eine Eintragung in Blau mit TB um 21:00 Uhr. Lilian fand die gleiche Notiz mit PG am 2. April, einem Sonntag. Wieder tauchte am selben Abend um 20:00 Uhr das Kürzel TB auf. Sie klappte das Buch zu. »Es gibt zwei weitere Eintragungen mit Ihrem Namen. Was soll das bedeuten: ›Anruf/PG, Post‹?«

»Da sollte ich Andreas Post von zu Hause abholen

und mit in die Firma nehmen. Am Telefon hat er mir von dem versteckten Schlüssel erzählt. Das eine Mal hatte er in München beruflich zu tun. Er rief mich von unterwegs an und sagte, er würde dort übernachten, weil er am Abend noch einen Termin hätte, und am nächsten Morgen direkt zu BioMed fahren. Ich bin gleich nach der Arbeit in seine Wohnung und hab die Post mitgenommen. Das andere Mal hat er mich sogar am Sonntag auf meinem Handy angerufen.«

Das machte Sinn. »Noch einmal zum vergangenen Dienstag. Hat Dr. Robner von Ihnen ungewöhnliche sexuelle Dienste verlangt?«

»Nein, natürlich nicht.«

»Wollte er nicht, dass Sie ihn auspeitschen? Oder ans Bett fesseln? Oder etwas anderes, das Ihnen seltsam vorkam?«

»Alles ganz normal.« Ausgiebig inspizierte sie ihre langen Fingernägel. »Wenn Sie's genau wissen wollen: Wir haben's zweimal im Bett gemacht. Zuerst er oben und ich unten und später umgekehrt. Das war's.« Ein herausfordernder Blick. »Reicht das? Oder würden Sie gerne noch ein paar Details hören?«

»Jetzt nicht. Aber morgen auf der Dienststelle. Ach, übrigens – haben Sie jetzt einen schwarzen Lackmantel oder nicht?«

»Ich hab keinen. Wie steht's mit Ihnen?«

Erstaunlich, wie schnell die junge Frau wieder die

Oberhand gewonnen hatte. Sie würde also noch auf Lilians persönlicher Verdächtigenliste bleiben. Und auf Helmuts sowieso.

KAPITEL 6

Auf der Rückfahrt informierte Lilian ihren Kollegen per Handy.

»Na also! Jetzt haben wir die Gerber!« Helmut klang zufrieden. Auch er hatte Neuigkeiten. In der Wohnung in München hatte man die Fetischkleidung und -accessoires entdeckt, die der Tote bei dem Pornoversandhandel bestellt hatte. Die Peitschen hatten ziemlich gebraucht ausgesehen. Sie waren auf dem Weg zum LKA für weitere Untersuchungen. Die Wohnung befand sich in einem Mietshaus mit drei Parteien. Im Erdgeschoss lebten vier Studenten in einer Wohngemeinschaft. Sie konnten wenig über den unauffälligen Mieter im obersten Stock sagen. Die alte, schwerhörige Dame aus der ersten Etage sprach augenzwinkernd von den gelegentlichen Studentenfeiern unter ihr, die sie nicht sonderlich störten. Am Abend schaltete sie sowieso ihr Hörgerät aus. Im Vergleich dazu sei der »Herr Doktor« über ihr mehr als leise gewesen. Offenbar schaute er gerne fern. Sie tippte auf Krimis oder Thriller, denn manchmal hätte sie so etwas wie Schreie gehört. Es sei ihr aufgefallen, dass er des Öfteren Damenbesuch bekommen habe. Aber was wollte man von einem allein stehenden und so gutaussehenden Herrn denn anderes erwarten? – Helmut war auch bei der Mutter des Toten gewesen. Anhand eines Fotos hatte sie das Jagdmesser als ihr eigenes Geschenk zum 40. Geburtstag ihres Sohnes wiedererkannt.

Lilian nutzte die Mittagspause, um sich von Miriam zu verabschieden. Heike würde nicht vor drei Uhr auftauchen. Bis dahin wäre Lilian schon längst wieder im Büro. An einer peinlichen Begegnung mit Stefans Zweitfrau war ihr ohnehin nichts gelegen. Auch Hanna hatte vor, sich mit Tobias am frühen Nachmittag auf den Weg nach Südfrankreich zu machen. Also wäre Lilian bald alleine …

Eine Stunde später im Büro nahm Lilian sich den Terminkalender vor. Die Kürzel, die nur sporadisch auftauchten, ließen sich mit Hilfe des Adressenteiles leicht zuordnen. Dann wandte sie sich den regelmäßigen Eintragungen zu. Die mit TB erschienen jeden Mittwoch um 19:00 Uhr. Ab Anfang Februar gab es zusätzliche Termine am Wochenende zwischen 19:00 und 21:00 Uhr. Mitte Februar verschwanden die Mittwochstermine. Lilian kramte in ihren Unterlagen. Endlich fand sie, wonach sie gesucht hatte. Das Arbeitsverhältnis zwischen BioMed und dem Toten hatte am 16. Februar begonnen. Als Andreas Robner in Regensburg zu arbeiten angefangen hatte, hatte er unter der Woche offenbar keine Zeit mehr für seine Termine mit TB gehabt. Hieß das, dass TB in München lebte? Auch die Treffen am Wochenende wurden ab März sehr unregelmäßig. Erst am 22. März um 21:00 gab es wieder eine entsprechende Eintragung. Ach ja, das war der Tag, an dem Paula Gerber seine Post geholt hatte. Genauso wie am 2. April: das letzte Treffen mit TB.

Dann nahm Lilian das zweite Kürzel, das sehr häufig auftauchte, in Augenschein. LS erschien das erste Mal am 3. März und ab da zwei- bis dreimal in jeder Woche. Bis zu Dr. Robners Tod. Halt, auch einen Tag nach seinem Tod war noch eine Verabredung. Um 18: 00 Uhr. Ansonsten bewegte sich die Uhrzeit zwischen 17:00 und 19:00 Uhr. Nur vereinzelte Eintragungen um 13:00 Uhr. Das würde die gelegentlichen langen Abwesenheiten während der Mittagszeit erklären, von denen Dr. Winters gesprochen hatte. Dreimal tauchten Termine um 15:00 Uhr auf. Lilian wählte die Telefonnummer von BioMed. Silke Kämmerer meldete sich. Lilian bat sie nachzuschauen, an welchen Tagen Dr. Robner unentschuldigt gefehlt hatte.

Da kam Helmut ins Büro. Ließ sich stöhnend auf seinen Stuhl fallen. »In Zukunft fahre ich nur noch in einem Dienstwagen mit Klimaanlage, das schwöre ich dir.«

»Dann viel Spaß mit dem Chef, davon ist er sicher begeistert.« Lilian machte sich einige Notizen und legte auf. »Übrigens: Hallo Helmut! Hör mal zu. Ab Anfang März hat der Robner sich regelmäßig mit einer Person mit den Initialen LS getroffen. Meistens am späten

Nachmittag oder frühen Abend, zwischendrin auch mittags oder nachmittags. Dafür hat er sogar seine Arbeit sausen lassen.« Lilian sah auf ihren Notizblock. »Bis auf seinen ersten Fehltag bei BioMed – das war der 1. März – stimmen alle anderen Zeiten, an denen er nach der Mittagspause nicht wieder in der Arbeit erschienen ist, mit den Tagen überein, an denen eine Verabredung für 15:00 Uhr eingetragen ist. Leider ist es nicht mehr nachvollziehbar, ob er bei den Treffen um 13:00 Uhr seine ausgedehnten Mittagspausen gemacht hat. Die Fehlzeiten werden wohl ausgestrichen, wenn der Mitarbeiter am gleichen Tag wieder in der Firma auftaucht. Am 1. März gibt es übrigens keinen privaten Eintrag. Dafür aber einen geschäftlichen um 10:30 mit dem Winters und einem Kunden. Er hat beide versetzt.«

»Jetzt wissen wir also, dass er sich wirklich mit ein und derselben Person getroffen hat. Bestimmt mit seinem ›Tête-à-Tête!‹«

Lilian informierte Helmut zu den Treffen mit TB. Er nahm den Timeplaner. »Sieh mal, da hat er sich zum Abendessen mit AP/SJ getroffen. Und da auch. Da haben die drei wohl ihre geheimen Pläne für die neue Firma besprochen.« Er schaute auf. »Und was ist mit der Gerber?«

»Bis auf den einen Nachmittag nur zwei Eintragungen.« Lilian berichtete ihm die Einzelheiten.

»Hm … Ob das für einen Hausdurchsuchungsbefehl reicht? Wir bräuchten einen Zeugen, der sie in der

Mordnacht in der Nähe der Wohnung gesehen hat. Sie hatte die Gelegenheit.«

»Ein Motiv, schätze ich, ist auch nicht schwer zu finden.«

»Das älteste der Welt: Eifersucht.« Er schnalzte mit der Zunge. »Die meisten Menschen töten aus ganz einfachen Gründen: aus Liebe, Hass oder des lieben Geldes wegen. Vielleicht waren sie schon viel länger ein Liebespaar, als sie zugibt. Schließlich hat sie zuerst auch geleugnet, sie hätte was mit ihm gehabt.«

»Aber es gibt nur eine einzige private Eintragung mit ihren Initialen. Die ist zwar am Tage seines Todes, aber er wurde danach noch einmal lebend gesehen.«

»Du glaubst doch nicht, dass er alle seine Treffen mit der Gerber notiert hätte«, warf Helmut ein. »Schließlich musste er damit rechnen, dass Silke Kämmerer bei Terminabklärungen die Initialen ihrer Kollegin erkennen würde. Und außerdem gibt es noch eine andere Möglichkeit, wie die liebe Paula an den Terminkalender gekommen sein könnte. Nehmen wir mal an, dass sie am Dienstagnachmittag ein weiteres Treffen für den Abend ausgemacht haben. Das hat er sich natürlich nicht aufgeschrieben. Nur ein paar Stunden später! Sie aber wusste, dass er in seinem Terminkalender auch alle privaten Termine notierte. Musste also damit rechnen, dass ihr Name für den gleichen Abend drin stehen würde. Später dann hat sie ihm die Pulsadern aufgeschnitten, aus welchem Grund auch immer. Während er seine letzten

Atemzüge macht, sucht sie in der Wohnung nach dem Kalender. Sie nimmt ihn mit, um den Verdacht nicht auf sich selbst zu lenken. Erst später merkt sie, dass am Abend gar nichts eingetragen ist.«

Lilian kaute an einem Fingernagel. »Gar nicht so abwegig.«

»Genau! Und hast du mir nicht am Telefon erzählt, wie schnell sie heut Mittag wieder ganz selbstbewusst geworden ist, wenn nicht sogar unverschämt? Das Theater vorher war nur gespielt. Die schnapp ich mir.« Er schlug mit der flachen Hand auf den Schreibtisch. »So, und jetzt brauch ich was zu trinken!«

Die zwei Stunden waren wie im Flug vergangen. Zehn Minuten zu früh war sie am vereinbarten Ort. Sie wartete im Innenhof des hellblau gestrichenen Jugendstilhauses. Anstatt sich auf die einladende Gartenbank zu setzen, drängte sie sich an die Hauswand. Hinter die großen Blumentöpfe.

Die Minuten tröpfelten dahin. Immer wieder schielte sie auf ihre Uhr. Schließlich Schritte. Die kamen rasch näher. Es war Andreas. Nie würde sie seinen Gesichtsausdruck vergessen. In einer einzigen Sekunde spiegelte sich sein Inneres wider: Sein Verlangen nach ihr. Der Triumph über seinen Sieg – und über ihre Niederlage. Endlich hatte er sie da, wo er sie haben wollte.

Grob ergriff er sie am Arm. Zog sie mit sich ins Haus. Fast wäre sie gestolpert. Ihre Schritte im Treppenhaus klangen dumpf. Sie sprachen kein einziges Wort. Vor der Tür zu seinem Appartement machte er halt und sperrte auf. Der Griff seiner Finger schmerzte. Er schob sie in die Diele. Die Tür fiel hinter ihnen zu. Er zerrte ihr den Mantel von den Schultern, ließ ihn achtlos zu Boden fallen.

Sie war sich nicht sicher, was sie erwartet hatte. Mit Sicherheit nicht diesen Sturm, der jetzt über sie hinweg fegte. Sie wollte etwas sagen, doch da waren seine Lippen schon auf den ihren. Seine Zunge drängte sich in ihren Mund. Raubte ihr fast den Atem. Glitt ihr über Gesicht, Hals, Schultern, Brüste. Auch seine Hände waren überall. Ungeduldig rissen sie an ihren Kleidern. Er schob ihr den Rock hoch. Nahm sich keine Zeit, ihr das Höschen auszuziehen. Mit einem einzigen Ruck zerriss er es. Er drängte sie auf den Boden, zog seine Hose runter. Sofort drang er in sie ein. Er bewegte sich rhythmisch. Zuerst sehr langsam, dann immer schneller. Mit der Hand stimulierte er ihre empfindlichste Stelle. Seine Zähne suchten ihre Brustwarzen. Sofort wurden sie hart und groß. Sie spürte die Erregung in sich, ließ sich mitreißen. Gleich würde sie sie wie in einer gewaltigen Woge überfluten. Fast schon fühlte sie den Höhepunkt kommen.

Doch plötzlich ließ er sie los. Stand auf. Verwirrt sah sie ihn an. Was war jetzt wieder los? Er zog seine Hose hoch und lächelte sein grausames Lächeln. »Sag mir, dass ich dich weiterficken soll. Los, sag's mir! Ich will es aus deinem Mund hören, du Schlampe.«

Sie drehte den Kopf weg. So etwas konnte sie nicht sagen. Doch das Verlangen in ihr machte sie fast wahnsinnig. Obwohl sie glaubte, vor Scham versinken zu müssen, keuchte sie: »Fick mich, los, mach schon! Ich will es! Jetzt, sofort!«

Sein befriedigtes Lachen dröhnte in ihren Ohren. Fast höhnisch. Doch anstatt dort weiterzumachen, wo er vorher aufgehört hatte, packte er sie grob am T-Shirt. Schleifte sie über den Boden bis ins Esszimmer. Sie stieß sich an der Türschwelle, schrie auf. Doch er kümmerte sich nicht darum und zog sie weiter. Sie hörte, wie etwas riss. Das Oberteil. Er griff nach ihren Haaren, um besseren Halt zu finden. Zerrte sie weiter bis zum Esstisch. Sie stöhnte auf. Es tat so weh. Er fasste sie an den Schultern und warf sie bäuchlings über den großen Tisch. Riss ihren Rock herunter, drückte ihr Gesäß auseinander, rieb seinen steifen Schwanz an ihr. Ohne Vorwarnung drang er von hinten in sie ein. Ein heftiger Schmerz durchzuckte sie. Sie schrie auf, wollte ihn von sich wegstoßen. Doch er hielt mit beiden Händen ihre Arme auf dem Rücken fest umklammert. Immer wieder stieß er in die viel zu schmale Öffnung. So schnell er konnte. Sie verkrampfte sich noch mehr. Hörte sein heftiges Keuchen. Aufhören! Aufhören! Dann aber wurden seine Bewegungen weicher. Der Schmerz verschwand. Ganz unerwartet verspürte sie Lust. Es war unbeschreiblich, viel stärker als sonst. Ohne es zu wollen, öffnete sie sich seinen Stößen. Seine Hände ließen ihre Arme los, such-

ten nach ihren Brüsten. Sie schrie laut auf. Diesmal vor Begierde. Ein erlösender Orgasmus überrollte sie. So musste ein Hurrikan sein – überwältigend und verheerend zugleich.

Sie atmete ruckartig, stützte sich mit den Armen auf dem Esstisch ab. Die Wellen verebbten allmählich, so dass sie wieder ihre Umgebung wahrnehmen konnte. Sie spürte, wie er sich aus ihr zurückzog. Auch er atmete laut in heftigen Zügen. Sie wollte ihn nicht ansehen, sie schämte sich. Er hatte sie in einer demütigenden, schmerzhaften Position genommen – gegen ihren Willen. Und das Schlimmste war, dass sie es genossen hatte. Er hatte es gewusst, dieses Schwein.

Ihre Kleider waren völlig ruiniert. So konnte sie sich nirgendwohin wagen, unmöglich. Gut, dass sie ihren Mantel mitgenommen hatte. So hatte sie wenigstens etwas zum Verstecken, wenn sie in die nächste Boutique ging.

Da spürte sie seine Lippen auf ihrem Rücken. Sanft berührten sie ihre feuchte Haut. Leicht wie eine Feder liebkosten seine Finger ihre Schultern. Sie strichen über ihr Dekolleté und zeichneten die Formen ihrer bebenden Brüste nach. Er schmiegte sich von hinten an sie und flüsterte ihr ins Ohr: »Du bist meine Göttin. Weißt du, dass ich völlig verrückt nach dir bin?«

Was war das für eine Masche? Zuerst hatte er sie wie ein Stück Dreck behandelt. Ihr weh getan. Und es hatte ihm Spaß gemacht. Was wollte er jetzt mit dieser Zärt-

lichkeit? Mit seinen einschmeichelnden Worten? Das konnte er sich sparen. Sie erinnerte ihn an die Abmachung: »Ein einziges Mal – das hatten wir ausgemacht. Vergiss es nicht, Andreas.«

Sie wollte sich von ihm lösen. Aber er drehte sie zu sich herum und hob mit seinen Fingern ihr Kinn, so dass sie ihn ansehen musste. Seine Augen ruhten auf ihr, als wollten sie jedes winzige Detail in ihrem Gesicht registrieren. Sachte küsste er sie auf den Mund. »Ich weiß nicht, ob ich mich morgen noch daran erinnern kann. Ich fürchte, du hast mir wieder den Kopf verdreht.«

Sie wollte schon aufbegehren. Da lachte er sein leises Lachen und legte einen Finger auf ihre Lippen. »Keine Sorge. Ich stehe zu meinem Wort …«

Beruhigt atmete sie aus. Sie erlaubte es sich, für einen kurzen Moment ihren Gefühlen nachzugeben. Sich an ihn zu lehnen. Es tat so gut. Überdeutlich konnte sie seinen Geruch wahrnehmen. Sie dachte an die Lust, die sie gespürt hatte. Die er ihr geschenkt hatte. Gern wäre sie noch geblieben. Doch sie durfte sich nicht gehen lassen. Jetzt nicht mehr. Sie hatte ihre Schulden bezahlt.

»Ich verschwinde jetzt.«

Er suchte nach seiner Brieftasche. Holte fünf Hunderter heraus und drückte sie ihr in die Hand. »Für neue Kleider. So kannst du dich nirgends blicken lassen.«

Sie steckte das Geld in seinen Geldbeutel zurück. »Ich bin eine arbeitende Frau und kann mir meine Kleider selbst bezahlen.«

Dann ging sie aus dem Zimmer. Ohne sich noch einmal umzudrehen. Sie spürte, wie ihr Unterleib schmerzte. Auch die Kopfhaut tat ihr weh. Doch sie ließ sich nichts anmerken. In der Diele hob sie ihren Mantel auf, zog ihn über und verließ diese Wohnung, so schnell sie konnte.

Die Welt war ungerecht. Wie geplant war Miriam mit ihrer bildhübschen Stiefmutter an den Chiemsee gefahren, wo sie inmitten einer »richtigen« Familie ein unbeschwertes Wochenende verbringen würde. Auch Hanna ließ es sich an der französischen Riviera gut gehen. Mit heißen Tagen und ebenso heißen Nächten. Und was ist mit mir? dachte Lilian verstimmt. Keine Ablenkung in Sicht. Weder zweibeinig, männlich und unwahrscheinlich aufregend noch sonst was. Und mit einer Flasche Rotwein vor den Fernseher lümmeln ging auch nicht. Denn gerade am Anfang eines neuen Falls musste sie jederzeit mit einem plötzlichen Einsatz rechnen.

Seltsam, wie ruhig es im Haus war. Obwohl sie nach der Hektik der vergangenen zwölf Stunden die Stille als Wohltat empfand, sehnte sie sich nach den lauten, oft streitenden Kinderstimmen. Auch nach den knallenden Türen, die trotz ständiger Ermahnungen nie leise geschlossen wurden. Sogar Hannas Bauchtanzmusik hätte sie im Moment begrüßt. Es irritierte sie, dass sie die Ruhe und die Leere im Haus, die sie sonst so vermisste, ausgerechnet jetzt als störend empfand. Warum wollte sie immer das, was sie gerade nicht haben konnte?

Aber ein einziges Glas Wein zum Abendessen würde sie sich trotzdem erlauben. Kurzentschlossen entkorkte sie eine Flasche italienischen Rotwein. Es war der letzte bacchinale Rest ihrer Umbrien-Reise im vergangenen Sommer. Sie gestand sich nur ungern ein, dass sie mit ihren Urlaubszielen aus einem ganz bestimmten Grund immer wieder in Italien landete. So war sie in gewisser geographischer Nähe zu ihrem Vater, ohne ihm jedoch direkt über den Weg zu laufen. Natürlich hätte sie das nie vor jemand anderem zugegeben. Glücklicherweise hatten sie bisher darauf weder Hanna noch Viktor angesprochen. War das ein Zufall? Oder besaßen ihre beiden engsten Freunde genau das Feingefühl, das sie von ihnen unbewusst erwartete?

Lilian holte zwei kleine Zucchini, eine Aubergine, eine Paprika und mehrere Schalotten aus dem Kühlschrank. Sie war bei weitem keine so gute Köchin wie Hanna, aber in Olivenöl angebratenes Gemüse schaffte sie gerade noch. Zum guten Schluss etwas Salz und frischer Rosmarin, fertig. Mit einem voll beladenen Teller, zwei Scheiben Weißbrot und einem Glas Wein setzte sie sich schließlich auf die Terrasse. Was für ein ungewöhnlich warmer Frühlingsabend! Sogar noch jetzt war die Hitze des vergangenen Tages zu spüren. Eigentlich ist es doch nicht so schlecht auf dieser Welt, dachte sie beim ersten Schluck Wein. Sie schloss die Augen. Fast glaubte sie, das Rauschen des Meeres zu hören und den salzigen Wind auf den Lippen zu schmecken. Erstaunlich, wie leicht der Duft dieses bescheidenen Abendessens und die schwülwarme Abendluft in ihr jene unerklärliche Sehnsucht nach dem Süden wecken konnten.

Es läutete an der Tür. Lilian unterdrückte einen Fluch. Wer wagte es, sie an einem Freitagabend in ihrer wohlverdienten Einsamkeit und vor allem bei ihrem köstlichen Essen zu stören? Sicher war es Viktor. Nach ihrer gestrigen Aussprache wollte er zur normalen Routine übergehen und sie zu einem Abend in einer Jazzkneipe überreden. Am besten, sie machte gar nicht auf.

Erneutes Läuten. Diesmal länger.

Widerwillig schlurfte sie zur Sprechanlage. »Ja bitte?«

Ein komisches Geräusch. Klang wie ein Räuspern. »Äh ... ähm, hier ist David. David Berger. Wir haben uns neulich auf dem Jazzkonzert getroffen. In der Alten Mälzerei. Weißt du noch?«

Und ob! Das durfte einfach nicht wahr sein! Woher wusste er denn, wo sie wohnte? Sie hatte ihm doch nur ihre Telefonnummer gegeben. Oder täuschte sie sich? Aber war das nicht völlig egal? Kaum konnte sie einen klaren Gedanken fassen. War wie vom Donner gerührt. Dann geriet sie in Hektik. Hauchte nur ein flüchtiges »Komme gleich« in die Sprechanlage und rannte so schnell sie konnte ins Badezimmer am Ende des Flurs. Ein prüfender Blick in den Spiegel: gar nicht so übel.

Von der plötzlichen Aufregung waren ihre sonst so blassen Wangen ein wenig gerötet. Ihre katzenartigen Augen funkelten in ihrem typischen Glanz. Die Haare waren allerdings völlig verdrückt. Wo war nur die Bürste? Bestimmt hatte Miriam sie zum Friseurspielen in ihr Zimmer geschleppt. Dann musste ein Spritzer Wasser herhalten. Mit feuchten Händen fuhr Lilian sich durch die Haare. Der Erfolg war mäßig. Wenigstens hatte sie noch ihre Dienstklamotten an. Der Drang, sich in bequeme Leggings und ein ausrangiertes T-Shirt zu werfen, war heute Abend geringer als nach etwas Essbarem gewesen. Gott sei Dank! Mit der ausgestellten Hose aus dunkelblauem Stretch und dem kurzärmeligen Twinset in einem zarten Hellblau konnte sie sich sehen lassen. Mit zittrigen Fingern zog sie den Lippenstift nach. Dann eilte sie zur Haustür. Öffnete sie. Voller Erwartung.

Da stand er: groß, braungebrannt, mit Dreitage-Bart. Wow! Fast wie aus einer Jeanswerbung. Die mehr als schulterlangen, schwarzen Haare waren zu einem Pferdeschwanz im Nacken zusammengebunden. Mit der Abenddämmerung im Rücken sahen seine tiefliegenden, dunklen Augen fast schwarz aus. Die obligatorischen Jeans zu einem weißen T-Shirt. Darüber eine schwarze Lederjacke, die so aussah, als hätte sie ihn auf all seinen bisherigen Wegen begleitet. Mit einem unbeholfenen Lächeln auf den Lippen – wie passte das zu seiner lässigen Art? – schien er nicht recht zu wissen, wie er seinen überraschenden Besuch erklären sollte. Er drückte Lilian eine Flasche Prosecco in die Hand. Sagte ganz schlicht »Hallo, schön, dich zu sehen« und blickte sie nun seinerseits erwartungsvoll an.

Lilian nahm die Flasche, murmelte ein »Dankeschön« und bat ihn einzutreten. »Was für eine gelungene Überraschung. Dich hab ich nicht erwartet.«

Zwar heiß ersehnt, seit Tagen. Aber das konnte sie ja schlecht sagen. Also führte sie ihn an der Garderobe vorbei. Wie immer sah es schrecklich unordentlich aus. Überall herumliegende Kinderjacken und durcheinander geworfene Schuhe. Dort in der Ecke war Tobias' Ball. Seit Tagen hatte er ihn schon gesucht. Hinter Miriams Ballettschuhen, die sie trotz der Ermahnungen ihrer Mutter natürlich nicht in die Ballettasche geräumt hatte.

»Ich hab mir was zum Essen gemacht. Mit Weißbrot und Salat reicht es auch für zwei. Hast du Hunger?«

David inspizierte das in Öl gedünstete Gemüse. »Riecht lecker. Ich wollte gar nicht lange bleiben, nur kurz hallo sagen. Aber, na ja ... In Ordnung.«

»Gut, dann mach ich noch einen Salat. Trinkst du ein Glas Rotwein mit?«

»Sehr gern. Soll ich dir helfen?« David wartete ihre Antwort nicht ab, sondern begleitete sie schon in die Küche.

Während Lilian den Salat putzte, schälte ihr Überraschungsgast Karotten. Zuerst arbeiteten sie schweigend nebeneinander her. Lilian überlegte krampfhaft, was sie sagen sollte. Normalerweise redete sie gern. Aber jetzt war sie verlegen, richtig verunsichert. Kein Wunder. Schließlich stand ihr heimlicher Schwarm aus längst vergangenen Studientagen neben ihr. Berührte sie fast, während er die Karottenscheiben in die Salatschüssel beförderte. Er hatte nichts von seiner früheren Anziehungskraft auf sie eingebüßt. Dieses kribbelige Gefühl im Bauch kannte sie ziemlich gut. Und sie fand es immer noch zum Kotzen. Das war aber nicht der einzige Grund für ihre Schüchternheit. Zu allem Übel arbeitete er an genau der juristischen Fakultät an der Uni, die sie an ihr eigenes Versagen als Studienabbrecherin erinnerte.

Damals hatte sie als Studentin an einem Seminar teilgenommen, das David als wissenschaftlicher Assistent betreut hatte. Wie lange das schon her war ... Jetzt würde sie ihn am liebsten mit Tausenden von Fragen überschütten: ›Wo ist deine hübsche, langbeinige Freundin von seinerzeit? Stimmt es, dass ihr geheiratet habt? Ist sie zu Hause und passt auf die Kinder auf? Würdest du trotzdem mit mir ins Bett steigen?‹ Aber das wäre doch etwas zu direkt. Und außerdem hoffte sie, dass er nicht einer von denen war. Sie schielte auf seine Hände. Kein Ehering. Sie atmete auf. Aber dann fiel ihr ein, dass Stefan auch nie einen getragen hatte. Mist, zu früh gefreut.

»Soll ich die Paprika in Streifen schneiden?«

Es dauerte einen Moment, bis sie realisierte, dass er

etwas gesagt hatte. »Wie du willst. Magst du Artischocken?«

»Ja.«

Wieder Stille.

»Sind das deine Kinder, das Mädchen und der Junge auf den Fotos in der Diele?«

Lilian viertelte die eingelegten Artischocken. »Miriam schon. Tobias ist Hannas Sohn. Die beiden wohnen zusammen mit uns in diesem Haus.«

David warf ihr einen Blick zu, den sie nicht deuten konnte.

»Hanna und Tobias sind heute nach Frankreich gefahren«, fuhr Lilian fort, froh, endlich über etwas reden zu können. »Und Miriam ist auch weg. Bei ihrem Vater am Chiemsee.«

»Warum bist du nicht mitgefahren?«

»Was soll ich dort? Wir sind seit fünf Jahren geschieden.«

Wieder dieser undefinierbare Blick.

»Miriam ist gerne am Chiemsee. Da kann sie mit ihren drei Stiefbrüdern den ganzen Tag herumsausen. Es gibt Hühner, Hunde, Kühe und Pferde. Wirklich idyllisch. Und ideal für Kinder.« Das sagte sie ganz lässig. Hoffentlich sah er ihr nicht an, wie sehr sie oft daran zu knabbern hatte.

»Habt ihr ein gutes Verhältnis zueinander?«

»Miriam und ich? Klar.« Sie interpretierte seine Frage absichtlich falsch.

»Nein, ich meinte, du und dein Ex-Mann. Und auch du und seine neue Frau.«

Also hatte er was gemerkt. »Was heißt schon gut? Wir haben uns arrangiert. Wegen Miriam. Wenn sie nicht wäre, hätte ich den Kontakt völlig abgebrochen.« Lilian schluckte. »Ich war die Doofe bei der ganzen Sache. Er hat mich verlassen. Klingt richtig dramatisch, nicht? Und so altmodisch.«

»Tut mir Leid, ich wollte nicht alte Wunden aufreißen.«

»Ist schon okay, das konntest du ja nicht wissen.« Sie versuchte, ihrer Stimme einen ganz normalen Klang zu geben. »Und außerdem passiert so was ja alle Tage. Dass Männer ihre Frauen verlassen, meine ich. Oder umgekehrt.« Warum sah er sie bloß so an, als hätte sie etwas Unanständiges gesagt?

Nach dem Essen blieben sie sitzen. Sie hatten über die Zeit an der Uni geredet. Lilian hatte sich lange nicht mehr so wohl gefühlt. Hatte auf einmal alle Anspannung verloren, trotz seiner erotischen Wirkung auf sie. Es kam ihr so vor, als sei sie in eine andere Zeit eingetaucht – in eine unbeschwerte. Hatte es die je wirklich gegeben?

David streckte sich genüsslich. »Heute fühle ich mich fast wie im Urlaub. Ein warmer Abend, ein wundervolles Abendessen, eine gute Flasche Wein.«

Er nahm die Flasche und wollte zuerst Lilian nachschenken, doch sie wehrte ab. »Nein danke, ich bin in Bereitschaftsdienst.«

»Wieso Bereitschaftsdienst?«

»Ich bin bei der Kripo. Hab ich das noch nicht erwähnt?« Seine Frage war ihr peinlich. Er wusste zwar, dass sie ihr Studium abgebrochen hatte. Doch über ihre weitere berufliche Laufbahn hatte sie ihn im Unklaren gelassen.

»Du bist Polizistin?« Seine Überraschung wuchs.

»Ja. Als eine der wenigen Frauen in diesem Männerverein.«

»Sicher keine leichte Position für dich. Als allein erziehende Mutter.«

»Es ist nicht einfach, alles unter einen Hut zu bringen. Aber ich hab mein Leben ganz gut im Griff.« Hoffentlich sah er ihr die Gewissensbisse gegenüber Miriam nicht an. Sie stand auf. »Trinkst du einen Espresso mit?«

Sie gingen in die Küche.

»Und wie ist das Leben als Kriminalpolizistin? Schrecklich aufregend?«

»Wenn Berichte schreiben und Zeugen verhören aufregend ist, dann schon.« Sie lachte. »Ich hab natürlich viel Routinekram zu erledigen. So wie in jedem anderen Job auch, schätze ich. Aber trotzdem macht mir mein Beruf Spaß.« Lilian füllte Espressopulver in die Cappuccinomaschine. Ihre Bewegungen waren mechanisch. Es war ihr nicht anzumerken, dass in ihrem Kopf tausend

Gedanken die wildesten Kapriolen schlugen. »Manchmal wünsche ich mir, ich könnte die Bilder vom Tatort aus meinen Erinnerungen herauslöschen. Und die menschlichen Schicksale, die dahinterstecken, auch. Ausschneiden und wegwerfen.« Sie seufzte. »Leider ist das wirkliche Leben nicht so schwarz-weiß wie das im Fernsehen.«

»Eher konstant grau.«

Auch er wusste das offenbar. Sogar als Jurist. Aber sie wollte nicht ungerecht sein. Schließlich konnte er nichts dafür, dass sie mit diesem Fach ihre Probleme hatte. Aus einem Hängeschrank nahm sie zwei Espressotassen mit den Untertellern heraus.

»Welchen Fall bearbeitest du zurzeit?« Er lachte unbeholfen. »Entschuldige, bitte. Wahrscheinlich kannst du nicht darüber reden.«

»Eigentlich nicht. Aber es redet sowieso jeder darüber. Du weißt ja, die Medien ... Diese Woche wurde ein Biochemiker in seiner Wohnung auf der Wöhrdinsel ermordet aufgefunden. Du hast bestimmt davon gelesen.«

»Du meinst den Fall Andreas Robner? Den Lustmord, der in allen Boulevardblättern breitgewalzt wird? Er hat doch bei einer dieser neuen Bio-Firmen gearbeitet. Wie heißt die doch gleich wieder? BioVir ..., nein so nicht. Bio. ... BioMed! Oder?«

»Ob es ein Lustmord war, weiß im Moment noch kein Mensch. Außer dem Täter.« Immer diese voreiligen Schlüsse. Sollte er es nicht besser wissen? Aber Juristen waren eben Rechtsverdreher. Schon immer gewesen. Deshalb hatte sie auch mit diesem Studium aufgehört …

»Stell dir vor, über tausend Ecken kannte ich ihn sogar.« Das klang so, als sei er selbst erstaunter darüber als Lilian es je sein konnte. Was absolut nicht der Wahrheit entsprach.

»Wie bitte? Soll das ein Witz sein?« So was gab's doch nicht! Eigentlich nur in schlechten Krimis.

»Ist schon ewig her. Wir waren auf dem gleichen Gymnasium. Er war ein paar Jahre älter als ich. Als ich in der siebten, achten Klasse war, machte er gerade Abitur. Er ist mir nur deshalb in Erinnerung geblieben, weil er sich mal an meine Schwester herangemacht hat. Die hatte immer haufenweise Verehrer.«

Lilian konnte es nicht fassen. Das war einfach nicht möglich! Den ganzen Abend über hatten sie über das und jenes geplaudert. Und jetzt diese völlig unerwartete Wendung! »Und?«

»Sie hat ihn in einer Disco kennen gelernt. Da haben sie sich für zwei, drei Stunden abgeseilt.«

»Du meinst, sie hatten was miteinander?«

»Hörte sich so an. Sie hat mit einer Freundin zu Hause über ihn geredet und nicht gemerkt, dass ich nebenan im Wohnzimmer war.« David senkte verlegen seinen Blick. »Sie sagte, von diesem Kerl würde sie lieber die Finger lassen, auch wenn er noch so gut wäre. Denn sie hätte keine Lust, dauernd irgendwelche Striemen zu verbergen. Schließlich würde sie jetzt im Sommer auch gern ausgeschnittene T-Shirts tragen.«

»Klingt so, als habe er sie geschlagen.« Wie passte das zu der Situation am Tatort und den bisherigen Nachforschungen? Lilian war irritiert. Ungläubig. Und gleichzeitig sehr nachdenklich. Hatte sie nicht schon einmal das Gefühl gehabt, ihre persönlichen Eindrücke würden sich mit den Ermittlungsergebnissen nicht decken? Ganz genau, als Silke Kämmerer von Andreas Robners unwiderstehlichem Charisma geschwärmt hatte.

»Das dachte ich mir auch. Sie hat ihn als perversen Typen bezeichnet.«

»Wie alt war deine Schwester?«

»Sie ist zwei Jahre älter als ich, muss also 16 oder 17 gewesen sein.«

»Wo wohnt sie jetzt?«

»In Pfaffenhofen.«

»Ist sie verheiratet?«

»Ja. Sie hat drei Kinder und einen Hund. Seit zwei Jahren arbeitet sie wieder. Nach dem Germanistikstudium machte sie eine Umschulung zur Grafikerin. Dann nach der letzten Babypause hat sie mit einer früheren Studienkollegin eine Werbeagentur gegründet.«

»Hört sich nach viel Organisationskram an.« Der Espresso tropfte in die bereitgestellten Tassen und verbreitete einen angenehmen Duft. Lilian suchte nach einer Zuckerdose.

»Meine Schwester schafft alles. Sie hat eine unglaubliche Energie. Die reicht sogar noch fürs Tennisspielen. Sie erledigt den Großteil der Arbeit von zu Hause aus. Ihr Mann hilft ihr, wo er kann. Ebenso wie ihre Töchter. Die beiden sind schon richtige Teenager. Wie die Zeit vergeht.« Er lächelte. »Sie passen oft auf den kleinen Julian auf, der ist erst sechs. Gehen mit ihm sogar zum Logopäden, wenn meine Schwester keine Zeit hat.«

»Hat er einen Sprachfehler?«

»Er lispelt. Ist nicht schlimm, aber meine Schwester steigert sich in alles hinein, was ihr Nesthäkchen Julian betrifft.«

»Wie heißt deine Schwester?«

»Laura. Laura Siebert.«

Laura Siebert ... Lilian kam der Nachname bekannt vor. Wo hatte sie ihn nur gehört? Es fiel ihr nicht ein. Egal. Die Alarmglocken in ihrem Kopf läuteten ohnehin laut genug. Laura Siebert: LS ... Lilian schluckte. Gab es solche Zufälle? »Schreib mir bitte ihre Adresse und Telefonnummer auf.«

Ihr knapper, sachlicher Ton schien David zu beunruhigen. »Wieso denn? Diese Sache ist schon so lange her! Du glaubst doch nicht im Ernst, dass Laura etwas mit dem Mord zu tun haben könnte! Nein wirklich, wie lächerlich!« Es war ihm anzusehen, dass ihm gar nicht nach Lachen zumute war. »Außerdem ist Laura seit zwei Wochen auf Kreta in Urlaub. Soviel zu ihrem Alibi.«

»Ich kann im Moment nicht beurteilen, ob deine Schwester mit dem Fall etwas zu tun hat. Aber du als Jurist solltest wissen, dass die Polizei jeder noch so unscheinbaren Spur nachgehen muss. Und außerdem – warum hast du dich nicht bei uns gemeldet? Es stand doch ein Aufruf in den Zeitungen, dass sich jeder mit der Polizei in Verbindung setzen soll, der zur Aufklärung des Falles beitragen könnte.« Sie verstand selbst nicht, warum sie so laut geworden war.

»Ich kann mir nicht vorstellen«, sagte David mindestens genauso gereizt, »dass das so wichtig ist. In einem Mordfall, bei dem das Opfer mit Handschellen an sein Bett gekettet war. Das riecht ja nach SM!«

Lilians Ärger wuchs. David hatte wichtige Informationen zurückgehalten. Sicher nicht in böswilliger Absicht, aber trotzdem. Alles, was die Polizei über den Toten in Erfahrung bringen konnte, war von immenser Wichtigkeit. Vor allem in Bezug auf dessen sexuelle Vorlieben. Bis jetzt hatten sie nicht mehr als ein paar vage Hinweise und äußerst spärliche Indizien. Wenn das, was David ihr gerade von seiner Schwester erzählt hatte, die Wahrheit war, dann waren sie mit ihren Vermutungen über Andreas Robners Sexualleben völlig falsch gelegen. Laura Siebert war die wichtigste Zeugin, die sie hatten. Oder war sie mehr? War sie die geheimnisvolle LS, mit der sich dieser ehrenwerte Herr Doktor seit Anfang März regelmäßig getroffen hatte? Unwahrscheinlich, denn sie hatte sonst keinerlei Verbindung zu ihm. Lilian hielt es eher für Zufall, dass sie die gleichen Initialen hatte. Aber sie musste der Sache nachgehen. Auch wenn es David nicht passte.

Sie wollte ruhig und sachlich bleiben. Doch etwas in ihr machte ›Klick‹. »Wenn du so voreilig Schlüsse ziehen kannst, kannst du mir bestimmt auch gleich sagen, warum und von wem Andreas Robner ermordet wurde.«

»Kann ich leider nicht.« David stellte die Tassen und die Zuckerdose auf das Kaffeetablett. So heftig, dass es klapperte. »Sind wir mit der Fragestunde fertig?« Er hob das Tablett hoch. Sah sie an. Als hoffte er, sie würde sein eindeutiges Signal erkennen.

Doch sie sagte nur sarkastisch: »Eine letzte Frage. Wie steht's denn mit deinem Alibi? Wo warst du letzten Dienstag ab 18:00 Uhr?«

Sie hätte sich die Zunge abbeißen können. Es hatte nichts mit den üblichen polizeilichen Ermittlungen zu tun, einen völlig Unbeteiligten nach seinem Alibi zu fragen. Wie dilettantisch! Aber seine gönnerhafte, besserwisserische Art ging ihr auf die Nerven. Vielleicht wollte sie sich auch beweisen, dass sie trotz ihres Versagens an der Uni keine Verliererin war. Nicht nur sich selbst, auch ihm. Denn vor ihm würde sie nicht klein beigeben.

Er sah sie lange an. »Dienstagabend? Da bin ich, wie

so viele Abende vorher, stundenlang vor meinem Telefon gesessen. Hab mir dauernd überlegt, ob ich diese attraktive Frau, die mir einfach so ihre Telefonnummer gegeben hat, jetzt anrufen soll oder ob ich den Bierdeckel mit ihrer Nummer nicht besser zerreißen soll. Stattdessen hab ich Idiot die nächsten Tage damit verbracht, ihre Adresse herauszufinden.« Das Kaffeetablett klirrte, als er es auf den Tisch knallte.

Lilian hörte seine Schritte im Hausgang. Mühsam unterdrückte sie den Drang, ihm nachzulaufen. Als die Haustür krachend ins Schloss fiel, zuckte sie zusammen. Sie fühlte wieder dieselbe Leere wie zu Beginn des Abends. Doch jetzt war sie in ihr selbst. Sie schüttete einen großen Löffel Zucker in eine der Espressotassen, rührte um und trank die Tasse in einem Zug leer. Mit der zweiten Tasse verfuhr sie genauso. Jetzt würde sie ewig nicht einschlafen können. Sich stundenlang von einer Seite des Bettes auf die andere wälzen, denn mehr als einen Espresso am Abend vertrug sie nicht. Aber sie hätte sowieso nicht einschlafen können.

KAPITEL 7

Als David am Samstagmorgen erwachte, hatte er eine unruhige Nacht hinter sich. Immer wieder war er schweißgebadet hochgeschreckt. An seine Träume konnte er sich nicht mehr erinnern. Er war froh darüber. Nach einer heißen Dusche und einer großen Tasse starken Milchkaffee fühlte er sich zumindest wach. Konnte nur noch besser werden.

Er war verärgert. Ihm war nicht klar, was ihn mehr ärgerte: Lilians eiskalte Abfuhr – sie die kluge Ermittlerin, er der naseweise Dummschwätzer und notorische Rechtsverdreher – oder seine eigene Albernheit. Wie kam er bloß dazu, nach diesem einen zufälligen Treffen in der Alten Mälzerei wieder in seine aussichtslose Schwärmerei von früher zu verfallen? Er hätte es nie gewagt, ihr damals seine wahren Gefühle zu zeigen. Nicht nur, weil er bereits mit Alexandra, seiner späteren Frau, zusammen gewesen war. Eher deshalb, weil Lilian immer so cool gewesen war. So unnahbar. Sie hätte ihm bestimmt einen Korb gegeben, wenn er sie zu einem unverfänglichen Kneipenabend eingeladen hätte. Ganz zu schweigen von einem romantischen Abendessen.

Er goss sich eine zweite Tasse Kaffee ein. Sein Magen würde es ihm übel nehmen. Aber er brauchte diese Droge, um einen halbwegs klaren Gedanken fassen zu können. Verflixt, wenn ihm nur ihre Augen aus dem Kopf gingen. Eine solche Mischung aus Gelb und Grün hatte er noch bei keiner anderen Frau gesehen. Eher bei Katzen. Sie hatte eine Art, ihn damit anzusehen: geheimnisvoll, unergründlich, voller Versprechen. Welches bloß? Dass sie ihm wieder eine vor den Latz knallen würde? Er fand ihr unerschütterliches Selbstbewusstsein so richtig zum Kotzen. Woher kam dann aber sein Gefühl, sie sei trotzdem schüchtern? Sogar verletzlich?

Das Telefon klingelte.

»Ja bitte?«

»Hallo, David. Hier ist Laura.«

»Laura! Wie geht's dir? Ist in Kreta auch so schönes Wetter wie bei uns?«

»Keine Ahnung. Ich bin schon wieder zu Hause. Seit letztem Samstag.«

»Warum so bald?«

»Ich musste den Urlaub vorzeitig abbrechen. Die anderen sind noch auf Kreta. Meine Kollegin Rita hatte einen Autounfall. Super, oder? Das Bein ist gebrochen. Sie kann weder aufstehen noch Auto fahren noch sonst was. Ich musste einspringen, sonst wär uns dieses neue Projekt in Regensburg flöten gegangen. Jetzt sitze ich bloß noch am Schreibtisch.«

»Ihr habt ein Projekt in Regensburg? Das wusste ich gar nicht.«

»Ja, eine richtig große Sache. Die komplette Werbung für eine neue Produktlinie. Rita hat den Auftrag vor mehreren Wochen an Land gezogen. Die genaue Ausarbeitung mache ich. War schon ein paar Mal bei der Firma. Macht einen guten Eindruck. Deshalb ruf ich auch an. Nächste Woche am Dienstag hab ich wieder einen Termin dort. Ich dachte mir, dass wir uns mittags in der Mensa-Cafeteria treffen könnten.«

»Klingt gut. Wie wär's um halb eins?«

»Okay. Falls die Besprechung länger dauert, ruf ich dich an. Unter deiner Büro-Nummer?«

»Genau. Und wenn mir was dazwischen kommt, ruf ich dich auf deinem Handy an.« David hustete. »Sag mal, kannst du dich noch an … an Andreas erinnern?«

Schweigen am anderen Ende der Leitung.

»Bist du noch dran, Laura?«

»Ja.« Wieder eine Pause. »Meinst du etwa Andreas Robner?«

»Ist ja alles schon so lange her. Wahrscheinlich hast du ihn eh vergessen …«

»Nein, David. Ich kann mich leider nur zu gut an ihn erinnern, »unterbrach ihn seine Schwester. »Obwohl ich nie wieder an ihn denken wollte. Ich wusste gar nicht, dass du von dieser leidigen Angelegenheit etwas mitbekommen hattest.«

»Hatte ich schon. Aber es ging mich ja nichts an.«

»Allerdings. Damit wäre das Thema also beendet.«

»Nicht ganz. Sag mal, liest du keine Zeitung? Auch in der Süddeutschen war ein kleiner Artikel darüber. Andreas ist … Er ist tot. Ermordet.« Jetzt war es raus.

»Wie bitte? Soll das ein schlechter Scherz sein?« Sie lachte nervös.

»Nein, Laura, es ist bitterer Ernst. Es passierte am letzten Dienstag. Wahrscheinlich in der Nacht. Man hat seine Leiche in seiner Wohnung in Regensburg gefunden. Die Umstände seines Todes sind mehr als seltsam.« Zu gern hätte er ihr Gesicht gesehen. War es überrascht?

»Wie schrecklich.« Ihre Stimme klang erschüttert. »Meine Erinnerungen an ihn sind zwar nicht die besten, aber ein solches Ende hätte ich selbst ihm nicht gewünscht.«

»Laura, ich wollte dich fragen … Weil du ihn doch kanntest … Hast du ihn … wiedergetroffen?«

»Wie kommst du denn darauf? Ich wusste nicht mal, dass er in Regensburg lebt. Ich hatte ihn völlig aus den Augen verloren.«

»Na ja … vielleicht seid ihr euch ja zufällig begegnet.« Er schluckte. »Irgendwo.«

»Sag mal, spinnst du? Und außerdem hätte ich dann einen weiten Bogen um ihn gemacht.«

Er kannte diesen Tonfall seiner Schwester. Jetzt zog sie ihre Augenbrauen hoch. Tadelnd, so wie sie es immer getan hatte, wenn ihr kleiner Bruder sie genervt hatte. Und das war oft gewesen. Nie hätte er gedacht, er könnte eines Tages froh über diesen Klang in ihrer Stimme sein. Er hatte sich also ganz umsonst Sorgen gemacht ...

»Also David, dann bis Dienstag. Da fällt mir noch was ein. Am besten, ich geb dir die Telefonnummer von dieser Firma. Denn bei geschäftlichen Besprechungen hab ich das Handy immer ausgeschaltet. Die Firma heißt BioMed. Warte, ich such mal die Nummer ...«

Auf einmal spürte er den vertrauten Druck im Magen. Er hätte die zweite Tasse Milchkaffee nicht trinken sollen. Warum hatte er an diesem Morgen eigentlich gedacht, es könne nur noch besser werden?

Natürlich war es nicht bei dem einen Mal geblieben. Andreas hatte sie belogen. Nie hatte er beabsichtigt, sie danach in Ruhe zu lassen.

Ein paar Tage nach dem heimlichen Treffen hatte ihr Handy geklingelt. Beim Einkaufen in einem Supermarkt, wo sie schnell den Wocheneinkauf erledigen wollte.

»Ja, bitte?«

»Hallo, meine Göttin.« Nur ein Flüstern, doch sie wusste sofort, wer dran war.

»Was willst du?«

»Dich.«

Sie schloss die Augen. Bitte nicht!

»Komm um 19:00 Uhr in meine Wohnung.«

»Was soll das, Andreas? Wir hatten etwas ausgemacht.

Ich hab meinen Teil der Abmachung erfüllt. Nun halt du dich auch dran, sonst ...«

»Willst du mir etwa drohen? Willst du herumerzählen, wie wir's miteinander getrieben haben? Dass ich nicht lache! Meinst du nicht, dass du dir damit selbst mehr schaden würdest als mir?« Seine Stimme war hart wie ein Messer aus Stahl. Und genauso scharf.

»Du Mistkerl! Du hast mich angelogen!«

»Ich bin erstaunt über deine Kombinationsfähigkeit, meine Liebe. Du bist gefangen wie eine kleine Maus. Denn wenn die Maus nicht das tut, was die Katze ihr sagt, dann wird sie aufgefressen. Mit Haut und Haar.« Er lachte leise. »Hast du mich verstanden? Du bist um sieben in meiner Wohnung, ansonsten bekommst du gewaltigen Ärger. Und glaub mir, das meine ich ernst.«

Sie wollte noch etwas sagen, doch er hatte schon aufgelegt.

Oh, Gott! Was sollte sie tun? Was nur? Dieser Dreckskerl hatte sie in der Hand. Wer würde ihr abnehmen, dass sie nur gezwungenermaßen auf seine Bedingungen eingegangen war? Und jetzt erpresste er sie genau damit. Sie fühlte sich tatsächlich wie eine Maus, die in der Falle saß.

Wie konnte sie nur aus dieser verfahrenen Situation herauskommen? Sollte sie an sein Mitgefühl appellieren? Aber natürlich würde er sie nur auslachen und sich an ihrer Not weiden. Ihre Angst würde ihn bloß stärker machen. Wie sehr sie ihn hasste, wie sehr sie ihn verabscheute ... Und wie sehr sie sich nach ihm sehnte. Er hatte ihr wehgetan, körperlich und seelisch. Aber diese unerklärliche Anziehung, die er schon früher auf sie ausgeübt hatte, war ungebrochen. Sie wollte wieder mit ihm schlafen, lieber jetzt als später. Seit diesem Nachmittag bei ihm dachte sie an nichts anderes mehr. Aber nein, das war einfach lächerlich! Sie war eine Frau mit Verantwortung, stand mitten im Leben, hatte Pflichten. Zumindest ihrem Sohn gegenüber. Wie konnte sie nur daran denken, eine so unmögliche Beziehung weiter aufrecht zu erhalten? Doch wie kam sie andrerseits aus ihr heraus, ohne ihr eigenes Leben und die Zukunft all derer, die ihr am Herzen lagen, in Mitleidenschaft zu ziehen?

Sie bemerkte, wie sie zwei Frauen im Geschäft skeptisch ansahen, weil sie nicht emsig wie die anderen Leute Waren in ihren Einkaufswagen füllte, sondern seit Minuten verzweifelt auf ihr Handy starrte. Energisch schob sie den Wagen weiter und holte wahllos verschiedene Lebensmittel aus den Regalen. Erst an der Kasse sah sie, dass sie die Hälfte der auf dem Einkaufszettel stehenden Dinge nicht mitgenommen hatte. Dafür aber Dinge, die sie gar nicht brauchte. Doch sie konnte nicht wieder durch den Laden sausen, denn die Zeit zerrann ihr zwischen den Fingern. Sie musste vorher noch nach Hause, um das Nötigste zu organisieren. Da wurde ihr auf einmal klar, dass sie jetzt wusste, was sie zu tun hatte ...

Ungeduldig erwartete er sie an der Tür. Zog sie in die Wohnung. Dann umfing er sie zärtlich und bedeckte ihr Gesicht mit Küssen. Seine Lippen verschlangen fast ihren Mund. Sie bekam kaum noch Luft. Seine Hände strichen über ihre Brüste. Die hoben und senkten sich so schnell, dass ihr fast schwindelig wurde.

Er lachte. Genussvoll. »Ich wusste, dass du kommst.« Er öffnete den Reißverschluss ihres Kleides, ließ es fallen. »Ich bin verrückt nach dir. Die ganze Zeit denke ich nur an das, was ich alles mit dir anstellen will.« Sein Mund wanderte über ihr Ohr, während er die Worte flüsterte. Seine Finger glitten über ihre nackten Schultern und verharrten bei dem BH aus cremefarbener Spitze. Er machte die Haken auf. Das zarte Etwas fiel zu Boden. Mit der Zunge leckte er über ihre Brustwarzen. Und weiter über den Bauch. Seine Hände kamen seiner Zunge zu Hilfe und streiften den Slip hinunter bis zu ihren schmalen Fesseln. Als er anfing, ihre Scham mit seiner Zunge zu erforschen, konnte sie ihr eigenes Stöhnen hören. Sie fühlte seine Begierde wachsen. Und ihre eigene. Wortlos zog sie ihn zur Kommode in der Diele und setzte sich darauf. Spreizte ihre Schenkel. Sofort war er in ihr. Sie lachte und schlang ihre Beine um seinen Unterleib. Gleichmäßig bewegten sie sich miteinander, völlig ineinander verschmolzen. Als tanzten sie einen innigen, leidenschaftlichen Tanz, den nur sie beide in dieser Vollkommenheit ausführen konnten. Ihre gemeinsamen Bewegungen wurden heftiger, die Atemzüge kürzer. Sie spürte, wie sich seine Fingernägel in ihr Gesäß bohrten. An seinen ruckartigen, schnellen Stößen merkte sie, dass er gleich zum Höhepunkt kommen würde. »Noch nicht, ich bin noch nicht so weit!« stieß sie hervor.

Er wurde langsamer. Damit hatte sie gar nicht gerechnet. Er fing an, sie mit seiner Hand zu stimulieren. Die Erregung in ihr wuchs. Schwoll an. Und überschlug sich wie eine Sturmflut. Bis in die Finger- und Zehenspitzen fühlte sie den Orgasmus. Und dann noch einen. Und noch einen. Es war so gewaltig wie nie zuvor. Sein Höhepunkt kam ein paar Sekunden später. Laut schrie er ihren Namen. Er hielt sie so fest umklammert, als wollte er sie nie wieder loslassen.

Sie war verwirrt. Er hatte sie geliebt wie noch kein Mann vor ihm. Voller Zärtlichkeit und Hingabe an ihre eigene Lust. Und gleichzeitig mit einem verzehrenden Verlangen, das ihr noch nie ein Liebhaber entgegengebracht hatte. Sie hätte weinen können vor Erfüllung und Dankbarkeit. Noch dazu, wo sie etwas ganz anderes erwartet hatte. Doch seine nächsten Worte brachten die Ernüchterung: »Nicht schlecht, für den Anfang. Aber jetzt machen wir ein Spielchen nach meinem Geschmack.«

Verblüfft sah sie ihn an. Was sollte das denn heißen? War er etwa noch nicht befriedigt?

Er packte sie grob an den bloßen Armen und zog sie hinüber ins Schlafzimmer. Auf einem kleinen Mahagonitisch lagen ein Paar Handschellen mit Schlüssel. Da-

neben eine schwarze Peitsche mit langen Lederriemen. Plötzlich kamen die Erinnerungen zurück. Sie war wieder in dem alten Haus. Sah die andere, namenlose Frau mit der weißen, makellosen Haut. Sah sich selbst, als beobachtete sie die Szene von oben. Sah die Stricke am Bett. Dann hörte sie die Peitsche durch die Luft surren. Hörte die Schreie. Glaubte fast, das Blut auf dem Bettlaken riechen zu können.

Sofort versuchte sie, sich von ihm loszureißen. Doch er hielt sie wie in einem Schraubstock gefangen. Schleppte sie mehr, als dass er sie zog, zu dem großen Bett mit den Eisenstäben. Mit aller Kraft sträubte sie sich. Er schlug ihr heftig ins Gesicht. »Du kleines Miststück! Du entkommst mir nicht. Hast wohl gedacht, deine Schulden wären schon bezahlt? Aber jetzt geht's erst richtig los.«

Sie wehrte sich nicht mehr. Sie wusste, sie hätte damit bloß noch mehr Gewalt herausgefordert. Er kettete sie mit den Handschellen an die Eisenstäbe, so dass sie mit dem Bauch auf dem Bett lag. Dann ging er zum Mahagonitisch. Nahm die Peitsche und ließ sie genießerisch durch die Finger gleiten. Wie ein Raubtier, das seine Beute ins Visier nimmt, näherte er sich ihr mit zusammengekniffenen Augen. Seine Bewegungen waren geschmeidig. Er kniete sich hinter sie auf das Bett. Mit dem Ledergriff der Peitsche zeichnete er auf ihrer Haut langsam ihre Körperkonturen nach. Sie wollte es sich nicht eingestehen, aber die sanften Berührungen des kalten, harten

Leders erregten sie. Die ersten Schläge waren zaghaft, fast zärtlich. Ganz leicht glitten die Peitschenriemen über ihren Rücken. Als wollten sie ihre Haut liebkosen. Doch allmählich fand er Gefallen an seiner Macht und schlug fester zu. Sie wollte nicht schreien. Diese Genugtuung gönnte sie ihm nicht. Doch der Schmerz wurde zu groß. Sie schrie. Wie eine Besessene. Sie hörte sein Lachen, höhnisch und grausam. Als er endlich von ihr abließ und sie noch einmal wie ein Rasender von hinten nahm, konnte sie nur noch wimmern.

Befriedigt schloss er die Handschellen auf und befreite sie. Ohne ein Wort ging er ins Bad. Sie hörte Wasser plätschern. Während sie sich mühsam erhob, fühlte sie ein nicht gekanntes Gefühl von abgrundtiefem Hass in sich aufsteigen. Es schnürte ihr fast die Kehle zu. Sie konnte kaum mehr atmen. Es war stärker als alles, was sie jemals empfunden hatte. Sie betrachtete sich in dem mannshohen Spiegel, der an einer der Schranktüren angebracht war. Auf ihrem Rücken waren blutige Striemen. Alles tat entsetzlich weh. Doch der größte Schmerz saß tief in ihrem Inneren. Verborgen wie der Hass, der sie aufzufressen begann. Stück für Stück. Beides würde eines Tages aus ihr hervorbrechen …

Auf der Fahrt nach Pfaffenhofen dachte Lilian über dieses unerwartete Telefongespräch nach. Laura Siebert hatte sie vor einer Stunde angerufen. Jetzt konnte Lilian sich auch wieder daran erinnern, wo sie ihren Namen schon einmal gehört hatte. Silke Kämmerer hatte mit ihr telefoniert, als es um die Terminabsprache mit der Münchner Werbeagentur gegangen war.

Davids Schwester hatte vorgeschlagen, sich heute mit Lilian zu treffen. Ihre Familie war noch außer Haus: Mann und Sohn in Griechenland, die beiden Töchter bei der Oma. Offenbar wollte sie ihre Vergangenheit nur vor einer Unbeteiligten ausbreiten. Lilian hatte zugestimmt und war ohne nachzudenken ins Auto gestiegen. Erst jetzt begannen ihre Gedanken zu kreisen. Sie wusste, was Helmut von solchen Alleingängen hielt. Von Schindlbeck, dem Kommissariatsleiter, ganz zu schweigen. Am besten wäre es, wenn das Treffen zu Nichts führen würde. Dann müsste sie nichts von ihren eigenmächtigen Nachforschungen erzählen. Helmut war ohnehin im Polizeidirektorium, um Paula Gerber zu verhören. Maika, seine Frau, wäre gewiss nicht begeistert, wenn er danach noch nach Pfaffenhofen fahren würde anstatt nach Hause zu Frau und Kind. Immerhin war Samstag. Also: Mund halten! Damit wäre allen gedient. Außerdem machte sie eh nur einen Freundschaftsbesuch bei der Schwester eines Bekannten ...

David – ein Bekannter? Oder der Mann, an den sie seit zwei Wochen dauernd denken musste? Und dem sie seit gestern Abend skeptischer denn je gegenüberstand. Die halbe Nacht hatte sie wach gelegen. Natürlich hatte sie sich unmöglich verhalten. Richtig kindisch. Aber er hatte es ja auch drauf angelegt. Wie ein kleines Dummchen war sie sich vorgekommen. Diese Art, die er so drauf hatte – ekelhaft! Wenn er so mit seinen Studenten umsprang, na bravo! Aber Stopp! Sie wurde schon wieder unfair. Warum denn? Weil sie ihn interessant fand? Weil sie lieber heute als morgen mit ihm schlafen wollte? Genauso sah's aus. Sie hätte sich gestern ja auch wie eine ganz normale Frau verhalten können. So wie sie das eigentlich ganz gut konnte, wenn sie in der richtigen Stimmung war. Ein wenig flirten, vielleicht auch mehr. Dann ein Dankeschön und ein Am-besten-wir-sehen-uns-nie-wieder-Bussi. Aber so einfach war das nicht. Bei David auf jeden Fall nicht. Sie wusste, dass er sie verletzen könnte. Und sie wollte nicht wieder verletzt werden. Denn nicht einmal die alten Wunden waren verheilt.

Das Café am Stadtplatz war leicht zu finden. Lilian setzte sich an einen der Tische. Konsultierte ihre Armbanduhr. So so, Davids Schwester nahm es mit der Pünktlichkeit nicht allzu genau. Lilian merkte, dass ihre Hände feucht waren. Wischte sie an der Hose ab. Verdammt, sie war so nervös wie vor ihrem ersten Verhör.

Die Bedienung kam an ihren Tisch. Da es keinen Cappuccino gab, entschied Lilian sich für einen Milchkaffee.

Hohe Absätze klapperten eilig über die Straße. Eine hochgewachsene, schlanke Frau tauchte vor Lilian auf. Teuere Kleidung aus einem fließenden Strickstoff, dazu auffallender Goldschmuck. Brünette, volle Haare, ein braungebranntes Gesicht. Die Ähnlichkeit mit David war unverkennbar. Lilian hätte nie gedacht, dass seine dunklen, tiefliegenden Augen auch bei einer Frau interessant aussehen könnten. Sie stand auf und gab Laura Siebert die Hand. Die hatte einen festen Händedruck. Fest und feucht. Aha, also war auch sie aufgeregt …

»Tut mir Leid, dass es so spät geworden ist.« Ihre Stimme hatte den gleichen Klang wie Davids Stimme, nur eine Tonlage höher.

Lilian verkrampfte sich. Das Gespräch würde nicht leicht werden.

Laura bestellte ein Mineralwasser. Zog eine Zigarettenschachtel und ein goldenes Feuerzeug aus ihrer Lacktasche. »Ich hoffe, es stört Sie nicht, wenn ich rauche.« Sie bemerkte Lilians zusammengezogene Augenbrauen nicht und zündete sich eine Zigarette an. Ihr Blick fiel auf Lilians Tasse, die die Bedienung eben gebracht hatte. »David trinkt auch gerne Milchkaffee. Woher kennen Sie ihn eigentlich?«

»Von der Uni«, antwortete Lilian knapp. Sie wollte nicht zu viel Vertrautheit aufkommen lassen. »Ich denke, wir fangen gleich an. Sie kannten also Dr. Robner von früher?«

»Ja, ist schon lange her. Ich denke nicht gern an ihn.« Laura nahm einen tiefen Zug von der Zigarette. »Ich lernte ihn in einer Disco kennen. Er war völlig anders als die anderen Jungs. So direkt, richtig frech. Und irgendwie geheimnisvoll. Das gefiel mir. Er spendierte mir einen Drink nach dem anderen. Überredete mich schließlich dazu, in seinem Auto eine nächtliche Spritztour durch München zu machen.« Angestrengt begutachtete sie ihr Feuerzeug. »Die anderen Mädchen waren alle scharf auf ihn. Da fühlte ich mich natürlich geschmeichelt, dass er ausgerechnet mich mitnehmen wollte.«

Die Kellnerin stellte das Wasser auf den Tisch. Laura trank einen großen Schluck. »Die Fahrt endete vor einem riesigen, alten Haus. Es gehörte wohl einem Onkel von Andreas. Der kümmerte sich aber um nichts. Andreas hatte sich die größte Wohnung hergerichtet. Die anderen Appartements standen leer. Es war wie ein Geisterhaus: groß, dunkel, unheimlich.« Sie inhalierte tief. »Wir gingen hinein. Es war schon Besuch da.«

»Wer?«

»Ein Mann und eine junge Frau.« Laura wurde leiser. »Auf einmal fingen die beiden an, sich ... zu ... sich zu lieben. Vor uns. Ich wollte sofort wieder gehen. Aber Andreas hielt mich fest. Dann machte er mit. Die dachten sich gar nichts dabei. Einer kam dann, holte mich dazu ... Wir ... Verstehen Sie?« Mit einer heftigen Bewegung drückte sie die Zigarette aus. Zupfte unruhig an ihren Ohrringen.

»Sie hatten also Gruppensex.«

Sie zündete sich eine neue Zigarette an. Jetzt waren ihre Hände ganz ruhig. »Es war ... reizvoll. Wirklich.

Ich hatte natürlich schon meine ersten Erfahrungen im Bett gemacht. Damals war ich noch nicht ganz 18, also alt genug. Aber so was war mir neu. Absolut.« Sie blickte auf dem Stadtplatz umher. »Damals ... und später.«

»Und was passierte dann?« Lilian trank von ihrem Milchkaffee. Er schmeckte bitter. Sie hatte den Zucker vergessen.

»Dann ... Der Mann und ich waren noch nicht fertig. Andreas und die Frau schon. Er fing an, sie mit Stricken ans Bett zu binden. Zuerst lachte sie. Fand es wohl aufregend. Dann holte er eine Peitsche. So eine mit langen Lederriemen. Er fing an, sie zu schlagen. Da lachte sie nicht mehr. Wollte, dass er damit aufhört. Ich glaube, sie weinte sogar. Der andere Mann machte sie los. Sie zogen sich an und verschwanden. Ich wollte auch weg. Aber da packte Andreas mich schon und fesselte mich. Er nahm die Peitsche und ... schlug mich.« Sie zog so fest an ihrer Zigarette, dass das Ende rot aufglühte. »Dass Sie mich richtig verstehen. Er hat mich nicht einfach ein wenig ausgepeitscht, so dass es mir auch gefallen hätte. Nein, er hat mich richtig geschlagen. So lange, bis ich geblutet habe. Bis ich geschrien habe vor Schmerz. Bis ich gebettelt habe, er soll doch endlich aufhören.« So leise, dass Lilian es kaum hören konnte: »Und noch länger.« Dann mit betont kühler Stimme: »Am Schluss hat er mich vergewaltigt. Das ganze Bett war voller Blut. Ich war am Ende. Ich hätte ihn umbringen können.«

Lilian sah sie unverwandt an.

Laura schien erst jetzt zu begreifen, was sie gerade gesagt hatte. Lachte. »Natürlich hab ich ihn nicht umgebracht. Weder damals noch heute. Wann war das noch? Am Dienstag?«

Lilian nickte. »Nach 18:00 Uhr. Was haben Sie ab da übrigens gemacht?«

»Ich? Da war ich noch in Urlaub.«

»Wann sind Sie zurückgekommen?«

»Gestern.«

»Komisch. Am Donnerstag war ich bei BioMed. Da hab ich gehört, wie die Sekretärin mit Ihnen telefoniert hat.«

»Hm … War der Rückflug nicht gestern? Da hab ich mich wohl vertan. Muss schon vorgestern gewesen sein.« Sie machte die Zigarette aus. »Kommt vor. Bei so viel Arbeit. Schließlich schläft die Konkurrenz nicht. Auch wenn man selbst gern mehr schlafen würde. Ich bin arg in Zeitdruck.«

So wirkte sie gar nicht. »Haben Sie Dr. Robner nach diesem Vorfall noch mal wieder gesehen?«

»Nein. Als er beim Duschen war, machte ich mich aus dem Staub. Ich lief den ganzen Weg zu Fuß nach Hause. Da blieb ich drei Tage im Bett. Ich konnte mich kaum mehr rühren. Meinen Eltern hab ich eine Erkältung vorgeschwindelt, die wären ja sonst ausgeflippt.«

»Warum haben Sie ihn nicht angezeigt? Er hat Sie

gegen Ihren Willen festgebunden. Dann noch schwere Körperverletzung und Vergewaltigung. Das hätte erst mal gereicht für eine Anklage.«

»Das meinen Sie doch nicht ernst. Wo jeder in der Disco bezeugen konnte, dass wir heftig herumgeknutscht hatten. Und der andere Mann hätte doch ausgesagt, dass ich freiwillig dort war. Und voller Begeisterung mitmachte. Was ja auch stimmte. Zumindest am Anfang.« Sie lachte wieder. Es klang rau und deprimiert. »Was für eine tolle Schlagzeile! Die Tochter des Regierungsangestellten, der mit seiner Familie jeden Sonntag in die Kirche geht.«

»Er war doch auf der gleichen Schule wie David. Haben Sie ihn da nicht mal gesehen?«

»Das höre ich zum ersten Mal. Bis heute vor zwei Stunden wusste ich außerdem gar nicht, dass auch David ihn kannte. Ich ging ja auf eine andere Schule. Wirklich, ich bin Andreas nie wieder begegnet. Mir erzählte zwar später jemand, dass er noch viele Jahre in diesem Haus gewohnt hätte. Auch während seiner Praktikantenausbildung und sogar noch während des Studiums. Aber ich bin kein einziges Mal mehr dort hingegangen. Ich war froh, dass ich ihn los war.«

»Hat er nie versucht, sich wieder mit Ihnen in Verbindung zu setzen?«

»Nein. Er kannte meinen Nachnamen nicht. Außerdem waren sowieso alle Mädchen hinter ihm her. Dem bin ich bestimmt nicht abgegangen.«

»Und bei BioMed? Sie wollen mir doch nicht weismachen, dass Sie ihn dort nicht getroffen haben?«

»Hab ich nicht. Die Besprechungen waren immer nur mit Dr. Winters. Außer ihm bin ich bloß den Sekretärinnen begegnet. Ach ja, und der Dame von der Buchhaltung. Wie heißt sie gleich? Sandra, glaub ich.« Sie trommelte mit den Fingern auf das goldene Feuerzeug. »Wenn ich gewusst hätte, dass Andreas bei BioMed arbeitet, dann hätte ich das Projekt sofort abgegeben.«

»Ich dachte, die Konkurrenz schläft nicht. Können Sie so leicht auf einen Auftrag verzichten?«

Laura zog die Augenbrauen hoch. Genervt. Und ertappt.

»In Dr. Robners Terminkalender tauchen viele Termine mit einer Person auf, deren Namen mit LS anfängt. Klingt nach Laura Siebert.«

»Ich bin mir sicher, dass es außer mir noch andere Leute gibt, deren Namen mit diesen Buchstaben beginnt.«

»Mag sein. Aber ob die den Toten auch von früher kannten? Und für die gleiche Firma arbeiten?«

Laura trank von ihrem Mineralwasser. Dann zündete sie sich langsam eine dritte Zigarette an. »Trotzdem habe ich ihn nicht umgebracht. Ich glaube nicht, dass Sie mir das Gegenteil beweisen können.«

Am späten Nachmittag radelte Lilian zur nächsten Bademöglichkeit ins Westbad. Sie schwamm mit kräftigen Zügen. Allerdings war es nicht möglich, in der überfüllten Anlage ein ruhiges Fleckchen zu finden. Nicht erstaunlich, bei dieser Hitze. Also packte sie ihre Sachen wieder ein und zog sich auf eine Bank in der Nähe des Baggersees direkt am Donauufer zurück.

In den Bäumen über ihr lieferten sich die Vögel einen Wettstreit, welcher von ihnen am lautesten zwitschern konnte. Lilian wusste nicht, welches Trillern zu welcher Vogelart gehörte. Aber die Vielfalt dieser Melodien faszinierte sie. Dazwischen der Verkehrslärm von vorbeiflitzenden Autos und Motorrädern auf der Straße am gegenüberliegenden Donauufer. Gesprächsfetzen von Wochenendspaziergängern, helle Kinderstimmen, das leise Tapsen von Hundepfoten. Ein Schiff fuhr übers Wasser. Die Wellen versetzten die Enten in helle Aufregung. Die Schwäne aber ließen sich nicht stören, weiter hoheitsvoll dahin zu gleiten. Am Himmel war ein Segelflugzeug, weiter hinten sogar ein Heißluftballon. Was für eine Flut von Sinneseindrücken! So hatten die vielen Gedanken in Lilians Kopf keine Gelegenheit, sie zu überrollen. Das Buch auf ihrem Schoß legte sie zur Seite, ohne es aufgeschlagen zu haben. Erst einmal musste sie Ordnung in ihr Inneres bringen. Den größten Teil ihrer Überlegungen – nämlich den, der ständig um David kreiste – klammerte sie aus. Schließlich wollte sie nicht den ganzen Nachmittag mit Tagträumen von ihm verbringen. Außerdem gab es genug, worüber sie nachdenken musste. Zum Beispiel über die Unterredung mit seiner Schwester. Sie war sich nicht sicher, was sie davon halten sollte. Das Bild, das durch Lauras Schilderung von Andreas Robner entstanden war, war völlig anders als das, von dem sie bisher ausgegangen waren. Und doch passte es zu Lilians widersprüchlichen Eindrücken. Allerdings bereitete ihr nicht nur das Kopfzerbrechen. Laura kannte Andreas Robner von früher. Er hatte sie gequält und misshandelt. Jetzt arbeitete sie sogar noch für die gleiche Firma. Eine gute Gelegenheit, ihm das alles zurückzuzahlen. Vielleicht war sie ja früher von Kreta zurückgekommen, als sie gesagt hatte. Es wäre nicht schwer, das herauszufinden. Ein paar Anrufe am Flughafen genügten. Dann hätte sie leicht mit dem Auto nach Regensburg flitzen können. Niemand hätte es bemerkt. Und wie waren ihre letzten Worte zu verstehen? Wie konnte sie sich so sicher sein, dass man ihr den Mord nicht nachweisen konnte? Dafür gab es nur zwei Möglichkeiten: Entweder war sie wirklich unschuldig. Oder aber sie wusste definitiv, dass sie keinen Hinweis auf ihre Identität hinterlassen hatte. Weder am Tatort noch sonst wo. Weil die Putzfrau die Wohnung sauber gemacht hatte. Weil Laura den schwarzen Lackmantel mit der Kapuze getragen hatte. Weil sie höllisch aufgepasst hatte. Denn sie hatten ja wirklich nichts gefunden: kein Haar, keinen Fingerabdruck, keine Speichelspuren. Lilian horchte in sich hinein. Welches Gefühl hatte sie? Laura hatte nicht den Eindruck einer kaltblütigen Mörderin auf sie gemacht. Aber dann sah sie Helmuts gerunzelte Augenbrauen vor sich und hörte fast seine spöttische Bemerkung: »Ihr Frauen mit eurer Intuition!«

Und was war mit David? Immerhin war Laura seine Schwester. Aber das allein war wirklich kein Grund, sie als Verdächtige auszuklammern. Lilian wunderte sich, dass sie sich darüber überhaupt Gedanken machte. Es war egal, was er von ihr dachte. Wo sie doch alles verdorben hatte, was je zwischen ihnen entstehen hätte können …

So kam sie nicht weiter. Sie musste herausfinden, ob Laura irgendwann mit dem sauberen Herrn Doktor zusammengetroffen war. Die beste Anlaufstelle für solche Recherchen war zweifellos Dr. Winters. Und vor allem musste sie ihre Ermittlungen alleine durchführen und vor Ablauf des Wochenendes zu Ende bringen. Im Falle einer negativen Antwort bräuchte sie die Sache dann gar nicht mehr weiterverfolgen. Bräuchte also Helmut nichts von ihrem Ausflug nach Pfaffenhofen erzählen. Und müsste auch David nicht über die Ausweitung der offiziellen Ermittlungen bis vor die Tür seiner Schwester informieren. Ganz egal, wie er zu ihr stand. Oder sie zu ihm.

Als Lilian vor dem Haus der Familie Winters stand, reagierte niemand auf ihr wiederholtes Klingeln. Gerade wollte sie zum Auto zurückgehen, doch da ging die Tür auf und Nicola erschien.

»Sind Sie auch am Wochenende im Dienst?«

»Mehr oder weniger. Ich wollte zu Ihrem Mann. Ist er da?«

»Nein, der ist bei einem Golfspiel. Kann ich Ihnen helfen?«

»Könnte sein. Ist Ihnen der Name Laura Siebert geläufig?«

»Laura Siebert? Ist das nicht die Dame von dieser Münchner Werbeagentur?« Nicola machte die Tür ganz auf. »Kommen Sie doch bitte herein. Wie unhöflich von mir, Sie hier draußen stehen zu lassen. Darf ich Ihnen einen Cappuccino anbieten?« Ihr Lächeln war verschmitzt.

»Aber nur, wenn Sie das nicht als Bestechungsversuch interpretieren.« Lilian folgte ihr in die Küche. Sie warf einen Blick durch die großen Fenster. Keine Spur vom kleinen Piraten. »Sind Sie heute allein?«

»Ja. Fabian ist bei seiner Oma, Julia mit einer Freundin beim Eisessen und Jenny hat sich abgeseilt. Mit ihrem Freund, nehme ich an.«

»Stört Sie das nicht?«

»Was?«

»Dass Jenny sich so oft mit ihrem Freund trifft. Auch hier in Ihrem Haus.«

»Ich bitte Sie! Ich war doch auch mal jung!« Nicola füllte Wasser in den unteren Teil einer Espressokanne und Kaffee in den Filter, schraubte die Kanne zusammen, stellte sie auf eine kleine Herdplatte und schaltete diese ein.

»Dann haben Sie ja einen richtig freien Nachmittag.« Lilian musste an das leere Haus daheim denken. Heute hatte sie die Stille als Wohltat empfunden.

Nicola nickte langsam. Sie schien nicht besonders glücklich über die unerwartete Verschnaufpause zu sein. »Leider kann ich nicht abschalten. Es geht mir zu viel durch den Kopf.«

»Was denn?«

»Wissen Sie, es gibt einem zu denken, wenn plötzlich jemand stirbt. Noch dazu unter solchen Umständen. Schließlich kannten wir Andreas auch ein wenig von der privaten Seite. Das ist ganz anders, als wenn man nur in der Zeitung etwas über einen rätselhaften Mord liest.« Sie ließ ihren Blick ziellos umherwandern. »Das eigene Leben erscheint auf einmal in einem anderen Licht. Man spürt die Vergänglichkeit von allem.« Sie machte eine unbestimmte Geste, die alles um sie herum einschloss: Haus und Garten und vermutlich auch die Menschen, die darin lebten. »Aber Sie sind sicher nicht hier, um sich meinen Weltschmerz anzuhören.«

Lilian begegnete oft dieser Ratlosigkeit angesichts etwas so endgültigem wie dem Tod. Sie tat sich immer wieder schwer damit, passende oder gar tröstende Worte zu finden. Alles kam ihr platt und abgedroschen vor. Also sagte sie gar nichts. Erinnerte sich bloß, weshalb sie hierher gekommen war. »Wie gesagt: Es geht um Laura Siebert. Wissen Sie, ob an den Besprechungen mit ihr auch Dr. Robner teilgenommen hat?«

»Normalerweise erledigt mein Mann solche Dinge alleine. Schließlich geht es um die Präsentation seiner Firma. Aber rufen Sie ihn doch später an, er kommt um sieben Uhr zurück.« Nicola machte die Milch in einer speziellen Milchschäumerkanne warm. »Hat Frau Siebert etwas mit dem Tod von Andreas zu tun?«

Lilian antwortete nicht. »Kennen Sie außer Frau Siebert noch jemanden, dessen Name mit den Initialen LS anfängt? Dr. Robner hat sich oft mit einer Person getroffen, deren Name diese Anfangsbuchstaben hat.«

Nicola dachte nach. Ziemlich angestrengt. Dann verneinte sie und fing an, die Milch aufzuschäumen. Es läutete an der Tür. Sie ging hinaus, um zu öffnen. Der Kaffee dampfte. Lilian schaltete die Herdplatte ab und stellte die Espressokanne zur Seite. Sie sah ein junges Mädchen durch die Diele schlendern. Sie war kein Kind mehr, hatte schon deutliche Formen an Hüften und Oberkörper. Die enganliegenden Girlie-Klamotten betonten das umso mehr. Sie sah Fabian ähnlich. Das musste seine Schwester Julia sein. Nicola erkundigte sich, ob das Eis geschmeckt hätte. Julia gab ihrer Mutter eine patzige Antwort und verschwand nach oben.

Als Nicola wieder in die Küche kam, bemerkte Lilian sofort, wie unangenehm ihr diese kleine Szene gewesen war. Wie hätte Lilian sich selbst wohl an deren Stelle gefühlt? Wahrscheinlich ziemlich beschissen.

»Viktor, du hast dich selbst übertroffen!« In Lilians Stimme schwang ehrliche Bewunderung mit. Die Canard à l'Orange, die er für ihr gemeinsames Abendessen gezaubert hatte, zerging buchstäblich auf der Zunge. Viktor war ihrer Meinung, sagte aber nichts. Er kochte gern, vor allem für Lilian.

»Solltest du irgendwann keine Patienten mehr finden, die sich auf deine Couch legen, dann könntest du ein Feinschmeckerlokal eröffnen.« Lilian hob ihr Weinglas und prostete ihm zu.

»Meine Patienten legen sich nicht auf die Couch«, bemerkte Viktor leicht tadelnd. »Sie sitzen mir einfach gegenüber und erzählen von sich und ihren Sorgen.«

»Ja, ich weiß, das hast du mir schon oft genug gesagt. Und ich weiß auch, was du als nächstes von dir gibst, mein lieber Viktor.« Lilian trank einen Schluck. Dann nachdenklich: »Was würden wohl meine Kollegen dazu sagen? Die toughe Kommissarin beim Seelenklempner – weil sie über die Trennung von ihrem Ex nicht hinwegkommt. Vielleicht sollte ich mich wirklich mal auf deine Couch legen.«

Er verdrehte die Augen. »Ich geb's auf!« Dann lachte er und wandte sich wieder seinem Teller zu. Sie war bezaubernd, wie immer. Trotzdem lag etwas in der Luft, das er nicht einordnen konnte. Es war eine Unruhe und Anspannung zu spüren, die ihn ganz kribbelig machte.

Lilians Handy klingelte.

»Oh je, jetzt darf ich meine Ente alleine aufessen.« Viktor kannte diese unerwarteten Anrufe von ihrer Dienststelle.

»Muss nicht sein. Ich hab mein Telefon zu Haus auf das Handy umgestellt. Vielleicht ist es Hanna, »sagte sie mit übertrieben unbekümmerter Miene. Als sie die Empfangstaste drückte, fiel ihm auf, dass ihre Finger zitterten. »Ja?«

Lilians Gesprächspartner sagte etwas.

»Hallo! Wie geht's dir?« Sie richtete sich kerzengerade in ihrem Stuhl auf. Jede Faser ihres Körpers drückte plötzlich absolute Konzentration aus. »Nein, geht leider nicht. Ich kann nicht kommen.«

Aha, also kein Anruf von der Dienststelle. Auch nicht von Hanna. Hätten ihre Augen sonst so geleuchtet?

»Es wird aber etwas dauern. Ich sitze gerade mit einem Freund beim Abendessen.« Das klang entschuldigend. Dann: »David, bist du noch da?«

Viktor kannte keinen David. Er fand es beunruhigend, dass Lilian auf dessen Anruf wie elektrisiert reagierte.

»Ich weiß gar nicht, wo du wohnst. ... Nach dem Autobahnkreuz Richtung Nürnberg ... Und in Riegling selber ... Aha, und dann die nächste Straße rechts ... Gut, also bis später.« Sie drückte auf eine Taste. Starrte sekundenlang auf ihren Teller, wo das saftige Fleisch auf sie wartete. Doch ihr Appetit schien auf einmal wie weggeblasen zu sein.

Viktor kannte diesen Blick. Und er gefiel ihm nicht. »Jetzt muss ich dieses herrliche Vogelvieh also doch alleine aufessen?«

Sie blinzelte. Ihre Augen kehrten aus einer weit entfernten Welt zurück. Was hatte sie dort erspäht? Oder sollte er lieber fragen – wen?

»Aber nein! Muss nur ein wenig früher weg. Das war gerade ... ein ... Bekannter. Wir haben noch was miteinander zu besprechen.«

Schweigend aßen sie weiter.

Nach ein paar Minuten hielt Viktor es nicht mehr aus: »Kenne ich ihn?«

Ein fragender Blick.

»Ich meine, ob ich deinen Bekannten kenne?«

Die Antwort kam zögernd: »Ja, flüchtig. Wir haben ihn bei dem Jazzabend neulich in der Alten Mälzerei getroffen. Er ist zu uns an den Tisch gekommen. Du erinnerst dich bestimmt nicht mehr an ihn. Er heißt David Berger.«

Und ob er sich erinnerte! Diesen auffälligen Mann mit dem Pferdeschwanz, der mindestens zehn Jahre jünger als er selbst war, hatte er nicht vergessen. Auch nicht, wie der Lilian angesehen hatte. Doch Lilian hatte nichts davon bemerkt. Wie kann sie nur so blind sein, hatte er sich gedacht. Er schämte sich, dass er sogar insgeheim froh darüber gewesen war, dass sie die eindeutigen Signale des unbekannten Mannes hinter seinen lässigen Worten übersehen hatte. Schließlich fühlte er sich verantwortlich für sie. Wollte nicht, dass ihr ein weiterer Mann wehtat. Und nicht nur, weil er ihrem Vater, seinem Freund, jedes Mal wieder versprechen musste, ja gut auf sie aufzupassen.

Und jetzt wollte sie – darauf konnte er wetten – Hals über Kopf ausgerechnet zu diesem David eilen, anstatt einen gemütlichen Abend mit ihm zu verbringen. Er sah es ihr richtig an. Das wunderbare Essen, das sie vor wenigen Augenblicken noch in den höchsten Tönen gelobt hatte, die Sterne über ihnen, seine altbekannte und vertraute Gesellschaft – all das zählte plötzlich nicht mehr. Das verhieß nichts Gutes. Er dachte an ihre vereinzelten männlichen Bekanntschaften seit der Trennung von Stefan. Obwohl er nicht alle Kandidaten mitbekommen hatte, glaubte er nicht, dass es mehr gewesen waren als die Handvoll, von denen er wusste. Gut, vielleicht noch der eine oder andere One-Night-Stand. Aber jeder einzelne war nicht mehr als bloßer Zeitvertreib gewesen, ein bisschen Ablenkung für zwischendurch. Denn schließlich hatte sie kaum Zeit neben all ihren Verpflichtungen. Sagte sie zumindest. Es stimmte sogar. Was allerdings auch stimmte, war, dass sie geradezu panische Angst vor jeder Art einer festen Beziehung hatte. Man musste kein Psychotherapeut sein, um das zu erkennen. Kein Mann durfte ihr zu nahe kommen – mit Ausnahme von ihm selbst. Vielleicht ... Allerdings hatte sie keinen ihrer Verflossenen so angesehen wie diesen David. Eigentlich war er nicht einmal besonders schön, sein Gesicht hatte zu viele Ecken und Kanten. Und dieser Pferdeschwanz, so absolut unmännlich. Obwohl er sonst, das musste Viktor widerwillig zugeben, durchaus männlich war. Und unverschämt ungewöhnlich.

Er atmete tief durch. Es war wirklich nicht seine Aufgabe, Lilian vor allen Irrungen und Wirrungen des Schicksals zu bewahren. »Vielleicht solltest du deinen ... Bekannten nicht so lange warten lassen. Ist schon ziemlich spät. Wenn ihr noch was miteinander besprechen müsst, dann geh lieber gleich.« Er sah sie nicht an, sondern studierte verkrampft das Muster der Tischdecke, das im Kerzenschein kaum zu erkennen war.

»Aber Viktor – was machst du dann mit der Ente?«

»Na, was schon?« Er lächelte. Schmerzhaft. »Alleine aufessen.«

Sofort stand sie auf und ging zu ihm. Umarmte ihn und drückte ihm einen dicken Kuss auf die Wange. »Hebst du mir was auf?«

Sein leises »Ja« hörte sie schon nicht mehr, denn sie war bereits im Wohnzimmer. Sie drehte sich noch einmal um und sah ihn an. »Ich danke dir. Du bist wirklich ein Freund.«

Ihre Schritte im Flur verklangen. Ja, er war ihr Freund. Nur das und nicht mehr. Aber vielleicht war das mehr wert als alles andere …

KAPITEL 8

David war sichtlich überrascht, dass sie so schnell gekommen war. Er führte sie auf eine große Terrasse, von wo aus sie einen herrlichen Blick auf die Lichter des nächtlichen Regensburg hatten. Man hörte nicht einmal den Lärm von der Autobahnbrücke, weil er von sanfter Musik übertönt wurde. Lilian hatte die gleiche CD von Joshua Cadison. Diese Art von Musik passte gut zu David. Sie stellte sich vor, wie er in einem gut gefederten Jeep – oder in dem verbeulten Kombigeländewagen, der vor dem Haus geparkt war – auf endlosen Sanddünen durch die Gluthitze der Sahara ratterte. Oder wie er mit einem Rucksack auf dem Rücken quer durch die verschneiten Weiten Alaskas wanderte. Oh nein, wie romantisch sie plötzlich war. Richtig kitschig ...

Sie schaute hinüber zu der faszinierenden Glitzerwelt der Stadt. Auch bei Tag wäre ein beeindruckendes Panorama zu erwarten: Auf der einen Seite die leicht bewaldete, sanfte Hügellandschaft vor den Winzerer Höhen, dahinter die dunstigen Bergketten des Oberpfälzer und Bayerischen Waldes. Auf der anderen Seite die südlich liegenden Hügel zwischen den Stadtrandgebieten Großprüfening und Pentling mit der sich hindurch schlängelnden Donau, wo es noch ursprünglich gewachsene Hecken in Hülle und Fülle gab. Dazwischen die Stahlkonstruktionen der beiden Eisenbahnbrücken über die Donau zu den Vororten Mariaort und Riegling.

Lilian betrachtete das Haus und die Terrasse. Sie wusste nicht, was sie erwartet hatte. Vielleicht eine schmuddelige Studentenbude oder eine viel zu heiße Ein-Zimmer-Mansardenwohnung mit winziger Küche und noch winzigerem Bad. Auf jeden Fall nicht dieses gut gepflegte Einfamilienhaus mit einer von Pflanzentöpfen übersäten Terrasse mitten im Grünen und gleichzeitig in Stadtnähe. Oleander, Palmen, Rosenstöckchen, Vanillepflanzen, Zitronenbäumchen und noch zig andere Gewächse, die sie nicht mal dem Namen nach kannte. Ob dieses üppige Pflanzenmeer auf das Händchen einer gutbezahlten Zugehfrau zurückzuführen war? Die andere Möglichkeit wollte auf den ersten Blick gar nicht so recht zu Davids legerer Art passen. »Bist du etwa Hobbygärtner?«

David bot ihr ein Glas Wein an, aber sie lehnte ab. »Nicht zu übersehen, oder? Im Winter geht mir im Haus immer der Platz zum Überwintern für die Pflanzen aus.«

Also doch ein solider, bodenständiger Mann und kein lonesome Cowboy, der wie der Marlboro Man von einem Abenteuer zum nächsten preschte? Wenn sie wenigstens wüsste, welche Variante sie bevorzugte … »Schwer zu glauben. Das Haus sieht ja echt riesig aus.«

»Den Platz brauch ich auch. Meine Kinder kommen alle 14 Tage und bleiben übers Wochenende da, in den Ferien auch länger.«

Wenn sich das nicht nach einem geschiedenen Mann anhörte. Ob sie jetzt mit ihren neugierigen Fragen anfangen sollte? Dann mal los … »Und wo steckt die Mutter deiner Kinder?« Ihr Mund fühlte sich trocken an. Sie hätte den Wein annehmen sollen. Auch das seltsame Gefühl in der Magengegend ließe sich dann leichter ertragen.

»Die wohnt in Beratzhausen, mit ihrem Freund.«

Aha. War David auch einer der Doofen dieser Welt? So wie sie selbst? »Wie alt sind deine Kinder?«

»Christian ist acht und Lisa vier.«

Sie drang nicht weiter in ihn. Wusste ja aus eigener Erfahrung, wie sehr ungebetene Fragen zu diesem Thema schmerzten. Was am Ende übrig blieb, waren ein paar Erinnerungen, das gemeinsame Sorgerecht um die Kinder, eine nicht auszumerzende Bitterkeit. Und die Erleichterung, dass es ein Leben nach der Trennung gab.

Sie setzten sich. »Willst du nicht doch was trinken? Mineralwasser oder Saft?«

»Ein Glas Wasser bitte.«

Er schenkte Wasser in ein Glas und reichte es ihr. »Entschuldige bitte, dass ich dich so spät noch gestört habe.

Aber ich habe vorhin mit meiner Schwester telefoniert. Laura erzählte mir, dass ihr euch heute getroffen habt.«

Lilian hatte einen Kloß im Hals. »Du brauchst dich nicht zu entschuldigen. Eigentlich ist das mein Job. Hab mich gestern Abend unmöglich benommen.« Bloß nicht in seine Richtung kucken! »Tut mir Leid.«

»Okay. Vergeben und Vergessen.« Er reichte ihr die Hand. Quer über den Tisch. »Schwamm drüber?«

Dieser Spruch hätte von ihr selbst stammen können. Sie ergriff seine ausgestreckte Hand – wie warm sie sich anfühlte. Am liebsten hätte sie sie nicht mehr los gelassen. Aber schließlich konnte sie nicht den ganzen Abend mit seiner Hand in der ihren dasitzen. Widerstrebend öffnete sie ihre Finger und ließ sie zurück auf ihren Schoß gleiten. Glaubte, noch immer seine sanfte und gleichzeitig feste Berührung spüren zu können.

»Laura sagte, sie hätte den Eindruck gewonnen, als würde sie alle Voraussetzungen einer Hauptverdächtigen erfüllen.« Er schaute sie an. »Stimmt das?«

So eine Zwickmühle! Was sollte sie sagen, ohne zu viel vom gegenwärtigen Ermittlungsstand auszuplaudern? »Deine Schwester ist im Moment eine Zeugin, nicht mehr. Sie kannte den Toten zwar von früher, aber das ist ja immerhin schon über 20 Jahre her. Sie scheint keinen weiteren Kontakt mehr zu ihm gehabt zu haben. Das hat mir der Unternehmer der Firma bestätigt. Ich halte es für unwahrscheinlich, dass sie etwas mit Andreas Robners Tod zu tun hat.«

Erleichtert atmete David auf.

»Allerdings hat sich der Tote genau seit der Zeit, als Laura für BioMed zu arbeiten anfing, regelmäßig mit jemandem getroffen, dessen Name mit den Anfangsbuchstaben LS beginnt. Bisher habe ich außer ihr noch niemanden ausfindig gemacht, auf den dieses Kürzel passt.«

»Vielleicht müsste man nach jemandem suchen, dessen Vorname mit S losgeht. Das L könnte für den Nachnamen stehen. Oder für einen Namenszusatz.«

»Das ist unlogisch. Der Tote hatte ein einheitliches System für seine Abkürzungen.« Trotzdem ging Lilian im Geiste alle in Frage kommenden Personen durch. Sie endete bei Sandra Jentschek und Silke Kämmerer. Doch die konnte sie streichen. Letztere hatte ein Alibi und Sandra Jentschek tauchte im Terminkalender unter dem Kürzel SJ auf. »Laura kommt trotzdem nicht in Frage. Sie hat für die Tatzeit ein Alibi. Sie war ja in Urlaub.« Mist, das hatte sie noch gar nicht überprüft. Vielleicht morgen.

David sah sie sehr nachdenklich an. Nein, nicht nachdenklich. Eher unruhig. »Laura würde nie jemanden umbringen, dazu hätte sie gar nicht die Nerven. Außerdem liebt sie ihre Kinder über alles. Wie könnte sie ihnen so etwas antun? Ihre Mutter als Mörderin! Ich bitte dich!«

»Und wenn genau das der springende Punkt ist? Was würdest du tun, wenn die Zukunft deiner Kinder auf dem Spiel stünde?«

Sein Blick war Antwort genug. »Trotzdem, das ist absurd. Schließlich ist Laura meine Schwester. Ich kenne sie.« Er sagte das mit großem Nachdruck.

»Auf jeden Fall zeigt sich durch ihre Schilderung der wahre Charakter des Toten. Der war alles andere als ein ehrenwertes Mitglied der Gesellschaft. Und ein Masochist schon gar nicht.« Helmut fände diese neue Sichtweise sicher interessant. Wann würde sie es ihm sagen? Das flaue Gefühl in ihrem Magen verstärkte sich.

»Zumindest ein Teil von ihm war anders, als man vermuten konnte. Aber schlummern nicht in jedem von uns geheime Wünsche und Träume, von denen niemand wissen sollte?«

»Klar. Mein geheimster Wunsch ist, dass es den Märchenprinzen doch irgendwo gibt.« Sie lachte. »Und deiner?«

»Ich hab keinen mehr. Leider war mein geheimster Wunsch nicht geheim genug. Er hat mir alles kaputt gemacht.«

Eigentlich hatte Lilian nur einen Scherz machen wollen. Als sie aber Davids ernstes Gesicht sah, wünschte sie, sie hätte den Mund gehalten. »Ich versteh dich nicht ...«

»Ich hab mich selber nicht verstanden.« David stand auf und ging unruhig auf der Terrasse hin und her. Seine ganze Lässigkeit war auf einen Schlag wie weggefegt. Auf einmal blieb er vor ihr stehen und beugte sich zu ihr. Nur wenige Zentimeter vor ihrem Gesicht hielt er inne. »Weißt du noch, was du gestern gesagt hast? ›Schließlich passiert es alle Tage, dass Männer ihre Frauen verlassen.‹ Du hast verdammt Recht. Bei uns ist es auch passiert.« Er richtete sich wieder auf. »Leider bin ich einer von den Bösen.«

Sie wusste nicht, was sie sagen sollte. Wartete nur, ob er weiterreden würde.

Das tat er. Während er fortfuhr, fieberhaft auf der Terrasse herumzugehen. »Die alte Geschichte: erfolgreicher Unidozent in den besten Jahren, glücklich verheiratet, zwei Kinder bekommt eine neue Assistentin. Sie ist jung, flippig, sinnlich. Bringt frischen Wind in die verstaubten Akten in seinem Büro. Er fühlt sich geschmeichelt, weil er so großen Eindruck auf sie macht. Irgendwann stellt er fest, dass er hoffnungslos in sie verliebt ist. Dummerweise ist sie das auch. Keiner denkt an das Danach – an die Tränen, die bösen Worte, die verletzten Gefühle. Aber all das kommt, unweigerlich. Von ihrer Seite, von seiner Frau, seinen Eltern. Die Kinder fragen dauernd: ›Wann ist der Papa wieder da? Warum streitet ihr euch so oft?‹ Und ihm erzählen sie, wie sehr die Mama weint, wenn er wegfährt. Er hält es nicht mehr aus. Packt seine Koffer und zieht zu seiner Schwester. Die hilft ihm, soweit sie kann. Macht ihm als einzige keine Vorwürfe, obwohl ihr Mann stocksauer ist, dass da dauernd dieser lästige Bruder im Haus herumlungert. Irgendwann muss der sich ja entscheiden, was er mit seinem beschissenen Leben anfangen will. Das tut er dann auch, nach sieben Monaten. Aber da ist die junge Assistentin schon längst wieder zu Hause in Hannover. Ihr Herz ist ja schon gebrochen, was soll sie da noch in dieser fremden Stadt.« Er blieb stehen. Starrte ins Leere. »So wie das seine. Und das seiner Frau und seiner Kinder.« Mit veränderter Stimme sagte er dann: »Alexandra wollte natürlich die Scheidung. Sie verhielt sich fair. Versuchte kein einziges Mal, die Kinder gegen mich auszuspielen. Bei Fragen der Kindererziehung fanden wir meistens eine gemeinsame Lösung. Das ist mehr, als ich erwartet hatte. Inzwischen reden wir auch wieder über Dinge, die nicht nur Christian und Lisa angehen.« Sein Lächeln war traurig. »Ich habe Ruth nie wieder gesehen. Ich konnte sie nicht dazu bewegen, zu mir zurückzukommen. Sie hatte zu lange gewartet.« Langsam ging er zum Stuhl zurück und setzte sich. »So, jetzt weißt du's. Ich bin der gleiche miese Kerl wie wahrscheinlich dein Mann gewesen ist. Wenn du aufstehst und gehst, dann kann ich dich nur beglückwünschen.«

Lilian saß da und schaute ihn an. Sie war zutiefst getroffen. Es war das erste Mal, dass ihr die andere Seite geschildert worden war. Immer, wenn Stefan mit ihr über seine Beweggründe hatte sprechen wollen, hatte sie abgeblockt. Wahrscheinlich hatte sie sich in der Rolle des armen, betrogenen Frauchens ganz wohl gefühlt. Endlich hatte sie auch mal Schwäche, Frustration und Enttäuschung zeigen dürfen. Tatsächlich, die Realität folgte nie dem typischen Schwarz-Weiß-Muster: Hier die Guten, da die Bösen. Alles war grau – mit unendlich vielen Schattierungen dieses einen Graus. Stefan hatte sicher seine Gründe gehabt, ausgerechnet mit ihrer ältesten Schulfreundin Heike eine Affäre anzufangen. Vielleicht, weil Lilian damals ständig an ihm herumgenörgelt hatte. Nachdem die erste Verliebtheit verblasst war, hatte er ihr nichts mehr recht machen können. Noch dazu hatte sie eine ganz andere Vorstellung von ihrem gemeinsamen Leben gehabt als er. Sie wollte in die große weite Welt hinaus und an den Rädern der Zeit drehen. Oder zumindest dabei zusehen, wie andere den Lauf der Dinge bestimmten. Er hingegen bevorzugte das stille, beschauliche Leben auf dem Land. Sah in der Pension mit Bauernhof, die ihr Vater nach dem Tod ihrer Mutter weitergeführt hatte, seine berufliche und persönliche Zukunft. Wie sie diesen voralpenländischen Landmief direkt unter den Argusaugen ihres Vaters verabscheut hatte. Sie wollte sich ein eigenes Leben aufbauen. War das nicht ihr gutes Recht? Doch dafür hatte sie sich den falschen Mann ausgesucht. So einfach war das. Nur so einfach hatten sie es sich nicht gemacht. Wenn sie beide die Zusammenhänge schon früher erkannt hätten, wäre ihnen viel Kummer erspart geblieben.

Seltsam, sie hatte auf einmal das Gefühl, als ob sich einer der vielen Knoten in ihr löste. Hatten Davids Worte das bewirkt? Gestern hätte sie ihn noch als rücksichtslosen, selbstgerechten Macho gesehen. Wie Männer eben so waren. Jeder, ohne Ausnahme. Aber jetzt sah sie ihn anders: Als einen Mann, der alles hatte haben wollen – und mit fast nichts zurückgeblieben war.

Sie stand auf und ging um den Tisch herum. Er hob den Kopf. Vor seinem Stuhl ging sie in die Hocke, berührte seine Hand auf der Stuhllehne. Seine Finger waren eiskalt.

»Ich bin froh, dass du mir das erzählt hast. Auch wenn es mich gar nichts angeht. Und glaub nicht, dass ich dich verurteile. Du hast genug dafür bezahlt, oder?«

Seine Finger schlossen sich um ihre kleinere Hand. Allmählich kam wieder Wärme in sie. Mit der anderen Hand strich er ihr zärtlich eine Haarsträhne aus dem Gesicht, die ihr über die Augen gefallen war. Als er sie aber näher zu sich heranziehen wollte, machte sie sich steif.

»Es macht dir also doch was aus.«

»Das hat nichts mit deiner Vergangenheit zu tun. Eher mit meiner. Ich brauche Zeit.«

»Das gleiche hab ich zu Ruth auch gesagt.« Sein Lachen klang bitter. »Du weißt ja, was passieren kann, wenn man sich zu viel Zeit lässt.«

»Mein Problem.« Sie wollte sich aufrichten.

Doch er hielt sie fest, küsste sie auf den Mund. Unwahrscheinlich sanft und liebevoll. »Sag mir sofort, wenn du keine Zeit mehr brauchst.«

Sie löste sich endgültig von ihm. Irritiert. Nicht, weil er sie geküsst hatte. Das war ihr im Moment sowieso viel zu viel. Nein, weil irgendetwas an ihm anders war als früher. Dann wusste sie, was es war: sein Duft. Der Zigarettenrauch war verschwunden. Als sie die Weinflasche nahm und sich doch ein Glas einschenkte, war sie erstaunt, weil ihre Hand gar nicht zitterte. »Das merkst du schon, keine Sorge.«

Als sie trank, glaubte sie zu spüren, wie sich der herbe Geschmack des Weines mit dem süßen Nachgeschmack seiner Lippen vermischte. Sie bevorzugte eindeutig letzteren.

Auf Lilians Schreibtisch stapelten sich die Unterlagen. Helmut war ihr auf dem Gang begegnet und hatte sie darauf vorbereitet: »Der Bericht vom LKA ist da. Und die Telefonlisten von Robners Handy sind komplett. Bin in Hakans Büro, falls was ist.«

Zuerst las sie den Bericht aus dem LKA. Die Blutspuren auf dem Jagdmesser stammten von einer einzigen Blutgruppe. Es war die des Toten. Auf der Peitsche war nichts gefunden worden. Keine Hautpartikel, keine Blutspuren, nichts. Nur Spuren von Calciumcarbonat und einer anderen Verbindung, deren chemische Formel Lilian nichts sagte. Weiter unten stand, dass es sich um eine seifenartige Verbindung handelte. Das Wasser in Regensburg hatte einen hohen Kalkgehalt. Die Peitsche musste also gründlich gewaschen worden sein. Seltsam, es war doch Robners eigene Peitsche gewesen. Egal, ob er sich damit hatte auspeitschen lassen oder selbst jemanden geschlagen hatte. Warum hatte er sie so penibel sauber gemacht, dass nicht einmal der kleinste Hautfetzen zu finden war?

Sie wandte sich den Telefonlisten zu. Da kam ihr ein Gedanke. Aus ihrer Umhängetasche holte sie die Telefonnummern, die ihr Davids Schwester am Wochenende gegeben hatte. Es waren vier: Lauras Privat- und Geschäftsanschluss in Pfaffenhofen, die Nummer ihres Mobiltelefons und eine Nummer für die offiziellen Räume der Werbeagentur in München. Nach einer halben Stunde hatte sie das Gefühl, die Zahlen würden vor ihren Augen verschwimmen. Sie war zwar noch lange nicht auf der letzten der zahllosen Seiten angekommen, hatte aber bisher noch keine der vier Nummern entdeckt. Die Spur zu Laura schien tatsächlich im Sand zu verlaufen. Lilian hatte zwar Lauras Alibi noch nicht überprüft. Aber das schien auch gar nicht mehr nötig zu sein. An den Eintragungen im Terminkalender war nichts verändert worden. Der Tote hätte bestimmt die letzten Termine mit LS durchgestrichen, wenn er sich mit Laura getroffen hätte. Denn in den vergangenen zwei Wochen war sie ja auf Kreta gewesen, hätte also die Verabredungen nicht einhalten können. Und wenn sie ihm nicht Bescheid gesagt hatte? Die Termine einfach kurzfristig platzen ließ? Blödsinn, Laura war unschuldig. Und so, wie es jetzt aussah, würde sich sogar Lilians Beziehung zu David entspannen. Das Wochenende hatte sie aufgewühlt. Klar, ein so eindeutiges Verhalten hätte sie von ihm nicht erwartet. Es war zwar nur ein einziger Kuss gewesen. Aber wenn sie ihn nicht gebremst hätte, wäre sicher mehr daraus entstanden. Eigentlich hätte sie jubilieren müssen. Trotzdem hatte sie das Gefühl, als ob zu viele Dinge zwischen ihnen stünden, auch wenn Laura jetzt aus der Schusslinie war. Da war zum Beispiel ihre verfluchte Angst vor zu viel Nähe. Aber vielleicht wollte David gar nicht diese Nähe, die sie sich so wünschte. Und fürchtete. Vielleicht wollte er nur eine heiße Nacht mit ihr. Warum machte sie sich überhaupt so viele Gedanken?

Noch etwas beschäftigte sie: Bald würde sie Helmut auf die eine oder andere Weise informieren müssen. Als leitender Beamter musste er wissen, dass der Tote nicht der Masochist gewesen war, wie sie bisher angenommen hatten. Wenn er als Sadist von einem Sexualpartner getötet worden war, mussten sie von einem ganz anderen Täterprofil ausgehen. Sie würde Helmut sagen, eine anonyme Zeugin hätte ihr am Telefon geschildert, wie sie von dem ehrenwerten Herrn Doktor auf bestialische Weise misshandelt worden sei. Das war gut. Das würde sie gleich nachher tun …

Helmut stürmte ins Büro. Triumphierend baute er sich vor Lilians Schreibtisch auf. »Hakan hat mit der Überprüfung des Adressenteils im Terminkalender angefangen. Gleich beim zweiten Namen ein Volltreffer! Jetzt rate mal, wer sich hinter D. Blaschke verbirgt?«

»Keine Ahnung. Aber du sagst es mir sicher gleich.« Am besten, sie würde Helmut jetzt sofort aufklären. Dann wäre sie dieses verfluchte mulmige Gefühl im Bauch endlich los. Aber erst mal abwarten, welche Neuigkeiten er hatte. So blieb ihr wenigstens noch ein bisschen Zeit …

»Dorothea Blaschke.«

»Na so was! Ist das unsere Thea?«

»Erraten! Thea ist ein Spitzname.«

»War sie seine Freundin?«

»Sie sagt nein.«

»Was dann?«

»Wetten, dass du nicht darauf kommst?«

»Mach's nicht so spannend, altes Ekel. Sag schon!«

Eine gekonnte Pause. »Seine Psychotherapeutin.«

»Wie bitte? Weswegen war er denn in Behandlung?«

»Auch da kommst du nicht drauf.«

Dieses Mal täuschte er sich. Trotzdem spielte sie mit. Musste sie ja. »Na los, spuck's schon aus!«

»Unser sehr geehrter Herr Doktor war ein Sadist! Ein durchgeknallter Psychopath!« Er wartete auf ihre Reaktion.

Sie tat ihm den Gefallen und verdrehte ungläubig die Augen. Es fiel ihr nicht einmal schwer, so erleichtert war sie.

»Zum einen hatte er eine sadistische Persönlichkeitsstörung, die sich in einem aggressiven Verhalten gegenüber seiner Umwelt zeigte«, fuhr Helmut schon fort. »Zum anderen litt er auch noch an einem extrem ausgeprägten Sadismus in sexueller Hinsicht.«

»Warum hat jeder ihn dann als so angenehmen Menschen geschildert?«

»Er war ein Narziss. Das passt zu diesem Krankheitsbild, sagte die Blaschke. Er hörte sich gerne reden und wollte nach außen immer der große Problemlöser sein. War wohl ein großartiger Schauspieler, denn niemand hat gemerkt, dass er gleichzeitig alle möglichen Frauen grausam gequält und sogar gefoltert hat. So einen Typen wünscht man sich wirklich als Schwiegersohn.«

»Warum hat er sich therapieren lassen? Wollte er ein besserer Mensch werden?«

»Absolut nicht. Er hat der Blaschke zuerst vorgespielt, er wäre der arme Sünder. In Wirklichkeit wollte er von ihr nur Verhaltensweisen lernen, wie er mit seiner Perversität umgehen konnte, ohne sich selbst zu schaden. Oder glaubst du, unser angesehener Herr Doktor wäre weiterhin so erfolgreich gewesen, wenn er mal eine Frau getötet hätte? Aus Versehen, sozusagen?«

»So weit wäre er also gegangen?«

»Die Blaschke sagt Ja. Als er nach Regensburg verschwinden wollte, hat sie erstmal auf den zweiten Termin am Wochenende gedrängt und ihm geraten, sich hier bei einem Kollegen von ihr weiterbehandeln zu lassen. Sobald er aber weg war, hat er sich nur noch selten bei ihr gemeldet. Sie hat oft versucht, ihn telefonisch zu erreichen, aber er hat sie kaum zurückgerufen. Beim letzten Termin hat sie ihm sogar nahe gelegt, sich in eine Klinik einweisen zu lassen. Davon wollte er nichts hören.«

»Was hat sie dazu gesagt, dass er selbst ans Bett gefesselt war, als wir ihn fanden?«

»Sie meinte, in der menschlichen Psyche sei auch ein solcher Rollentausch möglich. Als eine Art Spiel.« Helmut setzte sich. »Anscheinend suchte er sich überraschend oft starke, selbstständige, intellektuelle Frauen als Opfer aus. Jede hatte aber die eine oder andere Schwachstelle, so dass er sie mit Drohungen und Erpressungsversuchen leicht unter Druck setzen konnte. Irgendwann machte jede das, was er wollte. Wenn er genug von ihr hatte, suchte er sich eine Neue.« Er konsultierte seine Aufzeichnungen. »Ab Anfang März wurde sein psychischer Zustand wieder kritisch. Er hat der Blaschke erzählt, er hätte zur gleichen Zeit in Regensburg eine Frau wiedergetroffen. Bei ihr hatte er sich offenbar noch weniger in der Hand als sonst.«

»Wieso ›wiedergetroffen‹? Kannte er sie von früher?« Lilians Erleichterung war auf einmal wie weggeblasen. Sofort war ihr Laura eingefallen.

»Hört sich so an, oder? Auf jeden Fall ist mir jetzt klar, warum unser Herr Doktor das Waschen der Bettwäsche nicht seiner Putzfrau überlassen hat. Wahrscheinlich wäre sie von all dem Blut darauf so entsetzt gewesen, dass sie auf der Stelle gekündigt hätte.« Nach einer Pause: »Wir suchen also nach einer Frau, die unabhängig und selbstbewusst ist, und trotzdem irgendwo ihre Achillesferse hat.« Ein Zungenschnalzen. »Wenn sich das nicht nach meiner Favoritin Paula Gerber anhört. Sie hatte den nötigen Mumm, um ihren Mann rauszuwerfen. Trotz Kind, wohlgemerkt. Sie boxt sich als allein erziehende Mutter ganz gut durchs Leben, wobei genau das ihr wunder Punkt ist. Und seit neuestem dann die Beziehung zu ihrem Freund, der von ihren erotischen Eskapaden nichts erfahren darf. Da bin ich direkt gespannt, was die Hausdurchsuchung ergibt.«

Lilian warf ein, dass laut dem Nachbarn von Paula Gerber nicht sie, sondern ihr Mann einen Schlussstrich unter die Ehe gezogen hatte. Helmut ließ sich dadurch nicht verunsichern. Mit Beklemmung stellte Lilian fest, dass er unwissentlich ein Bild zeichnete, das ebenso gut auf Laura passte. Auch die Schwachpunkte waren nicht zu übersehen: Auf privater Ebene die Verbundenheit zu ihrem Nesthäkchen Julian, der zu allem Überfluss noch einen Sprachfehler hatte. Auf beruflicher der unbarmherzige Konkurrenzdruck in der Werbebranche. Das gefiel Lilian überhaupt nicht. Das einzige, was ihr gefiel, war, dass sie selbst jetzt nichts mehr von ihrem Gespräch mit Laura erzählen musste. Zumindest vorerst …

Auf dem Friedhof in Freising waren schon viele Trauergäste da. In wenigen Minuten würde der Pfarrer die bekannten tröstenden Worte sprechen. Lilian und Helmut hatten nicht mit einer so großen Trauergemeinde gerechnet, denn bekanntlich hatte sich Andreas Robner aus dem Gesellschaftsleben herausgehalten. Warum er so zurückgezogen gelebt hatte, hatten sie während der Autofahrt ausgiebig diskutiert. Wenn er seinen perversen Vergnügungen im Licht der Öffentlichkeit nachgegangen wäre, hätte er seine eigene berufliche Situation gefährdet. Auch in den einschlägigen SM-Szenen hätte es sich bald herumgesprochen, wenn ein wirklich Gefährlicher dort sein Unwesen trieb. Also hatte er sich seine Opfer gezielt und heimlich ausgesucht.

Lilian schwitzte entsetzlich. Es war wieder unerträglich heiß. Irgendwie empfand sie das als unpassend für eine so ernste Angelegenheit. Die Jacke des dunkelblauen Hosenanzugs war ihr viel zu eng. Obwohl sie das kneifende Jackett jedes Mal, wenn sie es trug, irrsinnig unbequem fand, hatte sie sich am Morgen wieder dafür entschieden. Jetzt hätte sie sich ohrfeigen können. Aber schließlich konnte sie nicht in einem knallroten oder hellgelben Outfit auf einer Beerdigung auftauchen. Noch dazu, wenn sie unauffällig ihre Umgebung beobachten sollte. Plötzlich musste sie daran denken, wie sie an einem ähnlich heißen Tag vor vielen, vielen Jahren auch an einem offenen Grab gestanden war. Es kam ihr wie eine Ewigkeit vor. Seither hatte sie den Gedanken an diesen Tag energisch verdrängt. Nur in ihren Albträumen gelang ihr das nicht. Warum kam sie ausgerechnet jetzt darauf? Sicher nicht deshalb, weil sie wieder an einem Grab stand. Zu viele Ermittlungen hatten sie schon an einen solchen Ort geführt. Es musste die Mischung aus Hitze, Staub und einem Gefühl unentrinnbarer Enge sein. Bestimmt war das diese kneifende Jacke. Verdammt noch mal, warum hatte sie nicht doch die gelbe angezogen?

Damals war sie 13 Jahre alt gewesen. Mit Tränen in den Augen hatte sie auf den im Boden verschwindenden Sarg vor sich gestarrt, auf den die Erdklumpen hinunter fielen. Fast glaubte sie, wieder dieses dumpfe Geräusch zu hören. Als sei die Zeit stillgestanden. Es war ihr viel zu heiß in ihrem dunkelblauen, an den Schultern zu engen Kleid. Mit goldenen Knöpfen – wie unpassend. Diese Knöpfe würde sie nie vergessen. Wie sie glänzten, im strahlenden Sonnenlicht. Ihr Vater hatte gemeint, das Kleid wäre trotzdem für den Anlass in Ordnung. So mussten sie nicht mehr zum Kleiderkaufen fahren. Ihr Vater hatte ohnehin keine Zeit dafür. Und ihr wäre es seltsam vorgekommen, in einer schicken Boutique ein schwarzes Kleid auszusuchen, das überhaupt nicht zur Jahreszeit passte. Während ihre Mutter in der Aussegnungshalle lag. Wie eine Königin für die Ewigkeit aufgebahrt, würdig und still.

Lange stand sie neben ihrem Vater vor dem offenen Grab. Ihr Haar fiel ihr vornüber. Es war lang und strähnig. Glänzte sicher genauso pietätlos wie diese dummen Knöpfe. Am liebsten hätte sie es nach hinten gebunden.

Wie hatte ihre Mutter es geliebt, die viel zu dünne Mähne ihrer Tochter unermüdlich mit den Fingern zu kämmen. Lilian hatte es gestört, wenn die Mama ihr die vorwitzigen Strähnen immer wieder hinter die Ohren gesteckt hatte. Als ob sie je dort geblieben wären, als ob Lilian sie überhaupt darum gebeten hätte. Und gerade dann, wenn Lilian die Haare in einer spontan aufkeimenden Aufmüpfigkeit nach vorn geschüttelt hatte, hatte die Mama sie sofort nach hinten geschoben. Es war wie ein Spiel gewesen. Ein ewig wiederkehrendes, für beide Seiten unbefriedigendes Spiel. Während sie den Schaufeln zusah, die den Sarg unter einem ständig größer werdenden Erdhaufen begruben, wurde ihr klar, dass ihr jetzt niemand mehr die Haare zurückstreichen würde. Jetzt schleppte sie auch niemand mehr in die ungeliebten Ballettstunden, bei denen sie sich neben den anderen grazilen Mädchen so plump und unförmig fühlte. Endlich konnte sie nach Herzenslust so lange und so viel reiten, wie sie wollte. Jetzt las ihr aber auch niemand mehr Erzählungen von verwunschenen Königreichen aus dem scharlachrot gebundenen Buch vor, obwohl sie schon seit langem zu groß fürs Vorlesen war. Noch heute sah sie die goldenen Buchstaben auf dem Einband vor sich: »Vergessene Geschichten«. Und jetzt ging auch niemand mehr mit ihr am See entlang, um am Steg die Füße ins kalte Wasser baumeln zu lassen. Lilians Zehen waren immer eiskalt gewesen. Aber das hatte sie nicht gekümmert, solange die Mama bei ihr gewesen war.

Lilian merkte auf einmal, wie still es um sie war. Der Pfarrer hatte gerade zu reden angefangen. Sie hob die Hand, um sich die Haare aus dem Gesicht zu streichen. Eine alte, vertraute Geste. Doch sie griff ins Leere. Ihre Haare waren ja schon lange viel kürzer als damals. Und plötzlich wurde ihr klar, dass sie nach der Beerdigung ihrer Mutter nie wieder auf ein Pferd gestiegen war. Auch ins Ballett war sie nicht mehr gegangen. Sogar diese Erinnerungen hatte sie verdrängt. Sie sah sich nach der Beerdigung auf dem Weg zum Auto stolpern. Einen Moment zu spät hatte ihr Vater sie aufgefangen. Am selben Abend hatte er dann eine Sehnenzerrung festgestellt. Aber auch später, als die Schmerzen im Bein längst verschwunden waren, wollte sie weder reiten noch tanzen …

Helmut gab ihr einen leichten, kameradschaftlichen Stoß. »Fast die ganze Firma BioMed ist vertreten«, raunte er ihr zu.

Es dauerte ein paar Augenblicke, bis Lilians Gedanken endgültig in die Gegenwart zurückkehrten. Sie schaute sich um. Tatsächlich, viele bekannte Gesichter. Etwas abseits vom Grab Dr. Winters mit seiner Frau und Sandra Jentschek. Letztere stand so nah neben ihm, dass sie ihn fast berührte. Sie war zwar seine Cousine, aber trotzdem. Irgendwie seltsam. Dahinter die Sekretärinnen Paula Gerber und Silke Kämmerer, daneben

Anton Perlinger aus dem Labor. Alle waren in Schwarz und trugen einen betont ernsten, der Situation angemessenen Gesichtsausdruck zur Schau. Die anderen Leute kannte Lilian nicht. Direkt vor dem Grab stand die Mutter des Toten, wie Helmut ihr zuflüsterte. Sie war äußerlich sehr gefasst. Neben ihr mehrere alte Damen, wahrscheinlich Bekannte von ihr. Dann einige gut gekleidete Herren mit oder ohne Begleitung. Keine allein stehenden Frauen, die als Bettgespielinnen in Frage gekommen wären …

Ziellos schweifte Lilians Blick über die anderen Gräber. Da bemerkte sie aus den Augenwinkeln auf einmal die Gestalt eines Mannes. Er stand zwischen den Grabsteinen und drehte sich eben in die andere Richtung. Sie hätte ihn überall erkannt. Auch wenn ihr nicht sein langer, schwarzer Pferdeschwanz durch diese ruckartige Bewegung geradezu ins Auge gesprungen wäre. Das war ja David! Was wollte denn der auf der Beerdigung von Andreas Robner? Ihn hätte sie hier wirklich nicht erwartet. Flüsternd entschuldigte sie sich bei Helmut und hastete zum Ausgang. Als sie David erreichte, war er schon fast beim Friedhofstor. Sie rief seinen Namen. Unwillig drehte er sich um. Sie sah ihm an, dass er sie schon vorher unter den Trauergästen erkannt hatte.

»Sag mal, was soll denn das? Warum bist du hier?« Warum hörte sich ihre Stimme auf einmal so hysterisch an?

Er antwortete nicht. Schaute sie nur an – mit seinen dunklen, rätselhaften, unheimlich sanften Augen. Sie hatten sich nicht verändert, seit sie ihn vor vielen Jahren an der Uni kennen gelernt hatte. Wie schön er doch war ... Warum hatte sie am Samstagabend eigentlich Nein gesagt? Wie oft kam es denn vor, dass ein Mann wie er sich für sie interessierte? Aber tat er das wirklich? Oder interessierte er sich nur für das, was sie tat, was sie wusste? Hoffte er über sie an Informationen zu kommen, zu denen er sonst keinen Zugang gehabt hätte? Nein, das konnte sie nicht glauben! Seine Schwester hatte doch nichts mit der Sache zu tun. Wie absurd! Er hatte nicht gewusst, dass sie Kriminalbeamtin war und an dem Mordfall Andreas Robner arbeitete. Und schließlich war sie es gewesen, die ihm ihre Telefonnummer zugesteckt hatte und nicht umgekehrt. Aber wie hatte er ihre Adresse herausbekommen? Die stand doch gar nicht im Telefonbuch. Genau genommen stand nicht einmal ihre Nummer drin. Wenn er es geschafft hatte, ihre Anschrift ausfindig zu machen, dann war es für ihn auch ein Leichtes gewesen, etwas über ihren Beruf in Erfahrung zu bringen. Es wäre nur eine Frage der Zeit gewesen, wann sie bei ihren Ermittlungen auf Laura gestoßen wären. Laura Siebert – die seit mehreren Wochen für BioMed arbeitete, deren Name mit den Anfangsbuchstaben LS begann, die alle Anforderungen des Täterprofils erfüllte, die ein wirklich plausibles Motiv hatte. Was für eine

Kette von unwahrscheinlichen Zufällen! Das einzige was nicht dazu passte, war ihr Alibi …

Aber hatte David nicht betont, wie sehr seine Schwester ihn bei der Trennung von seiner Frau unterstützt hatte? Noch dazu so unerwartet und trotz der Vorbehalte ihres Mannes? Außerdem hatte er sie gerne, schließlich war er ihr Bruder. Er würde alles tun, um sie zu schützen. Genau aus diesem Grund hatte er Lilian am Samstagabend in sein Haus gelockt. Und sie hatte seinetwegen dieses köstliche Abendessen mit Viktor sausen lassen! Wie dumm sie doch war! Sie hatte ihm Dinge anvertraut, die er aus der Zeitung nie erfahren hätte. Was für ein kluger Schachzug, sie zu küssen, alle Achtung! Ob er sogar mit ihr ins Bett gestiegen wäre, nur um noch mehr aus ihr herauszuholen? Einmal mehr fühlte sie sich wie das dumme, kleine Mädchen.

Er sagte etwas. Aber Lilian verstand nicht, was. Sah nur, wie sich seine Lippen bewegten. Diese wunderschönen Lippen, die sie jetzt so gerne geküsst hätte. Von denen sie jetzt so gerne gehört hätte, dass sie sich das alles nur einbildete. Fast glaubte sie, seine Worte zu hören: »Schlummern nicht in jedem von uns geheime Wünsche und Träume, von denen niemand wissen sollte?« Würde er so weit gehen, sogar eine Mörderin zu decken – seine eigene Schwester?

David wiederholte seine Worte: »Du siehst aus, als hättest du ein Gespenst gesehen.« Er strich über ihren

Arm. Sie zuckte zurück. »Du bist sicher sauer, weil ich dir nicht gesagt habe, dass ich hierher komme. Ich hab erst gestern Abend in der Zeitung gelesen, dass heute die Beerdigung ist.« Ein entschuldigendes Lachen. »Aber da dachte ich noch gar nicht daran, nach Freising zu fahren. Erst heut Vormittag. Und wie hätte ich dich auch erreichen sollen?«

Na, wie wohl? Übers Handy. »Warum wolltest du gerade ohne ein Wort verschwinden?«

»Ich hab gesehen, dass du mit einem Mann aufgetaucht bist. Der Typ ist dir die ganze Zeit über nicht von der Seite gewichen.« Er sah ihr offen ins Gesicht.

So ein unverschämter Kerl! »Das ist mein Kollege. Warum bist du hier? Ich dachte, du kanntest den Toten kaum.«

»Das stimmt auch. Hm, ich weiß selber nicht ... War eben neugierig. Wollte bloß sehen, wer sich so blicken lässt.«

Das war ja mehr als dünn. »Hast du an jemand bestimmten gedacht?«

Seine Augen wanderten hin und her. Angespannt. »Na ja ...«

Sie wartete. Es kam nichts. Warum redete er nicht weiter? War ihr schrecklicher Verdacht tatsächlich begründet? Sie hätte sich so gerne an ihn geschmiegt, hätte so gerne ein Wort der Beruhigung gehört. Eines nur, das ihr Misstrauen in Luft aufgelöst hätte. Aber er schwieg. Gut, wenn er nicht mit offenen Karten spielte, dann konnte sie es auch nicht. Sie wandte sich ab. »Mein Kollege wartet. Wir sind nicht zum Spaß hier.«

Er rannte ihr nach, hielt sie an der Schulter fest. Seine Berührung war ganz sanft. Und schmerzte doch wie tausend Messerstiche. »Wann sehen wir uns wieder?«

»Keine Ahnung, David.« Sie schaute in seine Augen. Einen Moment lang tauchte sie ein in dieses Meer aus dunkelblauen, unergründlichen Tiefen. »Ich glaub, ich brauche viel mehr Zeit, als ich dachte.« Sie schüttelte seine Hand ab und ging zum Grab zurück, ohne sich noch einmal umzudrehen.

Das Auspeitschen war nur der Anfang gewesen. Er dachte sich ständig neue Überraschungen aus. Vor den brennenden Zigaretten hatte er die Idee mit den roten Kerzen. Die standen immer auf dem Nachtkästchen neben dem Bett. Er ließ das heiße Wachs auf ihre Haut tropfen. Es brannte wie Feuer. Er machte keine Anstalten damit aufzuhören. Obwohl sie ihn anflehte. Schließlich hielt sie es nicht mehr aus. Mit dem Fuß, der nicht angebunden war, trat sie nach seiner Hand. In hohem Bogen flog die Kerze auf den Teppich vor dem Bett. Er fluchte. Wie sie später sehen konnte, hatte die Kerze rote Flecken auf dem Wollteppich hinterlassen. Sie sahen aus wie Blutstropfen.

Er schlug ihr ins Gesicht. »Mach das nicht noch mal, du Schlampe!«

Sie glaubte, er würde sie weiterschlagen. Oder die Kerze wieder anmachen und auf ihrer Haut ausdrücken. Doch er fing nur an, vor ihr zu onanieren. Seinen Samenerguss ließ er über ihre misshandelten Brüste spritzen. In solchen Momenten hasste sie ihn zutiefst. Sie schwor sich, nie wieder zu ihm zu gehen. Sie würde reinen Tisch machen. Dann hätte er nichts mehr gegen sie in der Hand.

Doch immer wieder, wenn er sie wie aus heiterem Himmel anrief und ihr befahl, zu einem bestimmten Zeitpunkt in seine Wohnung zu kommen, tat sie, was er wollte. Egal, ob er ihr einen Tag oder nur eine Stunde Zeit für die Organisation ihrer Pflichten ließ. Jedes Mal kam sie angekrochen. Wie ein getretener Hund, der weiß, wo er hingehört. Sie verachtete sich selbst. Irgendwann musste es doch jemandem auffallen, dass sie keine weit ausgeschnittenen Oberteile mehr trug. So wie früher. Inzwischen war es ihr auch ganz recht, dass ihr eigener Partner nur einmal im Monat mit ihr Liebe machte. Und nur im Dunkeln. Früher hatte sie das furchtbar geärgert. Aber so bemerkte er ihre Striemen und blauen Flecke wenigstens nicht. Sie fragte sich, ob sie ihm überhaupt aufgefallen wären. Denn er sah sie sowieso nie richtig an, nahm sich keine Zeit für ihren gemeinsamen Sex. Ein paar Sekunden verhaltenes Gestöhne und heftiges Hineinstoßen, dann kurzes verzücktes Innehalten. Das war's. Oh Gott, sie hätte nebenbei auch ein Stück Sahnetorte essen können. Das hätte ihr wenigstens noch ein bisschen Spaß gemacht. Er fragte sie nie, ob sie auch einen Höhepunkt gehabt hätte. Natürlich hatte sie keinen. Anfangs hatte sie ihm etwas vorgespielt, um seiner Männlichkeit zu schmeicheln. Doch das hielt sie schon lange nicht mehr für nötig. Manchmal erlaubte sie sich einen Traum. Eines Tages würde sie ihre Koffer packen und verschwinden. Dann wäre sie frei, endlich … Aber kaum hatte sie sich diesem verführerischen Gedanken hingegeben, wusste sie, dass sie ihn niemals in die Tat umsetzen würde. Wegen ihres Sohnes. Er bedeutete ihr alles. Sie brauchte ihn wie die Luft zum Atmen. Und genauso brauchte ihr Sohn sie. Und die Sicherheit um sich herum. Die durfte sie ihm nicht wegnehmen. Also kehrte sie nach jedem Treffen mit Andreas in ihr gewohntes, wohlgeordnetes Leben zurück. Das sie auffing. Das auch ihr Sicherheit gab. Und das sie um keinen Preis aufgeben wollte. Trotz ihres Traumes.

Wobei Andreas es ihr höllisch schwer machte. Durch die unberechenbaren Verabredungen mit ihm musste sie ihre üblichen Aktivitäten zunehmend einschränken. Sie fühlte sich ohnehin wie ein halber Mensch: Sie konnte nicht mehr das tun, was sie wollte, weil er ständig ihr Leben durcheinander brachte. Andrerseits konnte sie aber bei ihrem normalen Tagesablauf an nichts anderes als an ihn und das nächste Beisammensein mit ihm denken. Sie wusste, bald würde er sie völlig abhängig von sich machen. Manchmal hatte sie das Gefühl, als ob er das bereits geschafft hätte. Trotz der wechselnden Empfin-

dungen von Ekel, Schmerz und Hass, die er mit seinen Spielchen in ihr auslöste, verlangte sie immer mehr danach. Sie wollte es sich nicht eingestehen, aber sie sehnte sich nach seiner Brutalität ebenso wie nach seiner unvermuteten Zärtlichkeit. Die traf sie oft überraschender als die erwarteten Schläge und Demütigungen.

Und doch suchte sie verzweifelt nach einem Ausweg aus dieser verhängnisvollen Umklammerung. Aber welchen? Wenn ihr jemand auf die Schliche käme, wäre sie sowieso ruiniert. Meist gelang es ihr, sich mit der Vorstellung zu trösten, dass er ihrer eines nicht allzu fernen Tages überdrüssig werden würde. Dann hätte sie endlich ihre Ruhe. Eigentlich konnte sie es abwarten, es konnte nicht mehr lange dauern. Schon öfter hatte sie bemerkt, wie er verschiedene Frauen mit eindeutigen Blicken taxierte. Ja, bald würde er sich eine andere für seine perversen Spiele suchen. Dieser Gedanke beruhigte sie ungemein.

KAPITEL 9

Im Büro nahm Helmut sich Andreas Robners Terminkalender vor. Er pfiff überrascht durch die Zähne. »Das ist ja interessant! Ist mir bisher noch gar nicht aufgefallen!«

»Was denn?« fragte Lilian.

»Stell dir vor, da sind zwei Termine nur mit SJ. Am 28. April und am 6. Mai. Das letzte Treffen war an einem Samstag, nur wenige Tage vor seinem Tod. Warum war denn da der Perlinger nicht dabei?«

»Zeig mal her! Tatsächlich. Meinst du, dass uns die coole Frau Jentschek doch nicht die ganze Wahrheit gesagt hat?«

»Sieht so aus. Vielleicht wollte sie die geheime Firma im Alleingang aufziehen, ohne ihren feschen Perlinger. Oder aber sie hatte mit unserem Herrn Doktor doch eine intimere Beziehung. Da fällt mir was ein ...« Helmut zählte an seinen Fingern etwas ab. »Die Jentschek ist im dritten Monat schwanger. Wenn sie gleich, nachdem der Robner bei BioMed aufgetaucht ist, was mit ihm angefangen hat, könnte sogar das Kind von ihm sein. Wäre ein Grund dafür, warum sie die ganze

Geschichte mit der Schwangerschaft nicht an die große Glocke hängen wollte. Wenn der Perlinger etwas davon erfahren hätte, hätte er die Sache mit der Firma platzen lassen. Nette Geschichte: ein Kind, aber kein Mann und kein Job.«

Lilian runzelte die Stirn. »Dummerweise hat sie ein Alibi.«

»So wie der Perlinger. Die Frage ist doch: Wer gibt hier wem ein Alibi?«

»Aber hatten sie ein Motiv? Die Jentschek hat gesagt, es war in ihrem Interesse, dass der Robner so lange wie möglich am Leben blieb.« Lilian überlegte. »Komische Formulierung, findest du nicht?«

»Allerdings. Vielleicht ist in der letzten Woche was passiert, was die Situation verändert hat. So dass es nicht mehr nötig war, dass der Robner am Leben blieb. Na, die nehmen wir auseinander, das sag ich dir.«

»Ist die Durchsuchung von Paula Gerbers Wohnung schon abgeschlossen?«

»Ja, aber die vom Erkennungsdienst haben nichts gefunden. Kein Lackmantel, nichts.«

»Womit hast du den Durchsuchungsbefehl eigentlich begründet?« Lilian hatte nicht mit einer Genehmigung gerechnet, da das Verhör am Samstag nichts gebracht hatte.

»Mit Verdunkelungsgefahr, das zieht doch immer.« Helmut grinste.

»Sag mal, ist der Haftrichter nicht ein Kegelkumpan von Maikas Vater?«

»Echt?« Helmut zuckte unschuldig mit den Achseln. »Wie klein doch die Welt ist …«

Lisa Kolb riss die Tür auf. »Hallo, ihr zwei Hübschen. Vorher hat ein Herr Perlinger angerufen. Als ihr noch unterwegs ward.«

»Was wollte er?« fragte Helmut.

»Er sagte, es gäbe was Wichtiges. Das hier ist seine Handynummer.« Sie reichte ihm einen Zettel und ging wieder hinaus.

Helmut tippte schon die Nummer ein. »Bin gespannt, was es so Dringendes gibt. Der Perlinger müsste doch noch auf der Trauerfeier sein. Ich schalt den Lautsprecher ein, dann kannst du mithören.«

Nach dreimaligem Läuten hörten sie Anton Perlingers Stimme. Im Hintergrund ein Meer von durcheinanderschwirrenden Stimmen. Er schrie so laut in sein Handy, dass die beiden zusammenzuckten. »Wer? Ach so, Sie sind's. Moment mal, ich geh in den Nebenraum.« Es dauerte ein paar Augenblicke, bis er sich wieder – diesmal in normaler Lautstärke – meldete. »Hören Sie, mir ist da was eingefallen. Sandra hat den Vertrag geändert. Hatte ich ganz vergessen, mit dieser Mordgeschichte …«

»Welchen Vertrag?« unterbrach ihn Helmut.

»Na, den Vertrag für die Firma. Die wir zu Dritt gründen wollten. Andreas und ich sollten zu gleichen Teilen beteiligt werden. Sandra hat die Unterlagen für den Notar vorbereitet. Leichtsinnigerweise hat sie die auf ihrem Schreibtisch in der Firma liegen gelassen. Da hab ich sie Anfang letzter Woche, am Montagnachmittag glaube ich, zufällig gesehen. Sandra war grade nicht da. Ich wollte die Akte zudecken. Da sah ich, dass Andreas mit 60 Prozent, ich aber nur mit 40 Prozent aufgeführt war. Ich wollte sie so bald wie möglich darauf ansprechen. Durch die Sache mit dem Mord ist aber dann alles so durcheinander geraten, dass ich gar nicht mehr daran gedacht habe. Und sie wohl auch nicht.« Er lachte verlegen. »Sie hätte es mir sicher früher oder später gesagt. Aber wissen Sie, sie hat den Kopf dauernd woanders. In der letzten Zeit ist sie so komisch, richtig launisch. Hat kaum mehr Lust zum Schachspielen. Hetzt von einem Termin zum nächsten – Krankenhäuser anschauen, Babyausstattung besorgen, Schwangerschaftsgymnastik, Geburtsvorbereitungskurse … Als ob es nichts anderes mehr gäbe. Ob das die Hormone sind?«

Am nächsten Morgen hatte Helmut eine Besprechung mit dem Staatsanwalt. Lilian fuhr zu BioMed. Silke Kämmerer saß am Empfang.

»Guten Morgen. Ich würde gerne mit Frau Jentschek reden. Ist sie in ihrem Büro?«

»Ja. Soll ich Sie anmelden?«

»Nein, ich will sie überraschen.« Lilian fiel auf, dass die Sekretärin abfällig die Lippen verzog. »Ist was?«

»Nicht direkt.«

»Und indirekt?«

»Manchen Leuten schadet es nichts, wenn sie der Polizei Rede und Antwort stehen müssen.«

»Aha. Sprechen Sie von Frau Jentschek?«

»Hm.« Sie sah sich nach allen Seiten um, holte tief Luft. Dann im Verschwörerton: »Ich hab nie verstanden, warum Bruno damals seine Cousine für diesen Posten eingestellt hat. Es hat andere Bewerberinnen gegeben, die besser geeignet gewesen wären. Klar, sie wollte weg von ihrer alten Firma. Aber das kann ja wohl nicht das einzige Kriterium für eine solche Entscheidung sein.« Sie breitete die Hände aus. »Aber sie ist eben seine Cousine. Das schafft eine gewisse ... Verbundenheit.«

Das letzte Wort hatte sie betont. Auffallend. »Was wollen Sie damit sagen?«

»Gar nichts. Wirklich absolut gar nichts.« Ihr Lächeln war ausgesprochen süffisant. »Es war mir allerdings schleierhaft, warum Nicola nicht auf eine andere Mitarbeiterin bestanden hat. Aber vielleicht hat sie nie was davon bemerkt. Die beiden waren immer sehr diskret.«

Lilian war klar, was Silke Kämmerer ihr zu verstehen geben wollte. Bruno Winters hatte also mit seiner Cousine ein Verhältnis. Nicht schlecht. Ein Unternehmer, der auf lächerlich pedantische Weise auf das moralisch integre Verhalten seiner Angestellten bestand, vögelte die eigene Cousine hinter dem Rücken seiner Frau. Und die Cousine verschaffte sich so einen attraktiven Arbeitsplatz in leitender Position. Jetzt konnte Lilian sich auch die Vertrautheit zwischen den beiden Turteltäubchen auf dem Friedhof erklären. Und die bösen Worte, die Sandra Jentschek über Nicola geäußert hatte ...

Sandra Jentschek saß am Schreibtisch. Heute in einem hochgeschlossenen, dunkelblauen Leinenkleid ohne Ärmel. Ziemlich edel. Abschätzend betrachtete sie zuerst ihre Armbanduhr und dann Lilian. »Was verschafft mir die Ehre Ihres frühen Besuchs? Wir haben doch alles besprochen.«

»Da bin ich anderer Ansicht.« Lilian zog einen Stuhl vom Fenster zum Schreibtisch herüber. Platzierte ihn so, dass er mit der Rückenlehne zum einfallenden Tageslicht stand. Diesmal würde sie die Spielregeln bestimmen. »Es gibt noch einige Unklarheiten.«

»Moment bitte.« Widerwillig drückte sie auf einige Tasten an ihrem PC. »Also?«

»Warum haben Sie sich mit Dr. Robner auch alleine getroffen?«

»Was soll das heißen?«

»Beantworten Sie einfach meine Frage.«

»Ich verstehe nicht, was Sie meinen.«

»Ich denke, Sie verstehen mich sehr gut. Laut Dr. Robners Terminkalender haben Sie sich zweimal alleine mit ihm verabredet. Das letzte Mal am 6. Mai, also kurz vor seinem Tod.«

Betont gleichgültig: »Das waren Treffen, an denen

auch Anton teilnehmen sollte.« Sie lächelte gönnerhaft. »Aber dann musste er noch arbeiten.«

»Tatsächlich? Auch am Samstagabend?«

»Kommt vor. Er hat einen eigenen Schlüssel.«

»Und was haben Sie mit Dr. Robner besprochen?«

»Na, was wohl? Einzelheiten wegen unserer Firma: Wer welchen Aufgabenbereich übernehmen sollte ...«

»Das alles hatten Sie doch schon abgeklärt«, unterbrach sie Lilian. »Außerdem hätte Dr. Robner dann in seinem Terminkalender auch Herrn Perlingers Namenskürzel eingetragen. Was haben Sie wirklich beredet?«

Anstelle einer Antwort klickte Sandra Jentschek ein paar Mal auf die Maustaste.

»Ich schätze, es ging um die Teilhaberschaften. Die wurden ja nicht halbe-halbe aufgeteilt, sondern 40 zu 60. Zugunsten von Dr. Robner. Seltsam, wo Sie doch mit Anton Perlinger liiert sein wollen.«

»Woher ...?« Sie biss sich auf die Lippe. Aber es war schon zu spät.

Lilian beugte sich vor. »Also, jetzt reden wir mal Klartext, Frau Jentschek. Zuerst sollten Dr. Robner und Herr Perlinger zu gleichen Teilen an der Firma beteiligt werden. Am Montag letzter Woche, nur einen Tag vor Dr. Robners Tod, haben Sie den Vertrag geändert. Wie hat er Sie umgestimmt? Oder war es Ihre Idee?«

Ein abfälliges Lachen. »Natürlich war es meine Idee. Man muss den Männern doch immer sagen, was sie tun sollen.«

»Warum? War er der wirkliche Vater Ihres Kindes?«

»So ein Blödsinn! Ich habe es ihm nur angeboten, um ihm entgegenzukommen. Dummerweise hatte er mich in der Hand. Da musste ich mir ein Zuckerl für ihn einfallen lassen.«

»Was für ein Druckmittel hatte er gegen Sie?«

»Das hat mit der Sache hier nichts zu tun.«

Immer die gleiche dumme Antwort. Das nervte. »Ging es um Ihre Affäre mit Dr. Winters?«

»Was Sie nicht alles wissen.« Einen Moment lang konnte sie ihre Überraschung nicht verbergen. »Sie bekommen Ihr Geld fürs Schnüffeln also nicht umsonst.«

»Seit wann haben Sie eine Affäre mit ihm?«

»Ist schon ziemlich lange her. Es war gleich am Anfang, als ich zu BioMed kam. Ich hatte damals Schwierigkeiten in meiner alten Firma und wollte diese Stelle unbedingt haben.«

»Auf dem Friedhof hatte ich einen anderen Eindruck. Da sah es so aus, als ob Sie sich immer noch sehr nahe stehen.«

»Na ja … Manchmal kommt Bruno noch zu mir. Aber sehr selten.«

»Wie selten?«

»Was weiß ich …«

»Wie selten?«

»Vielleicht so ein-, zweimal im Monat. Höchstens.«

Höchstens ... »Ziemlich oft für sehr selten. Wie hat Dr. Robner davon Wind bekommen?«

»Bruno ist ein Idiot! Er hat damit vor Andreas angegeben. Er wollte dem weltmännischen Frauenliebling und erfolgreichen Wissenschaftler beweisen, dass er auch einiges auf dem Kasten hat. In einer schwachen Stunde, als sie nach einem Golfspiel noch miteinander gezecht haben, hat er ihm dieses verdammte Foto von mir gezeigt.« Sie strich sich eine ihrer langen, blonden Strähnen aus dem Gesicht. »Eigentlich bin ich gar nicht richtig drauf zu sehen. Nur von hinten und auch nicht ganz. Aber Bruno hat es in meiner Wohnung gemacht und Andreas erkannte dummerweise meine Möbel.«

»Wie das? Ist er mal bei Ihnen gewesen?«

»Ja. Wir sind nach einem Abendessen noch zu mir gegangen: Anton, Andreas und ich.« Sie schlug die Beine übereinander. »Nur auf ein Glas Wein. Aber Andreas hatte Zeit genug, sich umzuschauen. Als er dann das Foto sah, musste er nur noch ein bisschen kombinieren und er wusste, was passiert war. Und mit wem. An dem ersten Abend, als er sich unbedingt alleine mit mir treffen wollte, eröffnete er mir seine Beobachtungen. Er fragte mich, ob ich einen Vorschlag hätte, der ihn davon abhalten würde, mit Anton über die Sache zu reden.«

»Er hat Sie also erpresst.« Das war die Eintragung am 28. April gewesen.

»Ja. Und er hat es genossen, dieses Schwein. Er wusste, wie angreifbar ich bin. Wegen der Schwangerschaft.« Ein kühler Blick. »Also ließ ich mir was einfallen. Ich schätzte ihn richtig ein. Natürlich konnte er den Hals nicht voll kriegen und war begeistert von der Idee, als Hauptteilhaber im Vertrag zu erscheinen. Für Anton hätte ich mir dann schon irgendeine Erklärung ausgedacht.« Sie runzelte die Stirn. »Nach Andreas' Tod habe ich natürlich nichts mehr zu Anton gesagt. Leider hat er es irgendwie herausbekommen. Gestern auf der Trauerfeier hat er auf einmal davon angefangen. Also wirklich! Ich wusste gar nicht, was ich dazu sagen sollte – und das passiert selten. Also schwindelte ich ihm vor, dass Andreas mehr Kapital in die Firma einfließen lassen wollte und deshalb einen größeren Anteil beanspruchte. Keine Ahnung, ob er das geschluckt hat.«

Deshalb also dieser unerwartete Anruf von Anton Perlinger. Offenbar hatte er seiner zukünftigen Frau das Märchen, das sie ihm erzählt hatte, nicht abgenommen. Sich lieber dazu entschlossen, das sinkende Schiff zu verlassen. Wie die berühmten Ratten.

»Warum haben Sie sich auf diesen Erpressungsversuch eingelassen? Sie hätten Herrn Perlinger doch bestimmt vorgaukeln können, Ihre Beziehung zu Dr. Winters sei schon lange beendet – bei Ihrer Gabe der Überredungskunst.«

»Alles hat seine Grenzen. Bruno ist erstens mein Chef und zweitens mein Cousin.«

»Ich bitte Sie! Wir leben doch nicht mehr in der Steinzeit.«

»Dummerweise hatte Andreas ja noch das Foto. Er hatte es Bruno unbemerkt aus dem Aktenkoffer geklaut, als der auf der Toilette war. Das hat er erst beim zweiten Treffen rausgerückt.«

»Ein Foto von Ihnen von hinten, na und? Das hätte ja auch eine Freundin von Ihnen gemacht haben können.«

»Wohl kaum. Bei den Klamotten.«

»Was für Klamotten waren das?«

»Ich denke nicht, dass Sie das was angeht.«

»Meinen Sie. Dann unterhalten wir uns eben auf dem Polizeidirektorium weiter.« Lilian stand auf.

»Also gut, Frau Schnüfflerin.« Eine unwillige Bewegung mit dem Kopf. Die blonden Haare flogen durch die Luft. »Ich hatte meine Domina-Ausrüstung an.«

Lilian setzte sich wieder. Langsam. »Interessant. Machen Sie das professionell?« Das würde einiges erklären: die noble Einrichtung in Sandra Jentscheks Wohnung, die teueren Fernreisen. Als Rucksacktouristin konnte sie sich diese kaltschnäuzige Frau ohnehin kaum vorstellen.

Sie lachte spöttisch. »Das habe ich wirklich nicht nötig! Ich verdiene bestimmt dreimal so viel wie Sie. Wenn's langt. Außerdem ist Anton mir gegenüber sehr großzügig. Er hat sowieso keine Zeit dafür, sein Geld selbst auszugeben. Nein, das macht mir einfach Spaß. Als Domina kann ich den Männern endlich mal zeigen, wo's lang geht. Die meinen doch alle nur, sie sind die Größten. Sie können sich nicht vorstellen, wie erregend es ist, wenn mir einer von diesen Jammerlappen die Schuhe ableckt. Buchstäblich.« Ihr Blick wurde abschätzend. Scheinbar kam sie zu dem Schluss, dass diese brave Polizistin ihre Einschätzung nicht teilte. »Bruno mag es, wenn ich ihn barsch behandle. So was würde er doch nie von seinem zahmen Frauchen erbitten.«

»Demnach weiß Frau Winters nichts von Ihrem Verhältnis?«

»Natürlich nicht! Bruno hat immer noch panische Angst davor, sie könnte was erfahren. Deshalb hat er damals nach zwei Jahren auch Schluss gemacht. War mir ganz recht, es soll ja nicht langweilig werden. Es gibt noch andere Männer ... Außerdem hat sich in dieser Zeit auch die Sache mit Anton entwickelt. Der weiß nichts von meiner kleinen Schwäche.« Ein Grinsen, eigentlich mehr ein Zähneblecken. Ob aufgrund des Wortspiels oder des Gedankens an ihre Vergnügungen, war nicht zu sagen. »Er sollte eben nicht so viel arbeiten und mich nicht so oft alleine lassen.« Lächelnd tätschelte sie ihren Bauch. »Im Augenblick ist ja noch nichts zu sehen. Ich glaube, wenn Bruno davon wüsste, würde es ihm nicht so viel Spaß machen.«

Lilian wollte nicht über das Bild nachdenken, das diese Worte in ihr auslösten. Fast wurde ihr schlecht. »Ich dachte, Dr. Winters hätte Schluss gemacht.«

»In der letzten Zeit hat er doch wieder bei mir angeklopft. Meine Lektionen sind ihm wohl abgegangen.«

»Warum verheimlichen Sie Ihre Neigung vor Herrn Perlinger? Vielleicht würde sie ihm ja gefallen?«

»Anton?« Ihr Ton war abfällig. »Dem bestimmt nicht. Ich hab so was im Blick. Und außerdem hab ich mir Anton für die praktische Seite des Lebens ausgesucht, nicht für die angenehme.«

Lilian hatte nichts anderes erwartet. Der materielle Aspekt war ihr wichtiger als der lustvolle. Weitgehend. »Dr. Robner hat Sie also erpresst. Sie machten ihm ein Angebot, das er attraktiv genug fand. Sie haben die Unterlagen für den Notar entsprechend geändert. Wann wäre der Termin beim Notar gewesen?«

»In drei Wochen.«

»Wie praktisch, dass Dr. Robner den Termin nicht mehr wahrnehmen kann.«

»Sie vergessen, dass ich ein Alibi habe.«

»Und Sie vergessen, dass der Tote ans Bett gefesselt war. Wer würde so was tun? Eine Domina wie Sie?«

Sandra Jentscheks eiskalte blaue Augen trübten sich. Doch nur kurz. »So ein Quatsch! Sie tappen völlig im Dunkeln! Deshalb fällt Ihnen nichts Besseres ein, als mich zu beschuldigen! Natürlich hätte ich allen Grund gehabt. Noch dazu, wo ihm das mit den neuen Vertragsbedingungen nicht genug … Egal. Denn mit dem Kerl wär ich schon fertig geworden. Sie müssen woanders nach einer Verdächtigen suchen. Tatsache ist, dass ich ein Alibi habe. Und zwar ein hieb- und stichfestes.«

Genau das war Lilians Problem. Aber auch diese coole Frau schien ein Problem zu haben. »Wie war das mit den neuen Vertragsbedingungen? Was hat er noch von Ihnen verlangt?«

»Hab ich das gesagt? Sie müssen sich verhört haben.«

»Und Sie glauben wohl noch an den Klapperstorch. Also, los! Raus mit der Sprache!« Lilians Stimme wurde hart. Sie konnte das ziemlich gut, wenn sie sich anstrengte. »Oder wollen Sie lieber Ihren Anwalt anrufen?« Sie schob ihr das Telefon hin. »Sie haben doch einen?«

Offenbar war das genau der Ton, den sie bei Sandra Jentschek anschlagen musste. »Also gut ... Andreas war wohl auf den Geschmack gekommen. Er wollte, dass ich ihn besuche. Als Domina.«

Jetzt ging's ans Eingemachte. Mist! Ausgerechnet dann war Helmut nicht dabei! Es half nichts, da musste sie alleine durch. Einen kurzen Moment zollte sie Nicola Anerkennung für ihr feines Gespür. Als einzige hatte sie Sandra Jentscheks Beziehung zu dem Toten richtig eingeschätzt. Obwohl ihr entgangen war, dass ihr eigener Mann mit der gleichen Frau im Bett gewesen war. »Ich bin ganz Ohr.«

»Was wollen Sie hören?«

»Erst mal die Fakten: wann, wo, wie lange, weshalb. Schießen Sie los!«

»Andreas passte mich alleine in meinem Büro ab. Sagte, ich bekäme das Foto nur, wenn ich ihm als Domina eine Lektion erteilen würde. Ich sollte am Samstagabend um 19:00 Uhr in seine Wohnung kommen. Er war ganz scharf drauf.« Ihre Augen blitzten belustigt auf. »Ich konnte es nicht fassen. Da hätte er von mir haufenweise Geld erpressen können, und ich hätte sofort und ohne mit der Wimper zu zucken ein paar meiner Anlagen flüssig gemacht. Und was tut dieser Idiot? Der will, dass ich's ihm besorge! Er war eben doch nicht der coole Macker, für den er sich gehalten hat.«

»Und am Samstag?«

»Ich hatte mich zu Hause schon hergerichtet, brauchte also nur noch den Mantel auszuziehen …«

»Was für einen Mantel?«

»Das ist so ein schwarzes Teil. Aus einer Art Lackleder, wie man es jetzt trägt.«

Wenn das nicht für einen Durchsuchungsbefehl reichte. »Mit oder ohne Kapuze?«

»Mit.«

Bingo! »Was passierte dann?«

»Ich fesselte ihn ans Bett, mit Handschellen. Das waren seine. So wie die Peitsche. Dann legte ich los. Es machte ihm richtig Spaß. So hätte ich ihn gar nicht eingeschätzt. Wie gesagt, ich hab das eigentlich im Blick.« Sie sah richtig erstaunt aus. »Als ich mit ihm fertig war, ging ich wieder. Das war's.«

Lilian wollte keine grausamen Details hören. Die würde Helmut ohnehin später aus der Frau herausquetschen. Hoffentlich konnte sie sich vor dem Verhör drücken. »Wie lange sind Sie geblieben?«

»Bis acht.«

»Haben Sie mit ihm geschlafen?«

»Nein.«

»Wollte er, dass Sie wiederkommen?«

»Nein.«

»Wo ist das Foto von Ihnen hingekommen?«

»Ich habe es noch am gleichen Abend verbrannt.«

»Warum haben Sie dann erst am Montag nach diesem zweiten Treffen den Vertrag geändert? Da hatte er doch gar kein Druckmittel mehr. »

»Ich wollte ihn zuerst noch hinhalten.«

»Sie sagten doch vorher, das mit den neuen Bedingungen sei ihm nicht genug gewesen. Sie müssen also den Vertrag schon vor dem Samstagabend geändert haben. Ich weiß, dass der Vertrag am Montagnachmittag wieder auf Ihrem Schreibtisch lag. Nach Ihrem Streit mit Dr. Robner. Was war wirklich Thema dieser Auseinandersetzung, einen Tag vor seinem Tod?«

»Das habe ich doch schon gesagt.«

»Das nehme ich Ihnen aber nicht ab. Ein Mensch wie Dr. Robner hätte nie Angst davor gehabt, er könnte wegen Industriespionage im Gefängnis landen. Dafür war er viel zu abgebrüht. Vielleicht hat er das zu Herrn Perlinger gesagt, aber zu Ihnen doch nicht! Hat er noch mehr verlangt? Sollten Sie den Vertrag ein zweites Mal ändern?«

Sie presste die Lippen aufeinander. Vergaß auf einmal alle Vorsicht. »Er konnte einfach nicht genug kriegen, dieser Mistkerl. Er wollte mit 70, anstatt mit 60 Prozent beteiligt werden.«

»Sie haben den Vertrag also noch einmal geändert. Sie waren bestimmt stocksauer auf ihn …«

»Ich hab ihn nicht geändert! Zuerst wollte ich, aber dann hab ich es nicht getan. Ich wusste, dass er dann übermorgen mit einer neuen Forderung daherkäme. Ich wollte am nächsten Tag noch einmal mit ihm reden.«

»Da war er dann ja schon tot. Konnte Sie also nicht weiter erpressen und niemandem von Ihrer Affäre mit Dr. Winters erzählen. Weder Herrn Perlinger noch sonst wem.« Lilians Augen verengten sich. »Wie haben Sie das hingekriegt, dass Herr Perlinger Ihnen ein Alibi verschaffte?«

»Sie täuschen sich. Ich habe ihn nicht umgebracht.«

Lilian stand auf. »Bitte halten Sie sich weiterhin zur Verfügung. Ich muss Sie darauf hinweisen, dass Sie in der nächsten Zeit nicht verreisen sollten. Und ein Tipp im Vertrauen: Besorgen Sie sich einen guten Anwalt!«

»Okay, die Jentschek soll zu einer offiziellen Vernehmung herkommen. Ich lass sie gleich abholen.«

Als Lilian von BioMed zurückgekommen war, war

Helmut schon im Büro gewesen. Sie hatte ihm sofort angesehen, dass der Staatsanwalt ihn nicht mit Lobeshymnen überschüttet hatte.

»Ich werd mir einen Durchsuchungsbefehl für ihre Wohnung besorgen.« Er stand auf und ging aufgeregt hin und her. »Wenn wir den Lackmantel finden – im günstigsten Fall mit Blutspuren vom Opfer – dann reicht das für einen Haftbefehl.«

»Leider hat sie ein Alibi.«

»Nicht mehr lange. Seit der Perlinger seiner geliebten Sandra auf die Schliche gekommen ist, verhält er sich deutlich kooperativer. Ich wette, er überdenkt seine Aussage, wenn er erfährt, was noch alles gelaufen ist – Kind hin oder her. Wer will denn schon so eine Perverse zur Frau?«

»Oder aber er hängt auch mit drin. Vielleicht wollten sie den nimmersatten Geschäftspartner gemeinsam loswerden. Die Jentschek erledigt den praktischen Teil, der Perlinger verschafft ihr ein Alibi.«

»Auch möglich.« Auf einmal war Helmuts schlechte Laune wie weggefegt. Er fing zu pfeifen an. »Sie ist die Hauptverdächtige. Ihr Charakter entspricht dem Täterbild. Und sie hatte mehr als nur ein Motiv für den Mord – Alibi hin oder her.«

Davids Schwester Laura hatte immerhin ein Alibi. Also kam sie als Verdächtige sowieso nicht in Frage. Lilian war erleichtert. Es war ja auch zu lächerlich – als ob David Spionagedienste für seine Schwester erledigen würde. Wie kam sie nur auf einen solchen Unsinn? Er war doch Universitätsdozent und Jurist dazu! Ein achtbares Mitglied der Gesellschaft ... So achtbar wie Andreas Robner? Sicher nicht annähernd. Aber auf jeden Fall so achtbar, dass er seine Frau hintergangen hatte. Und genauso achtbar wie sie selbst, die sie ihrem Kollegen das Ergebnis ihrer eigenmächtigen Ermittlungen verschwiegen hatte. Und warum? Weil sie befangen war und die Schwester des Mannes schützen wollte, den sie liebte. Denn dass sie das tat, konnte sie nicht mehr länger vor sich verschweigen. Deshalb behinderte sie die Ermittlungen. Ein ziemlich starkes Stück für eine gewissenhafte Polizistin. Wenn Helmut ihr dahinter käme, würde er möglicherweise sogar ein Verfahren gegen sie einleiten. Bei solchen Dingen verstand er keinen Spaß, dafür war er seiner Berufsehre zu sehr verpflichtet. Oh Gott, wie hatte sie nur in so eine vertrackte Situation kommen können? Warum hatte sie nicht schon früher etwas zu ihm gesagt? Und Lauras Alibi hatte sie immer noch nicht überprüft ...

Auf einmal hatte sie das Gefühl zu platzen. Sie musste mit jemandem reden. Aber mit wem? Vielleicht mit Hanna – aber die war in Frankreich. Mit Viktor? Wofür hatte man schließlich Freunde?

Irgendwann fing er mit diesen Messerspielen an. Sie war furchtbar erschrocken, als er das erste Mal ein Jagdmes-

ser aus der Kommode hervorholte. Er hatte sie schon ans Bett gekettet, so dass sie keinerlei Fluchtmöglichkeit besaß. Wie immer hatte er alles kühl kalkuliert: Die Augen hatte er ihr nicht verbunden, so dass sie die lange, scharfe Klinge in seiner Hand langsam näher kommen sah. Er lachte über ihre vor Entsetzen geweiteten Augen.

»Es ist doch nur ein Spiel. Keine Angst, ich tu dir nichts.«

Doch die Furcht in ihr wurde immer größer. Steigerte sich bis zur Panik, als er anfing, ihren Körper damit zu liebkosen. Der kühle Stahl berührte ihre Glieder, umkreiste ihre Brüste, verharrte auf ihrem Bauch. Sie wagte kaum zu atmen. Eisern schluckte sie ihr Flehen hinunter, damit um Himmels willen aufzuhören. Denn sie wusste inzwischen genau, wie sehr er sich an ihrer Angst weidete. Sie spürte kaum, wie er langsam mit dem spitzen, scharfen Messer ihre Haut aufritzte. So sehr zitterte sie. Als sie nach unten schaute und die Blutstropfen auf ihrer weißen Haut entdeckte, konnte sie ihr Entsetzen aber nicht mehr länger unterdrücken. Sonst würde sie daran ersticken.

»Bitte, hör auf! Das ist kein Spaß mehr, Andreas!« Sie schrie richtig. »Du tust mir weh, hör doch auf!«

Ihre Angst amüsierte ihn. Er lachte. Leise, genüsslich, grausam. »Es passiert dir nichts. Zumindest nicht jetzt. Ich brauche dich noch. Was würde ich denn ohne dich tun? Mit keiner anderen ist es so erregend wie mit dir. Du bist so stark. Das gefällt mir.« Er beugte sich über die Wunde und küsste sie. Zärtlich. »Du bist meine Göttin.«

Sie sah das Blut auf seinen Lippen. Als diese weiter über ihre Haut wanderten, hinterließen sie rote Spuren. Das Messer folgte und ritzte noch an anderen Stellen das zarte Gewebe. Sie ertappte sich dabei, dass sie zu beten angefangen hatte. Den genauen Wortlaut des Vaterunsers kannte sie nicht mehr. Zu lange war es her, dass sie es das letzte Mal laut oder in Gedanken gesprochen hatte. Doch als sie das Leuchten in seinen Augen sah, die das schreckliche Spiel der eigenen Hände fasziniert beobachteten, suchte sie Zuflucht in diesem längst vergessen geglaubten Gebet. Als er nach scheinbar endlosen Minuten endlich das Messer beiseite legte und sie auf brutale Art mit rauen, gewaltvollen Stößen nahm, empfand sie die Schmerzen im Unterleib als Erlösung. Sie wusste, die waren nur vorübergehender Natur. Doch die Schmerzen, die er ihrer Seele zugefügt hatte, konnten durch nichts ausgemerzt werden. Was blieb, war die Angst vor dem nächsten Mal. Und die Lust darauf.

KAPITEL 10

Als Lilian das Polizeidirektorium endlich verließ, brummte ihr der Schädel. Sie war um die endlosen Verhöre nicht herumgekommen. Obwohl Sandra Jentscheks Anwalt seiner Mandantin davon abgeraten hatte, hatte diese bereitwillig Auskunft über die Lektion gegeben, die sie Andreas Robner erteilt hatte. Ansonsten war sie keinen Millimeter von ihrer ursprünglichen Aussage abgewichen. Nach langem Hin und Her hatte Helmut sich zähneknirschend zu einer vorläufigen Haftverschonung durchringen müssen. Umso mehr, als auch Anton Perlinger trotz der niederschmetternden Neuigkeiten über seine zukünftige Frau keine andere Antwort als bisher auf die ständig wiederkehrende Frage nach ihrem Alibi gegeben hatte. Also bestellte Helmut die beiden für den nächsten Tag erneut ins Präsidium und fuhr mit griesgrämigem Gesicht nach Hause. Lilian fand, dass seine Frau Maika heute nicht zu beneiden war.

Auf der Fahrt zu Hannas Mutter erledigte Lilian noch schnell die nötigen Lebensmitteleinkäufe. Ständig ging ihr dieser unbefriedigende Tag durch den Kopf, der schon am Morgen zäh begonnen hatte. Sie war mit

Kopfschmerzen aufgewacht und wäre am liebsten im Bett geblieben. Auch Miriam hatte beim Aufstehen dauernd vor sich hingemault, weil sie früher als sonst raus musste. Noch dazu war Tobias nicht da, um sie auf andere Gedanken zu bringen. Also hatte sie ihrer Mutter dauernd davon vorgeschwärmt, wie lustig es doch mit ihren Stiefbrüdern am Chiemsee gewesen war. Zu Hause sei alles so langweilig. Ob sie ihren Vater und Heike nicht bald wieder besuchen könne? Wo doch Heike zur Feier des seltenen Besuches so tolle Krapfen gebacken hätte. Die waren einfach wunderbar gewesen. Daheim gab's die nur an Fasching. Und auch nur gekaufte, die schmeckten nicht mal halb so gut. Lilians Stimmung hatte sich durch diese Schilderung nicht wesentlich gebessert.

Am Abend ging es genauso weiter. Wie üblich beschwerte sich Miriam darüber, schon so früh abgeholt zu werden, obwohl es fast acht war. Sie genoss die Stunden bei der »Franziska-Oma«, wie sie ihre Leih-Oma liebevoll nannte. Vor allem, weil sie keine Oma in der Nähe hatte. Vom Opa ganz zu schweigen, der lebte ja schließlich in Italien. Doch irgendwann half alles Jammern nichts mehr, Miriam musste mit. Als sie schließlich im Bett lag, fragte sie ihre Mutter mit herzzerreißender Stimme: »Du, Mama, wann kommt der Tobias endlich wieder heim?«

Lilian strich ihr über den Kopf. Aller Unmut war auf einmal vergessen. Wie fein das Haar ihrer Tochter war, genauso wie ihr eigenes. Als Kind hatte sie sich dicke Zöpfe gewünscht, nicht diese dünnen Strähnen. Bei jedem Windhauch waren sie aus der Form geraten. Bei ihrer Tochter gefielen sie ihr, denn sie unterstrichen ihre Grazilität. »In zwei Tagen ist er wieder daheim. Wie war's denn bei der Franziska-Oma?«

»Super! Alle Nachbarskinder waren zum Spielen da.« Miriam zupfte an ihrem Nachthemd. »Aber der Tobias geht mir trotzdem ab.«

Lilian legte das Gute-Nacht-Buch zur Seite, deckte Miriam sorgfältig zu und gab ihr einen Kuss. »Dann freu dich auf übermorgen. Bestimmt bringt er viele Neuigkeiten aus Frankreich mit.«

Miriams Augen leuchteten. Doch dann musste sie gähnen. »Gute Nacht, Mama. Schaust du nachher zu mir noch rein?«

Fünf Minuten später war sie mit ihrem Lieblingskuscheltier, einem giftgrünen Drachen, im Arm schon eingeschlafen. Wie immer hatte sie die Bettdecke weggestrampelt. Lächelnd zog Lilian die Decke über ihre Füße. Sie musste daran denken, wie Miriam auf die Welt gekommen war. Es war ein unbeschreibliches Gefühl gewesen, wie nach dieser unvorstellbaren Mühsal endlich das kleine, zarte Wesen auf ihrem Bauch nahe bei ihrem Herzen gelegen hatte. Und dort war sie geblieben – bei ihrem Herzen. Lilian hätte sich für ihre Tochter eine andere Familienkonstellation gewünscht. Ein behütetes Heim, wo jeden Abend der Vater nach Hause käme. Natürlich war ihr klar, dass auch das keine Garantie für ein Leben ohne Konflikte war. Und es war sowieso anders gekommen …

In der Küche stand das Frühstücksgeschirr immer noch auf der Spülmaschine. Genervt räumte Lilian die Teller und Tassen ein. Heute Abend hatte sie keine Lust auf weitere unerledigte Hausarbeiten. Trotz der emsigen Zugehfrau, die einmal pro Woche wie eine gute Fee durchs Haus wirbelte, blieb genug täglicher Kleinkram übrig. Sie ging zum Telefon und wählte Viktors Nummer. Nach dem dritten Klingelzeichen schaltete sich der Anrufbeantworter ein. Enttäuscht hinterließ Lilian eine Nachricht. Und was jetzt? Sie schnappte sich den Roman, der ungelesen in ihrer Badetasche vom Wochenende lag, und legte sich aufs Sofa. Schlug die erste Seite auf. Obwohl sie wusste, dass es ihr nicht gelingen würde, sich darauf zu konzentrieren. Nur wenige Minuten später läutete es an der Tür. Benommen spähte Lilian zur Wanduhr hinüber. Nein, eine ganze Stunde war schon vergangen! Sie musste eingeschlafen sein. Na so was! Wie hatte sie denn das geschafft? Wohl, um den tausend Gedanken zu entkommen …

Es war Viktor. Natürlich. Hatte sie etwa jemanden anderen erwartet?

»Wo brennt's?« Er küsste sie und folgte ihr ins Wohnzimmer.

Sie musterte ihn. Er wirkte angespannt. Ob er ihr noch böse war, weil sie ihn neulich mit dem herrlichen

Essen, das er mit so viel Liebe für sie zubereitet hatte, sitzen gelassen hatte? Auf einmal plagte sie das schlechte Gewissen, weil sie ihn seitdem nicht mehr angerufen hatte. »Willst du was trinken?«

Er schüttelte den Kopf und setzte sich aufs Sofa. Sie nahm im Ohrensessel gegenüber Platz.

»Also …« Wo sollte sie bloß anfangen? »Ich hab dir doch von David erzählt. Am Samstagabend war ich noch kurz bei ihm.« Warum betonte sie das Wort ›kurz‹ so? Es war ja eh nichts gewesen.

»Was ist mit ihm?«

»Eigentlich nichts. Aber mit seiner Schwester stimmt was nicht. Zuerst dachte ich, dass sie mit drinhängt. Dann wieder nicht. Aber auf einmal tauchte David auf dem Friedhof auf. Und heute hab ich endlich am Flughafen angerufen. Sie hat mich angelogen! Stell dir vor! Sie war schon lange zu Hause …«

»Jetzt mal langsam, Frau Kommissarin. Bitte hübsch der Reihe nach. Ich bin nur Psychologe, kein Gedankenleser.«

Lilian fing ganz von vorne an. Ließ nichts aus. Bis auf diesen einen, läppischen Kuss. Und ihre romantischen, dummen, völlig überflüssigen Gefühle …

Als sie fertig war, schwieg Viktor längere Zeit. Dann bedächtig: »Lilian, ich teile deine Einschätzung. Du behinderst die Ermittlungen. Und wenn du so weiter machst, kannst du ziemliche Schwierigkeiten bekommen.«

Aus seinem Mund hörten sich ihre eigenen Gedanken hart an. Hart und unversöhnlich. »Aber Viktor! Ich hab doch alles Mögliche angestellt, um die Sachlage zu klären! Und dass Laura seit über einer Woche schon wieder zu Hause ist, hab ich erst heute Nachmittag erfahren!«

»Warum hast du das nicht früher abgeklärt?«

»Weil ... weil ... weil halt.«

»Das hast du schon mit zwölf Jahren gesagt. Immer dann, wenn du nicht weitergewusst hast.« Er schmunzelte. Seine Stimme wurde milder. »Und was gedenkst du jetzt zu unternehmen?«

»Ich ...« Sie schluckte. »Das wenn ich wüsste.«

»Du musst auf jeden Fall mit diesem David reden. Und das ziemlich bald. Und natürlich mit seiner Schwester. Und deinen Kollegen Helmut nicht zu vergessen ...«

Ein jämmerlicher Ton kam aus Miriams Zimmer. Oh je, schon wieder ein schlechter Traum? Lilian horchte, ob ihre Tochter wieder einschlafen würde. Das Wimmern hörte nicht auf. Sie entschuldigte sich und ging nach oben. Im Kinderzimmer sah sie, dass Miriam zwar schlief, aber schrecklich schwitzte und sich unruhig hin und her warf. Das Fenster war ohnehin schon ganz auf, doch das half nichts. Es war viel zu warm zum Schlafen. Lilian streichelte Miriam den Rücken und blieb bei ihr sitzen.

Die Türglocke läutete. Ob Viktor wohl nachsehen

würde? Wer war das überhaupt, so spät noch? Kurz darauf flüsternde Stimmen. Gut, auf Viktor war Verlass. Wie immer. Sie wartete noch fünf Minuten. Ging dann nach unten. Im Wohnzimmer saß David. Wo kam denn der auf einmal her? Wie konnte er es überhaupt wagen, hier nach dieser Episode auf dem Friedhof einfach so mir nichts dir nichts anzutanzen? Als ob nichts gewesen wäre. Lilian schaute Viktor an. Der schaute David an. Und dieser wiederum Viktor. Wie zwei Verbündete kamen sie ihr vor, bei einer Schlacht mit ungewissem Ausgang.

»Hallo, David. Habt Ihr Euch schon bekannt gemacht?« Sie bemühte sich um einen möglichst neutralen Ton.

»Wir kannten uns bereits. Hast du vergessen, dass wir uns vor kurzem begegnet sind?« Das war Viktor. Mit seiner betont jovialen Stimme. Die er immer dann hatte, wenn er etwas im Schilde führte. Was war bloß los mit ihm? Vorher hatte er sich doch noch so anders angehört …

Lilian sah stumm von einem zum anderen. Schließlich stand Viktor auf und verabschiedete sich von David mit einem kräftigen Händedruck. Dann ging er zu Lilian und umarmte sie. »Ich ruf dich morgen an, Lilly.« Flüsterte ihr ins Ohr: »Ich drück dir die Daumen.« Die Tür fiel hinter ihm zu.

Schweigen. Dann beide gleichzeitig: »Warum hast du nicht …« »Wie soll ich nur …«

Obwohl Lilian nicht nach Lachen zumute war, prustete sie lauthals los. So wie David. Das löste sie aus der Erstarrung.

»Fang du an«, meinte David. »Dein Freund sagte, du willst mich in einer dringenden Angelegenheit sprechen.«

Aha, Viktor hatte wieder mal Schicksal spielen wollen. Das sah ihm ähnlich. Deshalb also diese Verschwörerszenerie. Aber so leicht ließ Lilian sich nicht über den Tisch ziehen. Sie setzte ihre typische Polizistenmiene auf. Das fiel ihr nicht einmal besonders schwer. »Deine Schwester hat für die Tatzeit kein Alibi. Als ich sie danach fragte, hat sie mich sogar angelogen.«

»Ich weiß.«

»Wie bitte?« Sie schnappte förmlich nach Luft. »Und das sagst du einfach so?«

»Deshalb bin ich hier. Du hast das neulich Abend schon mal erwähnt. Da wusste ich nicht so recht, wie ich reagieren sollte. Ich war mir nicht sicher, was Laura zu dir gesagt hatte. Wollte zuerst selber mit ihr reden.« Er holte tief Luft. »Ich hab's dauernd rausgeschoben, bei ihr anzurufen. Ich wusste ja, dass am Wochenende ihr Mann und die Kinder zurückkommen. Da wollte ich nicht noch für mehr Aufruhr sorgen. Aber dann – am Sonntagabend war das – fiel mir auf einmal noch was anderes ein. Und zwar, dass ich am Tatabend bei Laura angerufen hatte. Aus Versehen. Da hatte ich eigentlich bei Petra anrufen wollen, eine Freundin. Laura ist unter zwei abgespeichert, Petra unter drei. Da ich dachte, es sei Petras Anschluss, ließ ich es ziemlich lange klingeln. Ich glaubte ja, Petra würde auf meinen Anruf warten.« David sah zur Zimmerdecke, als ob er dort seinen Text ablesen könnte. »Am nächsten Tag rief Petra bei mir an und beschwerte sich, weil ich mich nicht gemeldet hatte. Das kam mir seltsam vor. Ich schaute auf dem Telefon nach, welche Nummer ich am Dienstagabend gewählt hatte. Es war Lauras Nummer. Da war mir natürlich klar, warum sie nicht rangegangen war, denn sie war ja noch in Urlaub auf Kreta.«

»Aber das war sie nicht mehr.«

»Ja. Aber das wusste ich da noch nicht. Und ich hatte das auch komplett vergessen. Bis Sonntagabend. Da telefonierte ich dann doch mit Laura, weil ich es nicht mehr aushielt. Sie sagte, sie hätte dir was vorgeschwindelt. Sie hätte plötzlich Angst bekommen, wollte nicht in diese Sache hineingezogen werden. Ich fragte sie nach dem Dienstag. Sie sagte, sie wäre den ganzen Abend über zu Hause gewesen und hätte gearbeitet. Wie immer hat sie das Telefon ausgesteckt, um nicht gestört zu werden. Ich hab sie gedrängt, mit dir zu reden. Aber sie wollte nicht.« Er sah Lilian an. Ratlos. »Ich wusste einfach nicht, was ich tun sollte. Also bin ich am Montag auf diese Beerdigung gefahren. Dachte mir, dass ich da vielleicht was rauskriege. So nach dem Motto: Jeder Täter geht auf die Beerdigung seines Opfers.« Er lachte unbeholfen. »Laura war nicht da. Und dir wollte ich natürlich nicht begegnen, weil ich nicht wusste, was ich sagen sollte. Entschuldige bitte. Ich war völlig durcheinander.«

Lilian ging nicht darauf ein. Sie konnte nicht. »Wann genau hast du am Dienstagabend bei Laura angerufen?«

»Kurz nach neun.«

»Warum kommst du erst heute zu mir? Das ist dir doch schon vor zwei Tagen eingefallen. Angeblich.«

»Na hör mal! Sie ist doch meine Schwester! Ich konnte sie doch nicht belasten. Dir gegenüber – immerhin bist du Polizistin. Also hielt ich den Mund …«

»Jetzt hältst du nicht mehr den Mund. Und du belastest sie ganz gewaltig. Woher dieser plötzliche Sinneswandel?«

David betrachtete seine Hände. »Es ist mir nicht leicht gefallen, heute zu dir zu kommen. Aber ich hielt es einfach nicht mehr aus. Ich dachte, ich platze sonst. Dann dachte ich mir, ich hoffte … Ob du nicht irgendwie anders herausfinden könntest, ob Laura mit drin hängt. Irgendwie inoffiziell. Denn sie hängt bestimmt nicht mit drin …«

»Ich denke eher, dass du aus einem anderen Grund hier aufgekreuzt bist. Du hast nicht genug aus mir herausbekommen, neulich am Samstag. Obwohl du dich so angestrengt hast. Richtig rührselig war das. Jetzt probierst du's eben auf eine andere Tour.« Jetzt waren sie draußen. Diese Worte, die sie fast aufgefressen hatten.

Wie ein wildes Tier auf der Suche nach Beute. Doch sie fühlte sich nicht besser.

Er sah sie an. Stumm, ungläubig. Entgeistert? Er wollte etwas sagen, schien aber nicht zu wissen, wie er den Anfang finden sollte. Da stand er auf und ging zu den Terrassentüren. Trotz der hereinströmenden Luft staute sich die Hitze im Zimmer. Eine Weile schaute er wortlos hinaus. Als er sich umdrehte und zu reden begann, erkannte sie, dass er nur mit leeren Augen vor sich hingestarrt hatte.

»Wenn du das glaubst … Warum hast du nicht gleich Ermittlungsschritte gegen Laura eingeleitet? Und mich mit einem Fußtritt hinausbefördert? Wie konntest du es überhaupt aushalten, im gleichen Zimmer mit mir zu sein? Bei so einem ungeheuren Verdacht? Hast du nur mit mir gespielt? So wie immer?«

Das war doch die Höhe! »Wer hat denn hier mit wem gespielt? Du machst mir vor, du hättest mich gern. Lügst mich dauernd an. Erscheinst einfach so auf der Beerdigung eines Mannes, den du nie richtig gekannt hast. Und jetzt tust du so, als ob nichts gewesen wäre. Was hättest du denn gesagt, wenn es umgekehrt gelaufen wäre?«

»Es ist aber nicht umgekehrt gelaufen.« Er sagte das mit einer erstaunlichen Ruhe.

»Genau, da hast du leider verdammt recht. Ich hätte mich nämlich anders verhalten. Aber du hast mir nicht mal eine Antwort gegeben, als ich dich auf dem Friedhof fragte, was du dort zu suchen hättest. Grandios war das, wirklich! Alle Achtung, Herr Jurist.« Ihre Stimme war zu laut und zu schrill. Warum hielt sie sich nie an die Regeln? Oder sagte einfach: ›Danke für diese Info. Ich muss mir morgen überlegen, was ich damit mache. Denn jetzt bin ich müde und gehe ins Bett. Es war ein langer, beschissener Tag. Außerdem bin ich immer noch völlig verrückt nach dir und würde dir am liebsten jetzt sofort um den Hals fallen.‹ Doch da sie das nicht tun konnte, konnte sie auch nicht den Knopf zum Ausschalten finden.

»Was hätte ich denn deiner Meinung nach sagen sollen? Hallo, Lilian. Ich wollte nur mal nachschauen, ob meine Schwester auch hier ist, denn ich halte sie für eine Mörderin.«

Sie war stocksauer. Mindestens so stocksauer, wie sein Blick eisig war. Was bildete er sich eigentlich ein? Sie wollte gerade loslegen, um ihrem Ärger Luft zu machen. Aber dann wurde ihr klar, was er eben gesagt hatte. Hatte sie zu viel von ihm verlangt? Und auch von sich? So wie sie das immer tat … Auf einmal fühlten sich ihre Glieder schwer an, als wenn ein Stück Blei sie zu Boden zöge. Ihr Kopf war seltsam leer, es waren keine tausend widersprüchlichen Gedanken mehr darin, von denen jeder um die Vorherrschaft kämpfte. Sie empfand diesen Zustand als erstaunlich angenehm. So sollte es öfter sein …

Wie durch einen Nebel nahm sie wahr, dass David

sich ihr näherte. Er kniete sich vor ihr auf den Boden. Sanft strich er mit seinen Fingern über ihre Wangen, hielt ihren Kopf in seinen Händen. Sie genoss seine Berührung, wünschte sich, sie möge niemals aufhören. Mehr brauchte sie im Moment gar nicht. Wollte nur so lange wie möglich in diesem alten, abgewetzten Sessel sitzen und ihn bei sich spüren.

»Warum gibt es immer Missverständnisse zwischen uns?« murmelte er, während seine Hände ihr Gesicht liebkosten »Warum können wir beide uns nicht wie normale Erwachsene verhalten? Und endlich das tun, was alle tun?« Er küsste sie auf die Augen. Unwahrscheinlich liebevoll. Dann auf die Stirn, ihre Nase, auf die Lippen. Dort blieb er am längsten.

Lilian schob ihn schließlich von sich weg, so schwer es ihr auch fiel. »David, jetzt ist nicht der richtige Moment. Ich stecke mitten in den Ermittlungen zu einem Mordfall. Und wie du mir gerade erklärt hast, könnte deine Schwester wirklich darin verwickelt sein. Ich bin auch ohne weitere … Komplikationen befangen genug.«

»Ist das nicht bloß eine Ausrede? Und jetzt sag ja nicht, dass du noch mehr Zeit brauchst.« Seine Lippen kamen wieder näher.

Sie versuchte gar nicht, diese abzuwehren. Stürzte sich vielmehr darauf, so ausgehungert war sie nach ihm. Denn um die Gewissensbisse wegen ihrer Berufsehre konnte sie sich auch noch morgen Sorgen machen. »Wer ist übrigens Petra?«

»Petra? Welche Petra? Ach, so ...« Er lachte. Zwischen zwei Küssen. »Fragst du als Polizistin? Oder als Privatperson? Als Frau, sozusagen?«

»Jetzt lenk bitte nicht ab.« Nur mühsam brachte sie das hervor. Mit der Zunge in seinem Mund war das auch nicht sehr einfach.

»Ich lenk nicht ab. Sie ist eine Freundin, oder sagen wir, eine gute Freundin.« Er leckte über ihr Ohrläppchen. Es kitzelte. »Zufälligerweise arbeitet sie bei der Telekom. Sie kommt an bestimmte Daten heran. Auch an solche, an die man sonst nicht herankommt.«

»Aha.« War diese Petra seine Quelle für geheime Adressen? Oder eine verflossene Liebe? Oder beides? Ganz egal. Sie fing an, an den Knöpfen seines Hemdes herumzufingern ...

Da hörten sie heftiges Weinen aus dem ersten Stock. Lilian seufzte. Richtete sich auf. Und schob das T-Shirt nach unten. »Siehst du, jetzt ist wirklich nicht der richtige Moment.« Sie stand auf und ging zur Tür. Drehte sich noch mal um. »Ich hoffe, dass wir ihn irgendwann finden. Den richtigen Moment, meine ich.«

»Heißt das, dass ich jetzt gehen soll?«

»Ich glaube, das wäre besser.«

Das war nicht ganz ehrlich. Aber er ging trotzdem.

Am nächsten Morgen fand Lilian kaum Zeit für eine Tasse Kaffee. Das Polizeidirektorium glich einem Taubenschlag. Jeder war ständig zu irgendwelchen Verhören und Besprechungen unterwegs. Um den Kaffee tat es Lilian nicht Leid. Aber sie wusste nicht, wie sie es schaffen sollte, ungestört mit Davids Schwester zu telefonieren. Geschweige denn, ins Auto zu steigen und unauffällig nach Pfaffenhofen zu flitzen.

Lilian hatte in der Nacht einen Entschluss gefasst. Sie schuldete es David, die Sache mit Laura erst einmal auf ihre Weise zu klären – ganz egal, wie es mit David und ihr weitergehen würde. Sie würde versuchen, alleine mit Laura zu reden. Erst wenn es nicht mehr anders ging, würde sie offizielle Schritte einleiten. Auch wenn das ein Nachspiel für sie selbst hätte, ein unangenehmes. Aber sie hoffte, dass sie sich umsonst Gedanken machte. Sie glaubte immer noch, dass Laura nicht die Täterin war. Und immerhin gab es ja genug andere Kandidatinnen.

Der Erkennungsdienst war gerade dabei, Sandra Jentscheks Wohnung auseinander zu nehmen. Man hatte den Lackmantel gefunden. In einem Schrank neben einem Mieder, Strümpfen und Stöckelschuhen. Alles in Schwarz. In der Schublade darüber lagen Peitschen, Stricke, Handschellen, Klammern, Nadeln, Augenbinden, Masken. In einer anderen noch weitere Kleidungsstücke aus Gummi und Leder. Und ganz oben hochhackige Schaftstiefel, deren Absätze fast so spitz wie Dolchklingen waren.

Sandra Jentschek und Anton Perlinger blieben bei ihren ursprünglichen Aussagen. Helmut wollte auch für

Anton Perlingers Wohnung einen Durchsuchungsbefehl durchsetzen.

In einer Pause nahm Helmut seine Kollegin zur Seite. »Wir sollten mit Dr. Winters reden. Weiß du, was mir vorher durch den Kopf gegangen ist? Kann ja sein, dass er es irgendwie rausbekommen hat, dass die Jentschek mit dem Robner was hatte. Ganz egal, ob sie nun mit ihm geschlafen hat oder nicht. Da war der Winters doch bestimmt total eifersüchtig!«

»Nicola hat ja vermutet, dass die Jentschek und der Robner was am Laufen hatten.« Lilian dachte nach. »Vielleicht hat sie doch was zu ihrem Mann gesagt.«

»Genau. Und den Rest hat er dann schon irgendwie hingekriegt. Vielleicht wusste er von dem versteckten Schlüssel. Hat den Robner im Schlaf überrascht, als er vom Golfplatz nach Hause gefahren ist. Liegt ja sowieso auf dem Weg. Was weiß ich!« Er schaute auf seine Armbanduhr. »Ich muss gleich wieder rein. Fahr du mal zu BioMed und knöpf dir den Winters vor. Ruf mich auf jeden Fall an!«

Lilian fuhr los. Ob sie jetzt vielleicht schnell einen Umweg über Pfaffenhofen machen sollte? Nein, das war viel zu weit. So lange konnte sie Helmut nicht hinhalten. Aber telefonieren konnte sie wenigstens. Sie probierte Lauras diverse Nummern. Niemand war zu erreichen. Das war ja wirklich zum Davonlaufen! Auf der Mailbox hinterließ Lilian eine Nachricht. Eine sehr dringende.

Bei BioMed musste Lilian feststellen, dass Dr. Winters nicht da war. Silke Kämmerer sagte ihr, er sei vor einer halben Stunde mit seiner Frau nach Hause gefahren. Am Nachmittag hätte er einen Geschäftstermin in Hof.

»Probieren Sie's doch direkt bei ihm daheim. Vielleicht erwischen Sie ihn noch«, schlug die Sekretärin vor. Sie griff nach einem Handy, das neben ihrem Telefon lag. »Dann könnten Sie gleich das hier mitnehmen. Nicola hat es vorhin vergessen.«

Lilian steckte es ein. Als sie im Auto saß, rief Helmut schon bei ihr an. Er wollte nun doch bei dem Verhör dabei sein. Also machte sie einen Umweg über das Präsidium und holte ihn ab.

Der erste Samstag im Mai. Es war schon so heiß wie im Hochsommer. Sie freute sich auf einen ruhigen Abend zu Hause. Doch wieder einmal machte Andreas ihr einen Strich durch die Rechnung. Er beorderte sie für 18:45 Uhr in seine Wohnung. Als sie dort ankam, spürte sie, dass etwas anders war als sonst. Er stürzte sich nicht gleich auf sie, so wie sonst. Führte sie nur ins Schlafzimmer, wo er ihr mit der schwarzen Binde die Augen verband. Er war aufgeregt. Wie ein kleiner Junge voller Vorfreude. Worauf nur?

Sie fühlte, wie er einen Strick um ihre Handgelenke schlang. Warum nahm er nicht die Handschellen? Die hatte sie doch auf dem Mahagonitisch gesehen. Wie erleichtert sie war, weil nur die Peitsche und nicht das

Messer daneben lag. … Er band sie auch nicht ans Bett, sondern zog sie in den kleinen Ankleideraum am hinteren Ende des Schlafzimmers. Sie merkte es an dem muffigen Geruch. Hier war bestimmt schon lange nicht mehr gelüftet worden. Er befestigte den Strick. Wortlos. Sie konnte sich nicht erklären, was das zu bedeuten hatte, wagte aber nicht zu fragen. Sie hätte sowieso keine Antwort erhalten.

»Heute hab ich eine kleine Überraschung für dich«, sagte er schließlich. »Du bleibst hier drin, bis ich dich wieder losbinde. Mach bloß kein Theater, sonst kriegst du Ärger.« Seine Hände legten sich um ihren Hals. Drückten zu. Kurz, aber fest. Dann glitten sie weiter bis zu ihrem Gesicht. »Egal, was da draußen passiert, verstanden?«

Eingeschüchtert nickte sie. Er knotete die Augenbinde auf. Ganz dicht stand er hinter ihr. Die Nähe seines Körpers erregte sie. Sie sehnte sich danach, dass er sie endlich berührte. Doch er streifte sie nur flüchtig, während er den Knoten löste. Sie war verwirrt. Über sich selbst, weil sie es kaum erwarten konnte, bis er endlich anfing, sich ihr mit seinen zweifelhaften Zärtlichkeiten zuzuwenden. Und über ihn, denn er machte keine Anstalten dazu. Was war nur los mit ihm?

Er nahm ihr die Augenbinde ab und faltete sie zu einem schmalen Band. Einen Teil davon stopfte er ihr in den Mund. Die Enden verknotete er fest im Nacken. Jetzt konnte sie um sich herum die Regale und Schub-

laden erkennen. An der Wand zum Schlafzimmer sah sie einen kleinen Spiegel. Andreas nahm ihn weg. Eine winzige Öffnung in der Wand kam zum Vorschein, die gerade groß genug war, um hindurchzuspähen. Außer einer weißen Fläche war im Moment aber nichts zu sehen. Er knipste das Licht aus, verließ das Ankleidezimmer und machte sich im Schlafzimmer auf der anderen Seite der Wand zu schaffen. Sie erinnerte sich, dass da ein Kunstdruck von Paul Klee hing. Sie hörte ein Kratzen und kurz darauf einen dumpfen Ton aus der hinteren Ecke des Schlafzimmers. Er musste das Bild abgenommen haben, denn jetzt hatte sie freien Blick auf das Bett.

Es läutete. Die Verbindungstür zwischen Schlafzimmer und Ankleideraum wurde geschlossen. Bis auf das spärliche Kerzenlicht, das durch das Guckloch schien, lag der winzige Raum völlig im Dunkeln. Wie immer hatte Andreas die Jalousien heruntergelassen, so dass das Zimmer vor ihr in ein schwach dämmriges Licht getaucht war.

Sie hörte, wie er mit schnellen Schritten auf die Wohnungstür zusteuerte. Mit jemandem redete. Mit einer Frau? Ja … Sie war sich sicher, dass sie diese Frauenstimme kannte. Aber woher nur? Ihre Handgelenke schmerzten. Er hatte den Strick zu fest gebunden. Sie versuchte, ihre Fesseln zu lockern, doch es gelang ihr nicht. Sie gab auf, sonst würde das raue Seil noch mehr Spuren auf ihrer Haut hinterlassen. Schritte näherten sich. Angestrengt spähte sie durch die Wandöffnung. Die Frau befand sich noch außerhalb ihres Gesichtsfeldes. Sie konnte nur Andreas sehen. Er kniete nieder.

»Gut, alles da«, hörte sie die fremde Frau sagen. Aber das war keine Fremde … »Dafür darfst du mir die Füße küssen.«

Ungläubig sah sie zu, wie Andreas sich zum Boden beugte und tat, wie ihm geheißen.

»Los, zieh dich aus!«

Der Schweiß drang ihr aus den Poren. Natürlich kannte sie diese Stimme.

Die Peitsche surrte durch die Luft. Ein Aufschrei entfuhr ihm. Offenbar hatte er nicht damit gerechnet, dass sie die schon jetzt benützen würde. Wieder knallte die Peitsche auf ihn nieder.

»Glotz mich nicht so an! Du sollst dich ausziehen. Los, mach schon!«

Das durfte einfach nicht wahr sein! Das war ja Sandra – Sandra Jentschek! In aufreizendem, schwarzem Leder. Nur spärlich verhüllte es ihren vollkommenen Körper. Dazu hochhackige Schaftstiefel. Wie spitz die waren! Ihr Gesicht war zur Hälfte von einer schwarzen Maske verdeckt. Trotzdem war sie eindeutig zu erkennen. Ihre Lippen leuchteten blutrot. Das lange, hellblonde Haar floss über ihre Schultern.

Was hatten die beiden vor? Sie würden doch nicht … vor ihr … Nein, das glaubte sie einfach nicht! Jetzt schleckte Sandra mit der Zunge über sein Gesicht, zer-

kratzte mit den Fingernägeln seine Brust. Also hatten sie genau das vor, wovor sie solche Angst hatte. Er hatte das vor. Und sie selbst sollte heimliche Zeugin dieses ekelhaften Liebesspiels werden! Mit einer ganz anderen Rollenverteilung, als sie die von Andreas kannte. Wieder eine neue Demütigung, die er sich für sie ausgedacht hatte. Am liebsten hätte sie laut losgeschrien. Doch da dachte sie an seine Drohung. Der Knebel würde die Laute nicht vollständig dämpfen. Sie musste sich zusammenreißen. Nur ihr Atem ging heftig und stoßweise. Aber niemand hörte sie. Wie auch?

Sandra lachte gerade genussvoll, als sie Andreas am Bett festkettete. Dann nahm sie die Peitsche. Ließ sie über seinen Körper gleiten. Holte kräftig aus und schlug zu, so fest sie konnte. Er keuchte, schrie sogar. Vor Schmerz. Und Lust? Sein Rücken und seine Beine färbten sich rot. Sie lachte wieder. Und beschimpfte ihn mit unflätigen Ausdrücken. Wie war so etwas möglich? Wochenlang hatte Andreas sie selbst auf diese schmerzhafte Weise gequält. Was gefiel diesem sadistischen Scheusal denn an einer solchen ekelerregenden Farce?

Die Luft in dem kleinen Ankleideraum wurde immer stickiger. Sie wollte raus hier. Wie lange sollte sie das noch aushalten? Aber sie wusste, jetzt hätte Andreas sie sowieso nicht befreien können. Selbst wenn er gewollt hätte. Sie schloss die Augen. Wollte nicht sehen, was da draußen passierte. Es dauerte schon viel zu lange.

Die Schläge verklangen. Ein paar Klickgeräusche

waren zu hören. Dann ein Stöhnen. Das klang nicht mehr nach Schmerzen. Widerwillig öffnete sie die Augen. Was für ein bizarres Bild: Sandra hatte ihn auf dem Rücken liegend ans Bett gefesselt. Sie kniete auf seinem Oberkörper. Rücklings. Die spitzen Absätze ihrer Stiefel bohrten sich in seine Brust. Einen der Peitschenriemen hatte sie um seinen Penis geschlungen. Der reckte sich steil nach oben. Wie eine Besessene zog sie daran. Andreas zerrte an seinen eisernen Fesseln. Hilflos. Und doch voller Genuss. Lachend schob Sandra sich nach vorne. Ohne den Lederriemen abzunehmen, setzte sie sich auf seine Männlichkeit. Bewegte sich rhythmisch auf ihrem Thron.

Wieder wollte sie die Augen zumachen. Es war so schrecklich ... Doch plötzlich sog sie alle Einzelheiten in sich auf. Auf einmal faszinierte sie dieses Schauspiel. Auch das laute, ruckartige Keuchen nahm sie überdeutlich wahr. Es steigerte sich zu einem unkontrollierten Schreien. Warum hatte er bei ihr nie so haltlos geschrien?

Dann war es still. Sandra stand auf. Befreite ihn von seinen Fesseln an Handgelenken und Glied.

»Das war gut.« Sie leckte über seine Lippen. Dann wurde ihr Ton geschäftsmäßig. »Wo ist das Foto?«

Er stand auf und ging zur Kommode. Rieb sich die Handgelenke. Aus der oberen Schublade holte er ein kleines Foto und hielt es ihr hin. Sie nahm es und steckte es ein.

»So, jetzt sind wir quitt.« Ohne ein weiteres Wort

verließ sie das Zimmer. Kurz darauf war die zufallende Wohnungstür zu hören. Sie waren wieder alleine.

Sie merkte, dass sie krampfhaft den Atem angehalten hatte. Hastig atmete sie aus. Beobachtete benommen, wie er auf das Ankleidezimmer zuging. Doch auf halbem Weg machte er kehrt und ging ins Bad. Dann das Geräusch von plätscherndem Wasser. Sie wollte kreischen, brüllen. Doch ihr Hals war wie zugeschnürt. Dieser verdammte Hurenbock, dieser abartige Drecksack! Wie lange wollte er sie hier drinnen noch schmoren lassen? Sie wollte raus! Es war so heiß, kaum zum Aushalten! Die Handgelenke taten ihr weh, ebenso der Rücken und die Kiefer. Sie versuchte, sich den Knebel vom Mund zu reißen. Aber es ging nicht. Der Strick war zu fest und zu kurz. Ihr Hass auf ihn wuchs und wuchs. Als ob es nicht genug war, dass sie das mit ansehen hatte müssen. Immer noch fand er eine Steigerung, wie er sie erniedrigen konnte. Natürlich hatte er auch gewusst, wie sie auf diese Demonstration seiner Macht reagieren würde. Da war keine Erleichterung da gewesen. Nur Eifersucht. Gehörte Andreas nicht ihr, so wie sie ihm gehörte? Aber er gehörte nicht ihr. Und er machte mit ihr, was er wollte. Und tat selbst das, worauf er Lust hatte. Warum bloß fühlte sie sich durch diese Erkenntnis wie zerschmettert? Sie hatte gewusst, wozu er fähig war. Auch vor dieser Lektion. Was war es bloß, was sie so brauchte? Seinen Körper, den sie sogar jetzt vermisste? Oder ihr eigenes, perverses Verlangen nach seiner Gewalt? Oder die Sehnsucht nach seiner Liebe? Er hatte es geschafft: Sie war süchtig nach ihm. So wie er es ihr damals auf der Burgruine in Kallmünz zugeflüstert hatte. Oh Gott, wie hatte es nur so weit mit ihr kommen können! Er war ein Monster. Er wollte sie zugrunde richten. Schritt für Schritt. All das hatte er geplant. Von Anfang an kühl eingerechnet. Nur eines nicht. Daran hatte er nicht gedacht: Diese Faszination, als sie ihn so wehrlos gesehen hatte. Die hatte auch sie überfallen. Wie ein Raubtier in der Nacht …

Das Wasser hörte auf zu rauschen. Entfernte Geräusche aus dem Badezimmer drangen zu ihr. Sie hörte, wie er ins Schlafzimmer zurückkam. Er setzte sich aufs Bett.

»Hast du alles gesehen?« Seine Stimme war schneidend. Kalt. So wie sein Lachen. »Das war richtig geil. Und das Geilste daran war, dass ich wusste, du musst alles mit ansehen.« Pause. »Und der Gedanke daran, wie ich Sandra das alles heimzahlen werde.« Wieder lachte er. »Jetzt bin ich richtig in Stimmung.«

Er ging zur Kommode. Aus der untersten Schublade holte er das Jagdmesser. Sein Blick glitt zu der Stelle in der Wand, hinter der sie stand. Ihm zusah. Mit vor Schrecken geweiteten Augen. Als er sie endlich aus der stickigen, viel zu heißen Kammer befreite, wünschte sie sich auf einmal, doch noch dort bleiben zu können. Denn er würde kein Erbarmen mit ihr haben. Was aber dann kam, hätte sie nicht einmal ihm zugetraut. Diesmal gab er sich nicht damit zufrieden, ihre blutenden Wunden zu küssen. Das war auch nicht nötig. Denn sie waren so tief, dass er aus ihnen trinken konnte …

KAPITEL 11

In Wenzenbach hatten Lilian und Helmut mehr Glück. Familie Winters war gerade mit dem Mittagessen fertig geworden. Jenny spülte ab, während Fabian am Küchentisch saß und seine Hausaufgaben erledigte. Froh über die unerwartete Störung wollte er schon aufspringen. Doch Jenny bugsierte ihn sofort zurück auf seinen Stuhl und brachte Lilian und Helmut ins Wohnzimmer.

Dr. Winters und seine Frau saßen auf der Couch. Vor ihnen auf dem Sofatisch zwei Gläser mit Saft. Wie friedlich das aussah. Genauso hatte Lilian sich eine glückliche Partnerschaft immer vorgestellt. Eine, die sie selbst nie erlebt hatte. Aber auch das hier war nur ein Trugbild. Was würde Nicola zu den Eskapaden ihres Mannes sagen? Irgendwann würde auch sie es erfahren müssen …

Nicola drückte die Hand ihres Mannes auf vertraute Weise. Dann stand sie auf, um die Ankömmlinge zu begrüßen. Lilian gab ihr die Hand. Nicola war freundlich wie immer. Doch trotzdem sah sie anders aus als sonst. Bloß wie? Verärgert, weil schon wieder diese lästigen

Polizisten hier auftauchten? Oder gestört, weil sie gerne in Ruhe mit ihrem Mann geplaudert hätte, bevor der wieder weg musste? Vielleicht auch unglücklich …?

Bruno Winters blieb sitzen. »Aha. Sie sind also nicht damit zufrieden, meine Personalchefin und meinen Produktionsleiter ständig in Ihre Dienststelle zu zitieren und von der Arbeit abzuhalten. Jetzt fangen Sie bei uns hier auch noch damit an.«

»Leider bringen unsere Ermittlungen das mit sich«, sagte Helmut knapp. »Wir hätten noch ein paar Fragen an Sie, Dr. Winters. An Sie allein, wenn das möglich ist.«

»Meine Frau kann hier bleiben. Hab sowieso kaum Zeit, muss gleich wieder weg. Schießen Sie los!« Er sagte das mit einem abfälligen Gesichtsausdruck. Als hoffte er, einen Großteil der leidigen Fragen, die seiner Meinung nach völlig überflüssig waren, auf Nicola abzuwälzen.

Aber die drehte sich zur Tür. »Ich glaub, ich lass euch lieber allein.«

Ihr Mann stand auf und legte seinen Arm um ihre Schulter. Betont liebevoll. »Nein, bleib hier. Ich hab keine Geheimnisse vor dir.«

»Es wäre wirklich besser, wenn Ihre Frau bei unserem Gespräch nicht anwesend wäre«, schaltete sich Lilian ein. »Es geht um sehr persönliche Dinge.«

»Das kommt überhaupt nicht in Frage. Also, was wollen Sie wissen?« Demonstrativ zog er Nicola neben sich auf das Sofa.

Was für ein seltsames Verhalten. Hatte Lilian sich doch blenden lassen? Aufgrund ihrer eigenen Vergangenheit? Wo sie eine beneidenswerte Ehefrau im trauten Gespräch mit ihrem Mann hatte sehen wollen, hatte diese vielleicht unter der Oberfläche schwelende Unstimmigkeiten zur Sprache gebracht. Die sie durch das Erscheinen des ungebetenen Besuches auf später verschieben musste. Das würde ihren verkniffenen Gesichtsausdruck von vorhin erklären.

Im Gegensatz zu ihrem Mann hatte Nicola die Botschaft verstanden. Sie entzog sich seiner Umarmung, gab ihm einen Kuss und stand auf. »Lieb von dir, Bruno. Aber ich denke, die Polizeibeamten wollen wirklich nur mit dir reden. Sie werden meinen Mann doch nicht verhaften, oder?«

Trotz der unbekümmert dahingesagten Worte lag in ihren Augen ein besorgter Ausdruck. Komisch, meinte sie das etwa ernst?

Nicola verlies das Zimmer. Helmut und Lilian setzten sich. »Es geht um Sandra Jentschek«, sagte Helmut.

»Tatsächlich?« Der Hausherr lachte. Nervös. »Das ist ja lustig! Mit meiner Frau hab ich auch gerade über sie geredet.« Es war ihm anzusehen, dass er diese Übereinstimmung alles andere als spaßig fand.

»Laut Frau Jentschek haben Sie eine intime Beziehung zu ihr. Entspricht das den Tatsachen?«

Er gab keine Antwort. Zog nur an seinem Krawattenknoten, der ihn plötzlich zu beengen schien. Obwohl er ziemlich locker saß.

»Was sagen Sie dazu?«

»Und wenn es so wäre ...« Er zog noch mehr. »Was hat das mit Ihren Ermittlungen zu tun?«

»Die Fragen stellen wir. Also?«

Mit zitternden Fingern öffnete er den Knoten. »Ich ... Sie müssen mir versprechen, dass meine Frau nichts davon erfährt ...« Seine gönnerhafte Distanziertheit war wie weggeblasen. Er schaute von einem zum anderen. Angespannt. Die Zusicherung, die er sich erhofft hatte, blieb jedoch aus. Schließlich nickte er. Langsam – und verzweifelt.

»Wie oft besuchen Sie Frau Jentschek?«

»Einmal pro Woche.« Er wischte sich über die Stirn. Seine Hand war so nass, dass er sie an seiner Hose trocknen musste.

»Sind Ihre sexuellen Kontakte jedes Mal sadistisch-masochistischer Natur?«

Es war, als ob plötzlich alle Luft aus ihm entwiche. »Oh Gott! Meine Frau darf nie ...« Er sackte in sich zusammen.

»Wer misshandelt wen?«

»Was soll diese Frage?« Er konnte kaum sprechen.

»Antworten Sie!«

»Sie mich.« Jetzt sah er fast wie ein Häufchen Elend aus, ganz eingefallen und bleich. Wenn er Lilian nicht so unsympathisch gewesen wäre, hätte er ihr direkt Leid getan.

»Verlangt sie Geld von Ihnen?«

»Natürlich nicht!« Dann einlenkend: »Manchmal mache ich ihr das eine oder andere Geschenk. Das gehört sich doch ...«

»Was für Geschenke? Schmuck? Reisen? Geld?«

Bei jedem Wort nickte er.

»Wussten Sie, dass Dr. Robner die gleichen sexuellen Kontakte zu Frau Jentschek hatte?«

»Was? Nein, das ... glaub ich nicht!« Sein Gesicht, das eben noch so weiß gewesen war, wurde auf einmal dunkel.

»Wussten Sie, dass er Frau Jentschek erpresst hat?«

»Nein! Das gibt's doch nicht! Warum sollte er das getan haben?«

»Lieben Sie Frau Jentschek?«

»Ich ...«

Ein Husten. Es kam von der Tür. Niemand hatte bemerkt, dass die jetzt offen stand. Alle drehten sich um. Jenny stand im Türrahmen. Sie war knallrot. »Äh ... Entschuldigung. Ich dachte, die Polizei wäre schon wieder weg ...« Unschlüssig sah sie von einem zum anderen. »Ich suche Fabian ... Nicola fährt in die Stadt zum Steuerberater. Sie will ihn mitnehmen ... und bei einem Freund absetzen. War er hier?«

Niemand sagte etwas. Bruno Winters starrte sie an. Fassungslos. Erst nach mehreren Sekunden schien ihm klar zu werden, dass sie auf eine Antwort wartete. Er schüttelte den Kopf.

»Gut ... Dann geh ich wieder.« Jenny schaute zu Boden. Verschwand schließlich.

Lilian sah ihr nach. Seit wann sie da wohl schon gestanden war? Ob sie etwas gehört hatte? Und wenn ja – wie viel? Verdammt ...

Bruno Winters hatte offenbar den gleichen Gedanken. Er fing auf einmal an, sich vor aller Welt zu rechtfertigen. »Wissen Sie, eigentlich war Nicola selber schuld daran. An dem Tag, als ich Sandra zum ersten Mal besuchte, hatten wir uns gestritten. Ich wollte ihr nur einen Denkzettel verpassen. Sie hat sowieso nie Zeit für mich. Ständig ist sie mit ihrem Pferd beschäftigt oder fährt die Kinder durch die Gegend. Wenn ich dann nach Hause komme, habe ich ständig das Gefühl, ich komme in ihrem Zeitplan gar nicht vor.«

Aha, deshalb also die häufigen Golftermine am Wochenende. Und die vielen geschäftlichen Abendessen, bei denen er das Angenehme mit dem Nützlichen verband ...

Sein Blick wurde verschwommen. »Bei Sandra fühle ich mich aufgehoben. Sie weiß immer, was gut für mich ist.« Dann mit veränderter Stimme: »Natürlich weiß sie vor allem, was gut für sie selbst ist. Schließlich hat sie sich über mich eine gute Position in meiner Firma ergattert.«

Also war er doch nicht so blauäugig. Warum hatte er sich dann auf eine Affäre mit seiner Cousine eingelassen? Auf eine solche noch dazu? Nur weil er seiner

Frau etwas heimzahlen wollte? Oder hatte er nach etwas anderem gesucht? Nach ein wenig Aufmerksamkeit, dem Reiz des Neuen, dem Ausbruch aus der täglichen Langeweile? Vielleicht nach ein wenig von allem … Sein Anblick machte Lilian traurig. Sie schaute wieder zur Tür. Ihr ungutes Gefühl hatte noch nicht nachgelassen. Jenny ging ihr einfach nicht aus dem Kopf. Außerdem kam Helmut hier auch alleine zurecht. Sie stand auf und erkundigte sich nach der Toilette.

Draußen auf dem Gang wusste sie zuerst nicht, in welche Richtung sie gehen sollte. Dann hörte sie Stimmen. Aus der Diele. Die klangen leise und eindringlich. Vorsichtig schlich Lilian ums Eck. Tatsächlich, da standen Jenny und Nicola. Vor einer kleinen Kommode, auf der sich ein Stapel Unterlagen türmte. Jenny sagte gerade etwas. Nicola fasste sie an den Schultern, schüttelte sie. Die andere schaute weg, nickte bloß. Stöhnend fuhr sich Nicola durchs Haar. Ein Dielenboden knarrte. Lilian blieb stehen. Doch zu spät. Die beiden Frauen hatten sie schon gesehen. Nicola griff nach dem Stoß Papiere. Viel zu hektisch. Ein paar Blätter flatterten zu Boden. Sie achtete nicht darauf, rannte aus dem Haus. Hinter ihr blieb die Haustür weit offen. Dann schnelle Schritte. Eine Wagentüre knallte. Wieder Schritte. Schließlich wurde es still.

Jenny wartete, bis Lilian sie erreichte. Lächelte gequält. »Suchen Sie was?«

»Ja, Nicola.«

Schweigend deutete Jenny zur Tür.

»Haben Sie Fabian gefunden?«

»Wie? Ach so ... Nein, ich weiß nicht, wo er steckt. Nicola sucht ihn wahrscheinlich.« Sie schaute verlegen zur Seite. Dann auf den Boden. Sie bückte sich, um die hinuntergefallenen Blätter aufzuheben.

»Was war denn hier gerade los?«

»Gar nichts.« Jenny richtete sich wieder auf. Spielte mit den Unterlagen. Eine glänzende Karte kam zum Vorschein. Es war ein Personalausweis. »Oh je! Nicola hat ihren Ausweis vergessen. Den wollte sie doch mitnehmen, um sich einen neuen ausstellen zu lassen. Entschuldigen Sie bitte, ich muss sie suchen.« Sie wollte sich an Lilian vorbeidrängen.

Doch Lilian versperrte ihr den Weg. Nahm ihr die Papiere und die Karte aus der Hand. »Kein Problem, das mache ich.«

Sie ging hinaus. Vor der Garage stand Nicolas Wagen. Auf dem Beifahrersitz lagen die Unterlagen für den Steuerberater. Von Nicola selbst fehlte jede Spur. Wahrscheinlich saß die jetzt irgendwo und heulte sich die Augen aus. Denn dass Jenny ihr alles gesagt hatte, was sie gehört hatte, war Lilian klar. Nicolas Reaktionsweise nach zu urteilen, hatten die Neuigkeiten sie völlig unvorbereitet getroffen. Sobald Lilian und Helmut das Haus verließen, würde Nicola ihren Mann mit Sicherheit zur Rede stellen. Es wäre Brunos Sache, ihr die Affäre mit seiner dominanten Cousine zu beichten. Wenn er überhaupt den Mut dazu hätte. Vielleicht würde er sich auch eine plausibel klingende Ausrede zurechtlegen. Als Führungsperson würde ihm das sicher nicht schwer fallen. Und im Grunde ging Lilian das gar nichts an. Alles, was sie wollte, war einen Fall aufklären. Nicht ganz. Sie wollte außerdem mit Nicola reden. Von Frau zu Frau. Vor allem als Frau, die eine ähnliche Situation schon einmal erlebt hatte. Na also, das wäre geklärt.

Ruckartig drehte sich Lilian zur Garage. Der Personalausweis fiel zu Boden. Sie hob ihn auf. ›Nicola Lena Winters‹ stand da. Nicolas zweiter Vorname gefiel ihr genauso gut wie der erste.

Die Garage war leer. Wo konnte sie nur sein? Unschlüssig blieb Lilian vor dem Anbau stehen und rief ein paar Mal Nicolas Namen. Keine Antwort. Sie ging um das Haus herum. Auch auf der Terrasse war niemand. Schließlich fand sie Nicola im Garten auf dem Weg zum Teich. Sie kauerte auf einer Bank unter einem Apfelbaum. Es war eine alte Holzbank, die viele Sommer hinter sich gebracht hatte. Durch die dicht belaubten Äste des halbhohen Baumes schien die Sonne und verwandelte das Blättermeer in einen leuchtenden Himmel aus lauter verschiedenen Grüntönen. Moosgrün, lindgrün, goldgrün – was für ein zauberhaftes Farbenspiel.

Nicola hatte die Beine hochgezogen und sie mit den Armen umschlungen. Ihr Kopf ruhte seitlich auf den

Knien, mit geschlossenen Augen. Ihre Haltung hatte etwas Rührendes an sich. Als sie die dumpfen Geräusche der näher kommenden Schritte hörte, öffnete sie die Augen. Lilian erschrak. Die Hoffnungslosigkeit darin traf sie, ganz tief. Sie setzte sich zu Nicola auf die Bank. Die Unterlagen für den Steuerberater und den Führerschein legte sie neben sich. Sagte schließlich: »Es tut weh.«

Keine Antwort. Irgendwann zögernd: »Sie wissen gar nicht, wie weh. Ich glaube, ich zerspringe.«

Lilian erinnerte sich. An ihre eigenen Empfindungen, als sie eines Tages einen Zettel mit Heikes Handschrift gefunden hatte. In einer Jackentasche von Stefans Jackett. Sie hatte es zur Reinigung bringen wollen. Was war für sie das Schlimmste gewesen? Die Enttäuschung über die verschwendeten Jahre, die plötzlich leer und sinnlos erschienen? Der Vertrauensbruch des einen Menschen, dem man sich bedingungslos geöffnet hatte? Oder der verlorene Besitzanspruch auf Gefühle, die nicht die Ewigkeit überdauern konnten – was hieß hier Ewigkeit, nicht einmal ein paar Jahre? Ach, zum Teufel mit dieser dummen Romantiksucht! Was dauerte schon ewig …

»Ich hab mal in Italien eine wunderschöne Sonnenuhr gesehen.« Diesen herrlichen Tag in dem verträumten, kleinen Nest in der Nähe von Siena würde Lilian nie vergessen. Miriam war erst drei oder vier Jahre alt gewesen. »Da waren schöne Ornamente drauf, kleine

Monde und Sterne. Am besten aber hat mir die Inschrift gefallen: Tempus vincit omnia.«

»Meinen Sie?« Nicola hob den Kopf. Sah sie an, mit dieser abgrundtiefen Verzweiflung. »Glauben Sie, dass die Zeit wirklich alles besiegt?«

»Ja. Die Erinnerung wird bleiben. Auch die Bitterkeit, auch ein wenig Schmerz. Aber es wird leichter. Irgendwann ...«

Über ihnen schienen sich zwei Amseln um einen Aussichtsplatz zu zanken. Das Gezwitscher klang wütend. Dann hatte die eine es geschafft, während die andere flink davonflog.

»Es gibt immer Ausnahmen.« Nicola schaute dem Vogel nach. »Das, was mir passiert ist, kann ich nie überwinden. Vor allem, weil ich selber schuld daran bin.« Eine Träne kullerte ihr übers Gesicht. Dann brach es plötzlich aus ihr heraus: »Wissen Sie, ich bin ihm gar nicht böse, weil er fremdgegangen ist. Das passiert eben, auch bei Leuten wie uns. Deshalb geht die Welt nicht unter. Schließlich haben wir zwei Kinder, haben uns was aufgebaut. Das würde ich doch nicht alles wegwerfen!« Mit einer ungeduldigen Geste fegte sie die Träne weg. »Aber was mir so weh tut – warum hat er sich ausgerechnet dieses Miststück dafür ausgesucht? Er weiß doch, dass wir uns nicht riechen können! Auch vorhin, als Sie aufgetaucht sind, haben wir wegen ihr gestritten. Sie hat einen schlechten Einfluss auf unsere Tochter.« Ihre Augen blitzten hasserfüllt. »Sonst tut er immer so fromm. Wehe, wenn sich in der Firma mal was anbahnt, da spielt er gleich den Moralapostel! Und selbst … selbst ist er viel schlimmer als alle anderen!«

Sie hatte sich in Rage geredet und durch den Zorn ihren Schmerz vergessen. Doch jetzt wurde sie wieder still, und mit dem Schweigen kam die Traurigkeit zurück. Sie weinte haltlos. Lilian kramte nach einem Taschentuch und gab es ihr. Auf einmal hörten sie lautes Gejohle. Fabian kam mit wildem Geheul auf seine Mutter zugerannt. Nicola wischte sich schnell über die Augen. Als sie ihren Sohn begrüßte, klang ihre Stimme so fröhlich wie immer.

»Na, bist du schon mit den Hausaufgaben fertig?«

»Ja, kannst du noch alles durchsehen?«

»Klar.« Sie stand auf und nahm ihren Sohn an der Hand.

Lilian war verblüfft. Unglaublich, wie sehr Nicola ihre Gefühle jetzt unter Kontrolle hatte. Gerade war sie vor ihren Augen zusammengebrochen. Und einen Moment später war ihr nichts mehr anzumerken. Woher nahm sie bloß diese Kraft? War es das Verantwortungsgefühl ihrem Sohn gegenüber? Wollte sie wenigstens für ihn das Bild einer heilen Welt aufrechterhalten?

Fabian riss sich ungestüm von seiner Mutter los. Rannte zum Teich. »Ich bleib im Garten, Mama. Ich warte auf Jens. Der muss bald kommen.«

Stirnrunzelnd sah ihm seine Mutter nach. »Jens …

wieso? Fabian, komm bitte her! Wir hatten doch ausgemacht, dass ich dich mitnehme, wenn ich nach Regensburg fahre. Du wolltest, dass ich dich bei Martin absetze. Ihr habt euch heute Nachmittag verabredet. Hast du das vergessen?«

Fabian kam widerstrebend zurück. »Echt, haben wir das ausgemacht?«

»Ich bin mir ganz sicher. Du hast ihn gestern vor dem Abendessen noch angerufen.«

Der Junge warf Lilian einen scheuen Blick zu. Auch Nicola spürte seine Unsicherheit. Sie beugte sich zu ihm auf Augenhöhe hinunter, ergriff ihn an der Schulter. Ihr Ton war eindringlich. »Was ist los? Hast du dich mit Martin gestritten?«

Fabian senkte den Kopf. »Nicht gestritten. Ich hab ihm bloß gesagt, dass er doof ist und dass ich viel lieber mit Jens spiele. Martin will immer nur Playmobil spielen, das ist langweilig. Ich will lieber Seeräuber spielen. Und Jens findet Playmobil genauso doof wie ich.«

»Moment mal. Martin und du, ihr habt euch doch bisher immer recht gut geeinigt. Aber hast du nicht oft gesagt, dass der Jens dauernd über deine Freunde schimpft und du nicht weißt, was du mit ihm anfangen sollst? Wer hat denn jetzt gesagt, dass Martin doof ist – Jens oder du?«

»Hm …« Fabian vermied es, seiner Mutter in die Augen zu schauen. »Eigentlich der Jens.« Er schluckte. Dann sprudelte es aus ihm heraus: »Und außerdem hat er mir heute in der Schule seine neuen Dinosaurier gezeigt. Die sind echt toll! Die bringt er am Nachmittag mit. Aber nur, wenn Martin nicht da ist.« Unbekümmert wippte er von einem Bein auf das andere. Für ihn war die Sache erledigt.

»Fabian!« Nicolas Stimme wurde streng, ihr Griff fester. »Es ist zwar deine Sache, mit wem du spielen willst. Aber trotzdem solltest du eine Verabredung mit einem guten Freund nicht eine Stunde vorher einfach so absagen. Und das nur, weil ein anderer dir das einredet. Stell dir vor, Martin würde sich dir gegenüber so verhalten. Was würdest du dann sagen?«

Es war offensichtlich, dass Fabian davon nicht sehr begeistert gewesen wäre. »Na ja ...«

»Und was willst du jetzt machen?« fragte sie ernst, doch gleichzeitig verständnisvoll.

An diesem Punkt war Fabian eindeutig überfordert. Vielleicht fühlte er sich von einem falschen Freund in die Enge getrieben und für dessen Zwecke missbraucht, konnte es aber vor seiner Mutter und vor sich selbst nicht zugeben. Vielleicht hatte er auch nur zu wenig geschlafen. Auf jeden Fall riss er sich mit einem Mal von seiner Mutter los. Schrie sie an: »Sag du mir doch, was ich tun soll! Du weißt doch sowieso immer alles besser! Nie kann ich dir was recht machen! Ständig musst du dich einmischen! Ich finde das sooooo ungerecht! Weißt du was – ich mag Jenny viel lieber als dich! Eigentlich mag ich dich überhaupt nicht! Du hast eh nie

Zeit für mich! Ich will dich überhaupt nicht mehr sehen, nie wieder!«

Dazu stampfte er wütend mit dem Fuß auf und funkelte sie zornig an. Dann drehte er sich ohne weiteren Kommentar um und rannte zum Haus zurück. Er reagierte nicht auf die Rufe seiner Mutter, die ihm ein paar Schritte nachgelaufen war. Verschwand nur hinter den Terrassentüren. Kurz darauf eine knallende Tür irgendwo im Haus.

Nicola starrte ihm nach. Als ob dieser Gefühlsausbruch sie wirklich erschüttert hätte. Es war wohl nicht genug, gerade entdeckt zu haben, dass ihr Mann sie betrogen hatte – mit einer Frau, die ihr verhasst war. Jetzt wandte sich auch ihr Sprössling gegen sie. Von ihrer Tochter hätte sie eine solche Szene eher erwartet, dachte Lilian beklommen. Doch bei ihrem Sohn, der noch lange nicht den Kinderschuhen entwachsen war, musste es sie umso härter treffen. Wieder fühlte sich Lilian dieser Frau verbunden. Wie würde sie selbst auf so einen peinlichen Trotzanfall ihrer Tochter in Gegenwart einer Fremden reagieren?

»Manchmal sind Kinder richtig eklig. Aber das gleiche denken sie auch von uns, ihre Eltern«, meinte sie leichthin, um die Situation zu entschärfen. »Eigentlich können wir sie gar nicht so beeinflussen, wie wir es gerne hätten. Von Tag zu Tag werden sie unabhängiger. Und irgendwann brauchen sie uns gar nicht mehr.«

Hörte Nicola ihr überhaupt zu? Vielleicht ging es ihr

ja doch nicht so nahe, wie es zuerst ausgesehen hatte. Da kam Lilian ein Gedanke. »Kennen Sie Kahlil Gibran? Das ist ein libanesischer Philosoph und Dichter. Was hat er noch gleich geschrieben ...« Sie versuchte sich an den genauen Wortlaut der Stelle zu erinnern, die sie erst vor kurzem gelesen hatte. »Ungefähr so: ›Deine Kinder sind nicht deine Kinder. Sie sind die Söhne und Töchter der Sehnsucht des Lebens nach sich selbst. Sie kommen durch dich, aber nicht von dir, und obwohl sie bei dir sind, gehören sie dir nicht. Du kannst ihnen deine Liebe geben, aber nicht deine Gedanken, denn sie haben ihre eigenen Gedanken.‹ »Nicht schlecht, das hatte sie sich richtig gut gemerkt. Obwohl Zitate sonst nicht ihre Stärke waren ...

Auf einmal merkte sie, dass Nicola sie anstarrte. Wie gelähmt. Mit einem Gesichtsausdruck, der nicht zu deuten war. Denn der Wettstreit von Gefühlen darin machte es unmöglich. Das fassbarste davon war so etwas wie blankes Entsetzen. Mehr noch – Panik sogar. Genau. Aber was hatte sie so aus der Fassung gebracht? Doch nicht dieses Zitat? Das war doch eher tröstend. Trotz der Wehmut und Betroffenheit, die es auch auslöste. Aber das, was Lilian jetzt in diesen Augen sah, war damit nicht zu vergleichen. Da brach etwas anderes hervor. Etwas, das sie erzittern ließ. Ihr wurde kalt. Trotz der Sonnenstrahlen, die sich durch das Blätterwerk stahlen. Als ob sie kein Recht hätten, sich zu solch dunklen Gefühlen hindurchzutasten ...

Lilian blinzelte, wollte schon etwas sagen. Aber dann sah Nicola so aus wie immer. Lächelte sogar, ein wenig traurig vielleicht. »Ein schönes Zitat. Und so wahr.« Sie stand auf. »Keine Ahnung, warum Fabian so sauer reagiert hat. Vielleicht hat er heute einen schlechten Tag. So wie ich.« Noch trauriger: »In letzter Zeit hatte ich viele schlechte Tage. Na ja, so ist das Leben ... Wir sollten zurückgehen. Ihr Kollege ist sicher schon auf der Suche nach Ihnen.«

Auch Lilian stand auf. Das hatte sie sich bestimmt nur eingebildet. Was für ein kompletter Blödsinn! Wie kindisch geradezu! Die Sonne schien, die Vögel zwitscherten, die Blumen leuchteten in bunten Farben. Heute Abend würde Nicola über die schlechte Laune ihres Sohnes nur noch lachen. Auch die Affäre zwischen Sandra und ihrem Mann würde sie dann anders beurteilen. Da fiel ihr Blick auf die Unterlagen, die noch auf der Bank lagen. »Die hätte ich fast vergessen. Bitte sehr.«

Nicola bedankte sich und nahm den Stapel. Zusammen gingen sie zur Terrasse, wo gerade Helmut und Dr. Winters auftauchten. Letzterer sah ziemlich mitgenommen aus. Er konnte nicht wissen, ob seine Frau über seinen Fehltritt schon informiert war. Unsicher sah er sie an. Doch sie hakte sich bei ihm unter. Sagte völlig zwanglos: »Na, seid ihr fertig? Du musst jetzt los, sonst kommst du zu spät zu deinem Termin.« Sie drückte ihm einen Kuss auf die Wange. »Du kannst mir später erzählen, was die Polizei so Wichtiges mit dir besprechen wollte.« Lächelnd verabschiedete sie sich von allen und verschwand im Haus.

Ihr Mann sah ihr erleichtert nach. Klar, was er dachte: Ganz umsonst hatte er sich den Kopf darüber zerbrochen, ob Jenny ihr etwas erzählt hatte. Wenn Jenny überhaupt etwas Konkretes gehört hatte. Das war ja noch mal gut gegangen.

Lilian schwieg. Erbarmungslos. Sollte der doch den Dreck, den er vor seiner Haustür verteilt hatte, alleine wieder wegkehren ...

Auf dem Weg zum Präsidium überlegte Lilian, welches Detail ihr während dieses Aufenthalts bei der Familie Winters speziell aufgefallen war. Etwas hatte in ihr einen besonderen Ton zum Klingen gebracht. Was war es nur gewesen? Etwas Wichtiges, so viel stand fest. Und es passte zu einer anderen Information, auf die sie während der Ermittlungen gestoßen waren. Was war es bloß? Sie kam nicht drauf. Es hatte keinen Sinn. Vielleicht würde es ihr später einfallen.

Als Lilian und Miriam am Abend nach Hause kamen, lud Hanna gerade das Auto aus.

»Ich dachte, ihr kommt erst morgen zurück!« Überrascht umarmte Lilian ihre Freundin.

»Wo ist der Tobias?« Miriam hüpfte hin und her, erwartungsvoll.

»In seinem Zimmer. Und er freut sich riesig, dich wiederzusehen.«

Miriam rannte schon davon.

»Soll ich dir helfen?« Lilian griff nach einem Rucksack und einer Tüte.

»Danke, lieb von dir.« Hanna sah müde und erschöpft aus. Aber das war nicht erstaunlich nach der langen Fahrt. »Vorsicht, da sind Blätterteigstangen drin. Die zerbrechen leicht.«

»Macht nichts. Dann haben wir wenigstens einen Grund, um sie gleich zu essen.« Lilian grinste. »Weißt du was – ich mach uns vor dem Essen noch eine schöne Tasse Tee. Mit oder ohne Blätterteigstangen.«

Hanna umarmte sie. »Find ich super.«

»Dann saus ich mal gleich in die Küche. Umziehen kann ich mich auch später.« Das konnte Lilian sich eigentlich sparen. Denn sie wollte sowieso noch mal weg. Später, wenn Miriam im Bett war. Und zwar nach Pfaffenhofen, um endlich mit Davids Schwester zu reden. Sie hatte Laura nicht erreichen können. Gut, dass Hanna so früh zurückgekommen war. So musste sie nicht schon wieder Hannas Mutter um Babysitter-Dienste bitten.

Nach dem Abendessen saßen die Frauen auf der Terrasse, während ihre Kinder lärmend durch den Garten zogen. Zur Feier des Tages durften die beiden länger als sonst aufbleiben. Hanna und Tobias hatten Miriam bunte Boule-Kugeln mitgebracht. Von denen war sie ganz begeistert. Nach zwei konventionellen Spielrunden wurden die Kinder erfinderisch. Sie benutzten die Bälle als Zauberkugeln, mit denen sie geheime Verstecke im Garten ausfindig machen wollten. Lilian ertappte sich dabei, dass sie immer wieder verstohlen auf die Uhr sah. Auch sonst konnte sie nicht abschalten. Sie dachte ständig an die heutigen Verhöre, an David sowieso, an die vielen erfolglosen Anrufe bei Laura, an die geplante Fahrt zu ihr, an ihre Gewissensbisse gegenüber Helmut, an die möglichen Konsequenzen, falls der herausbekäme, dass sie ihm wichtige Informationen vorenthielt. Und an diese winzige Kleinigkeit, an die sie sich einfach nicht erinnern konnte. Das war doch zum Verrücktwerden!

»Hast du Sorgen? Du siehst so nachdenklich aus.« Hanna musterte sie.

»Im Moment ist alles ziemlich mau. Privat und beruflich.« Lilian seufzte. »Du, ich muss heute noch mal weg. Ist das okay?«

»Klar. Nach diesem Tag bleib ich sowieso zu Hause.«

Dankbar drückte Lilian ihr den Arm. »Erzähl mal – wie war's in Frankreich?«

Hanna beschrieb das schöne Wetter, von dem sie ganz braun geworden war. Das Meer, in dem man schon hatte baden können. Das gute Essen, zu dem Matthieu sie und Tobias ausgeführt hatte. Alles ohne besondere Begeisterung. Da stimmte was nicht.

»Warum seid ihr so früh nach Hause gefahren?«

»Matthieu hatte kaum Zeit. Dafür 'nen Haufen Arbeit, obwohl Wochenende war. Hat ständig rumgemeckert. Vor allem an Tobias. So ein Trottel! Man merkt eben, dass er keine Kinder hat. Null Verständnis.«

»Aber Hanna, woher soll er es denn haben?« Das hörte sich ja gar nicht gut an. »Hat das vielleicht was mit unserem Gespräch von neulich zu tun? Von wegen Beziehungsängste?«

»Volltreffer! Bloß diesmal war nicht ich es, die sich damit herumschlagen musste.«

»Aber Matthieu?« Lilian suchte eine andere Sitzposition. Etwas drückte ihr gegen den Rücken. Was hatte sie nur in ihrer Jackentasche?

»Wer sonst? So eine Beziehung auf Distanz ist eben auch nicht nur Friede-Freude-Eierkuchen.« Ein Stoßseufzer. »Mit Mann ist das Leben beschissen – und ohne erst recht!«

Lilian prustete lauthals los.

»Und außerdem hat er mir andauernd von seiner früheren Jugendliebe vorgeschwärmt. Die hat er neulich auf einer Fete wiedergetroffen. Von mir aus soll er mit seiner Claudette tun, was er will! Aber das braucht er mir ja nicht auf die Nase zu binden!«

»Na also, jetzt kommen wir der Sache allmählich auf den Grund.«

»Kann schon sein.«

Lilian lehnte sich zurück. Wieder drückte etwas. Sie fasste in die Jackentasche und zog etwas heraus – ein Handy. Natürlich, Nicolas Handy! Silke Kämmerer hatte es ihr mitgegeben. Sie hatte völlig vergessen, es Nicola zu geben. Hanna fuhr fort, sich über die Geschmacklosigkeit ihres französischen Noch-Freundes auszulassen. Lilian konnte sich aber nicht mehr auf ihre Worte konzentrieren. Sie fing an, an dem Handy herumzuspielen. Bis heute hatte sie nicht gewusst, dass Nicola eins hatte. Aber warum auch nicht? Schließlich hatten erstaunlich viele Leute eins, manche sogar zwei. So wie Nicolas Mann. Komisch ... Dummerweise hatte Lilian bisher vergessen, ihn danach zu fragen. Das würde sie so bald wie möglich nachholen. Dann könnte sie ihn auch gleich fragen, warum Andreas Robner und er überhaupt so oft miteinander telefoniert hatten. Schließlich waren sie sich jeden Tag in der Firma über den Weg gelaufen. Und privat hatten sie außer den seltenen Abendessen und einer Golfpartie pro Woche nicht viele Berührungspunkte gehabt. Da hatte Lilian eine Idee. Das Handy war eingeschaltet. Es war absurd, klar ... Trotzdem tippte sie die Handy-Nummer des Toten ein. Auf dem Display erschienen zwei Buchstaben: ER. Warum denn das? Warum stand da nicht AR? Oder Andreas Robner oder nur Andreas? Schließlich waren in der Firma alle per Du. Lilian starrte auf die Anzeige. Und auf einmal wurde ihr klar, was dort zu lesen war. Es war nicht die Abkürzung seines Namens. Das hieß »Er«. Nicola hatte seine Handy-Nummer unter dem männlichen Pronomen »Er« abgespeichert. Einem ganz alltäglichen Wort, einem unverfänglichen. Das nicht auffallen würde, wenn einmal ein anderer außer ihr das Handy benutzte. Ihr Mann vielleicht. Denn es war – das wusste Lilian auf einmal ganz genau – eines der Handys, das unter dem Namen ihres Mannes angemeldet war. Dessen Nummer der Tote auffallend oft angerufen hatte. Er und Nicola waren sich zwar jeden Tag im Labor begegnet, aber selten alleine. Irgendwer schwirrte immer rum: die Ganztagskraft oder Anton Perlinger oder sonst wer. Also hatten Nicola und ihr verstorbener Chef über das Handy kommunizieren müssen. Aber warum hätten sie so oft miteinander telefonieren sollen? Es gab nur einen Grund, einen denkbar einfachen … Nein, das war zu abwegig.

Lilian versuchte, sich wieder in Hannas Sermon einzuklinken. Gerade sagte sie: »Und was für eine super Köchin diese doofe Ziege doch ist! Und wie toll sie tanzen kann! So wie seinerzeit auf dem Abschlussball, als sie noch Claudette Dingsbums geheißen hat. Jetzt ist sie verheiratet, aber das ist für Matthieu natürlich kein Hinderungsgrund …«

Lilian starrte Hanna an. Ihre Worte lösten in ihr ein buntes, sich drehendes Kaleidoskop aus. Es drehte sich und drehte sich, immer schneller. Und schlagartig fügte sich ein Teil zum anderen. Laura konnte ja gar nicht die vielgesuchte LS sein! Als sie Andreas Robner kennen gelernt hatte, hatte sie noch Laura Berger geheißen. Aber eine andere Frau kam dafür in Frage. Eine Frau, an die Lilian bis vor einer halben Minute kaum gedacht hatte. Jetzt war ihr klar, nach welchem Detail sie dauernd gesucht hatte. Sie hatte den Personalausweis achtlos in der Hand gehalten. Es war ihr nicht aufgefallen: ›Nicola Lena Winters‹. Andreas Robner musste Nicolas zweiten Vornamen gekannt haben, ebenso wie ihren Geburtsnamen. Sandra Jentschek hatte ihn erwähnt, als sie von Nicolas Mutter gesprochen hatte. Die nervige Geschichtslehrerin: Anna Seelinger. Nicola Winters war die einzige wirkliche Kandidatin für die geheimnisvolle LS: Lena Seelinger.

Aber warum sollte der Tote die Abkürzung ihres Mädchennamens verwenden? Das war doch unlogisch! Schließlich hatte er sie Mitte Februar erst kennen gelernt. Es sei denn ... Was hatte Laura gleich noch mal gesagt? Nach ihrer Flucht aus dem großen, alten Haus in München hatte sie Andreas Robner nie wieder gesehen. Erstens kannte er ihren Nachnamen nicht. Und zweitens hatte er keinen Bedarf gehabt, weil genügend Mädchen ihm die Tür eingerannt hatten. Was, wenn er Nicola auch von früher kannte? Aber kam das zeitlich überhaupt in Frage? Nicola war 36, Laura 41 Jahre alt. Mit fast 18 war Laura Andreas Robner begegnet. Der war damals in der Abschlussklasse gewesen, musste also 18 oder 19 Jahre alt gewesen sein. Nicola wäre erst zwölf gewesen. Viel zu jung ... Halt! Hatte nicht Laura gesagt, jemand hätte ihr später erzählt, dass Andreas Robner noch lange in dem Haus des Onkels gelebt hätte? Während seiner Ausbildung zum Laboranten und während des ganzen Studiums. Also noch mindestens sieben Jahre. Nicola war in der gleichen Schule wie Sandra Jentschek gewesen, am Stadtrand von München. Nicht weit weg von ihm …

Hanna plapperte in einem fort. Aber Lilian war so sehr mit ihren eigenen Gedanken beschäftigt, dass sie kein Wort verstand. War das nicht völlig an den Haaren herbeigezogen? Und was war mit den vielen Verabredungen mit LS – hätte Nicola die überhaupt einhalten können? Sicher. Bis auf einen Nachmittag arbeitete sie nur vormittags. Ihr Hobby, das eigene Pferd im Reitstall, hätte ihr darüber hinaus genug Gelegenheit gegeben, sich jederzeit von zu Hause zu entfernen, ohne einen Verdacht zu erregen. Niemand überprüfte, wie oft sie wirklich in den Reitstall fuhr. Hatte nicht der junge Mann, der den Hof gekehrt hatte, überrascht reagiert, als er Nicola gesehen hatte? Lilian konnte sich gut an Nicolas Verlegenheit erinnern. Und an die hastige Art, mit der sie die Situation übergangen hatte. Und das nicht, weil der junge Mann sie angehimmelt hatte, so wie Lilian zuerst geglaubt hatte. Nicola wollte unter keinen Umständen die Sprache darauf bringen, dass sie in letzter Zeit selten zum Reiten gekommen war. Deshalb auch die Schwierigkeiten mit dem Pferd, das nicht über dieses lächerlich niedrige Hindernis hatte springen wollen. Ihr fehlte ganz einfach die Übung. Zu oft war sie zu ihrem Geliebten gegangen, anstatt mit dem Pferd zu trainieren. Zu ihrem Geliebten Andreas Robner.

Von der Psychotherapeutin Thea Blaschke wussten

sie, dass er unzählige Frauenbekanntschaften gehabt hatte. Pausenlos und mit nur einer Absicht. Nicht nur in München, wo die schwerhörige alte Dame die Schreie in seiner Wohnung falsch interpretiert hatte. Auch in Regensburg hatte er schon damit angefangen, sich neue Opfer zu suchen. Bei dem zweiten Treffen mit Paula Gerber wäre er sicher nicht mehr so einfühlsam mit ihr umgegangen. Und auch bei Sandra Jentschek hätte er irgendwann die Daumenschrauben angelegt.

Doch welches Motiv hätte Nicola für einen Mord gehabt? Das lag auf der Hand: Wie so viele andere hatte er sie erpresst. Und sie hätte viel zu verlieren gehabt. Eine exponierte gesellschaftliche Stellung mit vielen Annehmlichkeiten: neues Haus, gediegenes Auto, teuere Reisen, exklusive Klamotten, eigenes Pferd. Einen gut bezahlten Halbtagsjob, den sie mit Hilfe von Gärtner, Au-pair-Mädchen und Putzfrau bequem erledigen konnte. Eine materielle Sicherheit für ihre Kinder, die ihr kein anderer Mann so leicht bieten konnte. Das alles hätte sie nie leichtfertig aufs Spiel gesetzt. Das hatte sie selbst zu Lilian gesagt, unter dem Apfelbaum. Auch der Zeitpunkt für das Verbrechen war optimal gewählt. Nicola hatte nicht mehr befürchten müssen, die Firma ihres Mannes werde ohne den weltmännischen Produktspezialisten zusammenbrechen. Schließlich hatte der sein Fachwissen schon an Anton Perlinger weitergegeben. Da sie selbst im Labor arbeitete, hatte sie davon gewusst.

Auch Nicolas Alibi war von Anfang an auf sehr wackeligen Beinen gestanden. Sie hätte sich im Laufe des Dienstagabends ohne Gefahr von zu Hause entfernen können. Ihr Mann hatte einen Geschäftstermin, von dem er wie immer spät zurückkehren würde. Ihre Kinder lagen im Bett, Jenny war im Haus. Nicola konnte sich ausrechnen, dass das Au-pair-Mädchen die Gunst der Stunde nutzen und ihren Freund anrufen würde. Der hatte zwar Nicolas Auto vor der Garage gesehen, als er um neun gekommen war. Und um elf, als er wieder gegangen war, war es am gleichen Platz gestanden. Doch was war mit den zwei Stunden dazwischen? Nicola hätte genug Zeit gehabt, heimlich ins Auto zu steigen und nach Regensburg und wieder zurückzufahren. Und gehört hätte sie bestimmt niemand ... Da sah Lilian auf einmal Nicolas Gesicht vor sich. So wie am Nachmittag, unter dem Apfelbaum. Nur für den Bruchteil einer Sekunde. Mit diesem Ausdruck von Verzweiflung, Entsetzen, Panik – das hatte sie sich also nicht eingebildet! Das war echt gewesen! Aber welche Konsequenz ergab sich daraus? Oh Gott ... Hatte sie die nicht in Nicolas Augen gesehen?

Sie sprang von ihrem Stuhl auf. Ein Krachen. Er war nach hinten umgekippt. Hanna hörte sofort zu reden auf, schaute Lilian an. Irritiert. Realisierte dann aber gleich, worum es ging. »Ich schätze, du musst jetzt weg?«

Lilian war schon auf dem Weg nach draußen. »Es wird später. Ich erklär dir nachher alles.«

Sie rief den Kindern ein flüchtiges »Gute Nacht!« zu. Keiner nahm Notiz davon. Es kümmerte sie nicht. Sie rannte zum Auto. Tippte gleichzeitig Helmuts Kurzwahl in ihr Handy. Warum nahm er nicht ab? Na, los doch! Nach dem sechsten Läuten meldete er sich. Endlich! Sie gab ihm die wichtigsten Informationen durch. Helmut wohnte in Lappersdorf. Das lag auf halber Strecke zwischen Regensburg und Wenzenbach. Er würde vor ihr beim Haus der Winters' ankommen. Die Stadtautobahn war um diese Uhrzeit frei. Sie drückte aufs Gas. Und hoffte, dass sie es rechtzeitig schaffen würden.

KAPITEL 12

Das war's dann also. Ihr Leben war eine Farce. Die Fassade um sie herum, an der sie krampfhaft festgehalten hatte, bröckelte ab. Stück für Stück. Es gab vieles, was sie fassungslos auf die Trümmer ihres Lebens blicken ließ.

Ihr Mann war ein verdammter Heuchler, der sie ausgerechnet mit diesem intriganten Miststück betrogen hatte. Sie konnte sich lebhaft vorstellen, was sie mit Bruno angestellt hatte, nachdem sie es bei Andreas mit ansehen hatte müssen. Mit Bruno, der so katholisch war, dass er sie nur im Dunkeln liebte. Immer auf die gleiche, langweilige Art. Ohne Experimente. Jetzt wusste sie, dass er das Licht genauso fürchtete wie sie. Denn auf seiner Haut waren die gleichen Striemen wie auf ihrer … Allerdings war Brunos Verrat nichts im Vergleich zu der Erkenntnis, die Fabians Verhalten in ihr ausgelöst hatte. Er war ihr Nesthäkchen. Ihr Ein-und-Alles. Sie hatte gedacht, dass er sie brauchte. Wenigstens er, als einziger noch. Dass Julia ihr schon lange entwachsen, sogar fremd geworden war, konnte sie leichter akzeptieren. Auch das hatte sie dieser verfluchten Sandra zu verdanken. Aber jetzt konnte also auch Fabian ohne sie aus-

kommen. Es war ihr klar, dass morgen von seiner Seite aus alles vergeben und vergessen wäre. So wie von ihrer. Aber das Problem blieb das gleiche: Ihr Leben war nutzlos. Sinnlos. Absurd. Das war ihr heute bewusst geworden. Als diese Polizistin – die ihr aus irgendeinem Grund so sympathisch war – dieses Zitat aufgesagt hatte. Sie hatte sich verzweifelt an etwas festzuhalten versucht, das schon lange der Vergangenheit angehörte. Niemand brauchte sie, niemand liebte sie. Sie hatte sich über ihre Kinder – vor allem über Fabian, – über ihren Mann und über ihren damit verbundenen Lebensstandard definiert. Und was hatte sie davon? Nichts als zerplatzte Träume, eine kaputte Ehe, undankbare Kinder und die Aussicht auf einen einsamen Lebensabend. Wenn sie überhaupt aus dem Gefängnis herauskommen würde. Immerhin hatte sie nach sorgfältiger Planung und mit kaltblütiger Berechnung einen wehrlosen Menschen getötet. Ob die Justiz berücksichtigen würde, dass er sie erniedrigt, bedroht und gequält hatte? Wenn der Staatsanwalt herausbekäme, dass sie seine Demütigungen sogar genossen hatte, dann sicher nicht. Oder aber sie würden ihr eine zwanghafte Abhängigkeit unterstellen und sie bekäme mildernde Umstände. Oder sie würde in der Klapsmühle landen. Schließlich war sie verrückt gewesen – verrückt nach ihm. Und er nach ihr …

Hätte er sie sonst als seine »Göttin« bezeichnet? Er hatte sie gehasst und geliebt. Beides hatte er sie schonungslos spüren lassen. Am Schluss hatte er kein Ge-

heimnis mehr daraus gemacht, dass er andere Frauen neben ihr hatte. Trotzdem war sie sich sicher, dass sie für ihn einzigartig geblieben war. So etwas wie sie musste er hegen und pflegen. Bis er es schließlich vernichtete. Endgültig. Jetzt wusste sie, dass das sein Ziel gewesen war. Eigentlich war sie ihm nur zuvorgekommen. Survival of the Fittest. So einfach war das. Was wäre gewesen, wenn er sie getötet hätte? Wäre ihm sein Leben danach auch so sinnlos erschienen?

Wieder tauchten die Bilder jener ersten Nacht vor ihr auf. Sie hatte sich oft gefragt, ob sich eine so fatale Beziehung zwischen ihnen entwickelt hätte, wenn sie ihm damals das gegeben hätte, was er von ihr wollte. Damals, in dem dunklen Haus in München, hatte er sie unentwegt angesehen. Während er die andere Frau gevögelt hatte. Auch dann, als er diese ausgepeitscht hatte, war es ihr so vorgekommen, als hätte er es nur für sie getan. Damit sie wüsste, dass er das Gleiche mit ihr vorhatte. Doch dazu war es nicht gekommen. Denn noch während er die Frau gequält hatte, hatte sie sich von dem fremden Mann losgerissen und war davongelaufen. Sie hatte nicht gebettelt. Nicht gefleht. Sie hatte selbst entschieden, wann es Zeit war zu gehen. Was für ein Affront! Alle Frauen lagen ihm zu Füßen. Wie hatte sie als einzige es wagen können? Woher hatte sie nur diesen Mut genommen?

Inzwischen aber hatte sie aller Mut verlassen. Jeder Tag verstärkte das Gefühl in ihr, als fehlte ihr die Luft zum Atmen. Bestimmt hatte die Polizistin heute etwas gemerkt. Vielleicht hatte ihr Gesichtsausdruck im Garten sie verraten. Als endgültig ihre Welt zusammengebrochen war. Verdammt noch mal, warum hatte sie sich nicht besser in der Hand gehabt? Sie war doch so geübt darin, die Fassung zu bewahren. Obwohl es sie so viel Kraft kostete. Aber sie brauchte sich nicht zu sorgen. Denn es war nicht mehr lange nötig, so viel Kraft zu investieren …

Zu gern hätte sie gewusst, was die Spurensicherung am Tatort ergeben hatte. Natürlich gab es Gerüchte. Doch sie scheute sich, an der Entwicklung des Falles zu großes Interesse zu zeigen. Sie hatte mit Absicht den Dienstagabend gewählt, weil sie wusste, dass am gleichen Morgen die Zugehfrau die Wohnung besonders gründlich putzte. Sogar das Flusensieb der Waschmaschine säuberte sie regelmäßig. Die Spuren ihres Besuches vom vorhergehenden Samstag waren auf jeden Fall beseitigt, als sie am Abend des Mordes das Appartement betreten hatte. Wie ungeduldig er sie erwartet hatte. Nach ihrem verheißungsvollen Anruf kurz vorher. Sie hatte gewusst, dass er ihr in die Falle gehen würde. Ganz geheimnisvoll hatte sie getan. Ihn gefragt, ob er nicht Lust auf ein Spiel hätte. Ein Spiel, bei dem sie die Rollen tauschen würden. Schließlich hatte Sandra ihr vorgemacht, wie sie ihn locken und gleichzeitig auf Abstand halten konnte. ›Am Schluss schlüpfe ich in meine alte Rolle‹, hatte sie ihm versprochen. Er hatte genauso reagiert, wie sie es geplant hatte. Der Versuchung, sie nachher umso mehr zu zerbrechen, konnte er nicht widerstehen. Der Rest war so einfach gewesen …

Vielleicht hatten sie aber doch ein Haar von ihr gefunden oder einen verwischten Fingerabdruck, trotz des Haarnetzes und der Handschuhe? Unwahrscheinlich. Sie hatte ihm nicht einmal einen Kuss gegeben, damit keine Speichelreste von ihr auf seiner Haut zu finden wären. Deshalb hatte sie auch die Streichholzschachtel mit den Streichhölzern mitgenommen. Durch ihre Arbeit mit der PCR hatte sie gewusst, worauf sie zu achten hatte. Wegen der anderen Dinge – der Peitsche, dem Messer und den Handschellen – machte sie sich keine Gedanken. Andreas hatte sie nach jedem Treffen akribisch sauber gemacht. Sie hatte sich darüber gewundert, dass er trotz seiner sonstigen Schlamperei in diesen Dingen auf so penible Sauberkeit bedacht gewesen war. Ob er schon im Vorfeld darauf geachtet hatte, keine Blutspuren oder andere Indizien zu hinterlassen? Schließlich konnte er nicht wissen, was im Falle eines unvorhergesehenen Todesfalles gegen ihn verwendet werden würde … Das einzige, woran sie nicht gedacht hatte, war sein Terminkalender. Zuerst war sie erschrocken, als die Polizistin davon gesprochen hatte. Dann aber hatte sie sich beruhigt, denn nicht einmal Bruno konnte mit ihrem zweiten Vornamen ›Lena‹ etwas anfangen. Der Name erinnerte sie an Andreas' erste Demütigung. Deshalb hatte sie ihn später konsequent verschwiegen. ‚Nicola? So was Ekelhaftes hab ich noch nie gehört.' Da fiel ihr Sandra ein. Das war seine letzte Demütigung gewesen. Der Gedanke daran machte sie rasend. Ihre schreckliche Eifersucht kam wieder hoch. Aber das hatte sie diesem Miststück heimgezahlt. Jetzt war sie Dauergast bei der Kripo. Und Andreas hatte auch seine Quittung dafür bekommen. Sie fühlte Genugtuung. Und gleichzeitig eine unendliche Leere. Denn noch etwas anderes hatte sie heute festgestellt. Unter dem Apfelbaum …

Der Samstagabend hatte ihr den Rest gegeben. Als sie Sandra mit ihm gesehen hatte, auf ihm – und auf einmal entdeckt hatte, dass sie eifersüchtig war. Denn man konnte nur eifersüchtig sein, wenn man liebte. Wie war es aber möglich, so etwas wie Liebe für ihn zu empfinden? Für diesen Teufel in Menschengestalt? Sie sah nur einen Ausweg. Sie musste ihn töten. Während sie den Mord dann plante, redete sie sich ein, sie hätte ihre Gefühle für ihn falsch interpretiert. ›Es ist eine bloße Abhängigkeit, die mich an ihn kettet,‹ sagte sie sich immer wieder vor. ›Wenn er tot ist – gestorben durch meine Hände – dann ist es vorbei. Dann bin ich endlich frei.‹

Sie hatte sich getäuscht. Sie war nicht frei. Sie war gefangen im Gefängnis ihrer Erinnerungen – im Gefängnis seiner Faszination, die sie nicht einmal durch seinen Tod auslöschen konnte. Warum nicht? Weil sie bei ihm schwach sein durfte: betteln, weinen, schreien – alles war erlaubt. Weil er ihr die Flucht aus ihrer Welt ermöglich-

te: in die sie trotzdem zurückkehren konnte. Weil sie in eine andere Haut schlüpfen durfte: in eine fremde, verborgene, verbotene. Weil er all das symbolisierte, was in ihrem jetzigen Leben unerreichbar blieb, was nicht sein durfte, was sie sich aber so herbeisehnte – immer noch … Und jetzt war er nicht mehr da. Keine Fluchtmöglichkeit mehr aus ihren lästigen Pflichten, ihrer ständigen Verantwortung, ihrem geordneten Leben. Kein anderer Mann konnte ihr dieses Gefühl geben, das er ihr geschenkt hatte. Keiner konnte ihr den Traum verwirklichen, den sie im geheimen geträumt hatte. Von dem nur er gewusst hatte – dem Traum, nur einmal zu entfliehen. Doch das »eine Mal« war nicht mehr als ein Anfang gewesen, ein Anfang für eine Liebe ohne Ausweg. »Amour fou«, so nannten es die Franzosen. Was für eine treffende Bezeichnung …

Sie atmete tief aus. Eigentlich war sie ihrem Mann und ihrem Sohn dankbar. Die beiden erleichterten ihr diesen endgültigen Schritt, an den sie in letzter Zeit immer öfter gedacht hatte. Nur der Gedanke an ihre Familie hatte sie davon abgehalten. Der heutige Tag aber hatte sie ernüchtert. Jetzt wusste sie, was sie zu tun hatte. Vielleicht war es nur ausgleichende Gerechtigkeit. Auge um Auge, Zahn um Zahn, ihr Leben für das Leben von Andreas. Oder war es ihre Bestrafung für sich selbst, weil sie sich mit eigenen Händen das genommen hatte, was sie so sehr brauchte? Unwiederbringlich …

Sie steckte eine von Brunos Rasierklingen ein, bevor

sie ins Gästehaus ging. Sie hatte dafür gesorgt, dass sie niemand stören würde. Vor allem die Kinder sollten sie nicht sehen. Hinterher.

Im Anbau schloss sie sicherheitshalber die Tür ab. Es kam ihr wie Stunden vor, bis sie endlich die Schritte in der Einfahrt hörte, auf die sie gewartet hatte. Alles erinnerte sie an den bewussten Dienstagabend, als sie auch kurz vor neun in dieser Lauerstellung hinter den Jalousien in Jennys Appartement gekauert hatte. Erst zehn Minuten später, nachdem Jennys Freund lange schon im Haus verschwunden war, war sie aus dem Gästehaus zum Auto geschlichen. Ein wenig mulmig war ihr schon zumute gewesen, als sie den Anlasser betätigt hatte. Aber sie war sich sicher gewesen, dass die beiden das Geräusch nicht hören würden. Alles hatte wunderbar geklappt.

Sie ging ins Bad und ließ Wasser ein. Sie legte die Rasierklinge auf den Badewannenrand. Sie zog sich aus, hängte ihre Kleider auf und stieg in die Wanne. Das Wasser war so wohlig warm. Endlich Frieden … Ein Bild tauchte vor ihr auf. Eine Erinnerung an blutbespritzte Wände und ein verschmiertes Bettlaken. Sie verdrängte es, ehe es sich festsetzen konnte. Als sie nach der Rasierklinge griff, war sie ganz ruhig.

Vor der Garage war nur Nicolas Auto zu sehen. Neben der Eingangstür lehnte ein altes Fahrrad. Helmut dachte nicht lange darüber nach, wem das gehörte. Er sprang aus dem Wagen. Es war schon dämmrig. Er läutete Sturm. Nichts! Warum öffnete niemand? Verfluchter Mist! Wieder hämmerte er auf den Klingelknopf.

Endlich hörte er Schritte. Die Tür wurde geöffnet. Jenny sah ihn fragend an. Fast verstört. Ihre Haare waren zerrupft. Als ob sie direkt aus dem Bett gekommen sei. Auf seine Frage reagierte sie wie eine Schlaftablette. »Wo Nicola ist? Na, sie hat sich hingelegt. Drüben im Anbau, ins Gästezimmer. Ich soll sie erst morgen wecken. Sie hat wieder einen schlimmen Migräneanfall ...«

Helmut ließ sie stehen. Rannte zum Gästehaus, so schnell er konnte.

»Warten Sie! Nehmen Sie doch den Schlüssel mit!« rief ihm Jenny nach. »Nicola hört Sie bestimmt nicht, wenn sie schon schläft.«

Sie lief ihm nach. Hinter ihr tauchte ein junger Mann auf. Hastig knöpfte er sich das Hemd zu. Doch Helmut achtete nicht auf die beiden. Er rüttelte an der Tür zum Gästehaus. Verdammt – abgesperrt! Bei den Fenstern auf der linken Seite waren außen die Rollos heruntergelassen. Bei dem Fenster rechts von der Tür waren auf der Innenseite die Lamellen einer Jalousie zu sehen. Innen brannte kein Licht.

Jenny war bei ihm angelangt. Sie steckte den Schlüssel ins Schloss, drehte ihn herum. Drückte die Türklinke nach unten. Die Tür ging nicht auf.

»Warum hat sie denn abgesperrt ... und den Schlüssel innen stecken lassen? Was wollen Sie eigentlich ...?«

Helmut nahm einen großen Stein aus dem Blumenbeet neben ihm. Er schlug das Fenster auf der rechten Seite ein. Das Geräusch von klirrendem Glas durchbrach die Stille der frühen Nacht.

Jenny schrie. »Was soll denn das ...?«

Ohne ein Wort griff er durch die zerbrochene Scheibe. Legte den Fensterhebel um. Die Lamellen der Jalousie waren im Weg. Mist, er hatte sich geschnitten. Egal. Er stieß das Fenster auf. Die Jalousie quietschte. Hektisch fegte er die größten Splitter auf dem Fensterbrett zur Seite, zog sich hoch, sprang hinein. Das musste Jennys Zimmer sein. Es war ziemlich dunkel hier drinnen. Trotzdem konnte er sehen, dass es leer war. Entferntes Rauschen. Was war das? Später. Dafür hatte er jetzt keine Zeit. Verflucht, wo war bloß Nicola?

»Das Gästezimmer ist da drüben ...« Erschrocken spähte Jenny in den dunklen Raum.

Helmut hechtete zur Tür. Riss sie auf. Das Zimmer daneben war auch leer. »Wo zum Teufel steckt sie nur ...?«

Er rannte zurück. Wo war bloß der verdammte Lichtschalter? Ach, da ... Das Licht blendete ihn. Doch nur einen Moment. Dann sah er eine zweite Tür am hinteren Ende von Jennys Zimmer. Wieder hörte er das Rauschen. Es kam aus dem Raum dort hinten. Was war das? Auf dem Teppich vor der Tür waren Flecken. Wasserflecken. Oh Gott ... Helmut riss die Tür auf. Nicola lag in der Wanne. Überall war Wasser, rotes Wasser. Und

Blut. Auf den Wandfliesen, auf dem Spiegel, auf den Badewannenarmaturen. Helmut stürzte zur Wanne. Er zerrte Nicola heraus. Sie war so schwer.

»Schnell, Jenny! Rufen Sie den Notarzt!« Er legte sie auf den Boden, presste seine Finger auf die aufgeschnittenen Handgelenke. Verdammt, es hörte nicht auf zu bluten. Er brauchte irgendetwas zum Abbinden. »Jenny, ein langes Seil – schnell! Oder zwei Handtücher …!«

Er wandte sich um. Jenny stand im Türrahmen. Bewegungslos. Mit weit aufgerissenen Augen starrte sie zu ihnen hinüber. »Oh nein …«

Er schrie sie an: »Jenny, los! Bringen Sie zwei Handtücher! Rufen Sie den Notarzt an! Schnell! Machen Sie schon!« Seine eigenen Worte gellten ihm in den Ohren.

Jenny erwachte aus ihrer Lethargie. Sie stürzte zum Badezimmerschrank, holte die Handtücher heraus, warf sie ihm zu. Dann verschwand sie. Er hörte, wie sie im Nebenzimmer telefonierte. Aufgeregt und zusammenhanglos.

So fest er konnte wickelte er die Handtücher um Nicolas Armbeugen und zog mit aller Kraft zu. Der Druck war nicht groß genug. Die Blutung ließ zwar nach, aber es quoll immer noch Blut aus den Wunden.

Jennys Freund erschien in der Tür. »Kann ich …?«

»Schnell, kommen Sie her! Drücken Sie auf die Handgelenke! … Genau, gut so!«

Jennys Freund tat wie ihm geheißen. Nur noch einzelne Blutstropfen sickerten zwischen seinen Fingern hindurch. Nicolas Atmung war schwach, unregelmäßig. Helmut beugte sich über sie, presste seinen Mund auf ihren, stieß Luft in ihre Lungen. Dazwischen drückte er fest auf ihren Brustkorb. Mit den Knien versuchte er gleichzeitig, die Enden der Handtücher einzuklemmen und so die Spannung aufrecht zu erhalten. Dieses blöde Rauschen! Es störte ihn. Warum drehte denn niemand das Wasser ab? Dafür hatte er jetzt wirklich keine Zeit ... Er machte weiter mit der Mund-zu-Mund-Beatmung und der Herzdruckmassage. Nach und nach wurde ihr Atem regelmäßiger und kräftiger.

Jenny wankte ins Zimmer. »Der Notarzt kommt gleich. Ist sie tot? Oh Gott, was ...?« Ihre Stimme wurde hysterisch.

»Halten Sie den Mund!« fuhr Helmut sie an. »Und drehen Sie den verdammten Wasserhahn ab!« Jetzt konnte er kein weinendes Frauenzimmer gebrauchen. Außerdem musste er seinen Adrenalinstau irgendwie loswerden.

Jenny glotzte ihn an. Dann machte sie sich benommen an den Armaturen zu schaffen. Das Wasserrauschen brach ab.

»Wir müssen sie ins andere Zimmer tragen. Los!« Helmut hob Nicola an den Schultern hoch. »Jenny – kommen Sie her! Sie müssen solange die Blutung stoppen. Drücken Sie so fest drauf, wie Sie können!«

Jenny presste ihre Finger mit aller Gewalt auf die

offenen Handgelenke. Die beiden Männer schleppten Nicola in Jennys Zimmer. Sie legten sie aufs Bett. Helmut wickelte eine Decke um sie. Schaute in ihr fahles Gesicht. Ihre Augen waren geschlossen. Die Lippen hatten kaum noch Farbe. Wo blieb nur der verfluchte Rettungsdienst?

Als Lilian in die Hauseinfahrt der Familie Winters einbog, drängten sich vor dem Gästehaus reihenweise Fahrzeuge: zwei Rettungswagen, ein Streifenwagen, Nicolas Auto, Helmuts Kombi. Auf den ersten Blick wirkte die Szene unwirklich. Unheimlich. Flackernde Lichter in der Dunkelheit. Überall reges Kommen und Gehen. Eine in sich zusammengesunkene Jenny lehnte an einem der Rettungswagen und stierte mit leeren Augen vor sich hin. Sie zitterte am ganzen Körper. Trotz der Decke, die ihr eine barmherzige Seele um die Schultern gelegt hatte. Der junge Mann neben ihr hatte den gleichen fassungslosen Gesichtsausdruck. Auf seinem Hemd waren dunkle Flecken. Lilian wollte nicht darüber nachdenken, woher sie stammten. Vor dem Gästehaus standen zwei Streifenpolizisten. Gerade kamen Helmut und ein Sanitäter heraus. Helmuts Kleidung war blutverschmiert. Auch die Hände und Arme. Er sah erschöpft aus. Als er Lilian erkannte, ging er zu ihr hinüber. Langsam, mit steifen Gliedern.

»Geh nicht rein«, sagte er müde. »Du störst jetzt nur. Sie bringen sie gleich weg.«

»Ist Nicola … tot?« Es fiel Lilian schwer, das Wort auszusprechen.

»Sie lebt. Ich bin gerade noch rechtzeitig gekommen. Sie fahren sie ins Krankenhaus.«

»Was ist passiert?«

»Du hattest Recht, sie wollte sich umbringen. Sie lag mit aufgeschnittenen Pulsadern in der Badewanne.« Er wies mit seinem Kopf zum Blumenbeet. Dort lagen Glasscheiben. »Da bin ich rein.« Er holte tief Luft. »Warum hat sie das getan? Weil ihr Mann sie betrogen hat? Oder weil sie nicht damit fertig geworden ist, dass sie jemanden getötet hat?«

»Vielleicht. Vielleicht ist es aber nicht ganz so einfach … « Lilian verstummte. »Fährst du mit ins Krankenhaus?«

»Der Notarzt hat gemeint, ich soll das hier vorher verbinden lassen.«

Erst jetzt sah Lilian, dass sein Arm verletzt war. Es war eine tiefe Schnittwunde.

»Ein Krankenwagen bleibt solange hier. Außerdem hat Jenny einen Schock, der Sanitäter muss sich auch noch um sie kümmern.« Er zögerte. »Irgendwie fühle ich mich für sie verantwortlich.« Er warf den uniformierten Kollegen einen kurzen Blick zu. »Auch die Formalitäten dauern sicher noch eine Zeitlang – fahr du mit in die Klinik. Ich komm dann später nach.«

»In Ordnung. Was ist mit Nicolas Mann? Weiß er schon Bescheid?«

»Ja. Er ist gerade von Hof losgefahren.«

»Und die Kinder?«

»Die sind oben.« Erschöpft fuhr er sich durch die Haare. »Hoffentlich schlafen sie noch. Da muss ich auch mal raufschauen.«

In diesem Augenblick verließen zwei Krankenpfleger mit einer Trage das Gästehaus. Im Laufschritt. Eine junge Frau, die eine Infusion hielt, und zwei weitere Männer in roten Einsatzjacken folgten ihnen. Nicola lag bis zum Hals zugedeckt auf der Trage. Ihre Augen waren geschlossen. Eine Sauerstoffmaske verdeckte die untere Gesichtshälfte. An einem Arm, der unter der Decke herausschaute, war ein Infusionsschlauch befestigt.

»Also, bis später.« Lilian klopfte Helmut auf die Schulter und eilte den Sanitätern nach.

Im Krankenhaus wurde Lilians Geduld auf eine harte Probe gestellt. Erst nach zwei Stunden konnte sie mit dem diensthabenden Arzt sprechen. Er war noch ziemlich jung, höchstens Ende zwanzig. Und blickte sie aus rotgeäderten Augen so an, als ob er sich um diese Zeit lieber zu Hause auf seinem Sofa ausstrecken würde als sich mit ihr hier herumzuschlagen.

»Der Zustand von Frau Winters ist nach wie vor kritisch, aber sie ist nicht mehr in Lebensgefahr.«

Lilian atmete auf. »Wann kann ich mit ihr sprechen?«

»Im Moment auf jeden Fall nicht. Die Patientin braucht absolute Ruhe.«

»Hören Sie, Dr …,« Lilian versuchte, das Namensschild an seiner Brusttasche zu entziffern. »... Dr. Ebert – es dauert wirklich nicht lange. Ich ermittle in einem Tötungsdelikt. Frau Winters ist dringend tatverdächtig. Ich muss unbedingt mit ihr reden ...«

»Ich verstehe Ihre Situation durchaus, Frau Kommissarin«, unterbrach sie der junge Mediziner gereizt. »Aber die Patientin ist nicht vernehmungsfähig. Ihre Fragen müssen warten.«

»Ist Frau Winters bei Bewusstsein?«

»Das ist unwichtig. Ich gestatte es Ihnen nicht, sie im Augenblick durch unnötige Fragen aufzuregen.« Dann zögernd: »Da gibt es allerdings noch etwas ...«

Da erschien Dr. Winters. Er schleppte sich über den Flur vor der Intensivstation. Mit seltsam eckigen, mechanischen Bewegungen und aschfahlem Gesicht. Wie ein Schlafwandler. »Wo ist meine Frau? Wie geht es ihr?« Seine Stimme klang hohl.

»Sie sind der Ehemann von Frau Winters?« fragte Dr. Ebert.

Er nickte.

»Ihre Frau ist außer Lebensgefahr. Es geht ihr den Umständen entsprechend. Warten Sie bitte einen Moment. Ich sage ihr, dass Sie da sind.«

Nachdem der Arzt hinter der Tür verschwunden war, erwachten Dr. Winter's Lebensgeister. Er fing an, hektisch und aggressiv auf Lilian einzureden. »Ich verstehe das nicht! Wie konnte sie mir so was antun? Man bringt sich doch nicht einfach um, wegen so einer Lappalie!

Wir waren doch so glücklich!« Sein Blick wurde lauernd. »An allem sind nur Sie schuld! Diese verdammte Polizei! Wenn Sie heute nicht bei uns hereingeplatzt wären, dann hätte sie das mit Sandra nie erfahren!«

Lilian verkrampfte sich. Helmut hatte ihm also nicht alles gesagt ...

»Warum müssen Sie Ihre Nase überall hineinstecken?« schimpfte er schon weiter.

»Dr. Winters, hören Sie bitte. Wir glauben, dass Ihre Frau viel mehr in den Fall verwickelt ...«

Die Tür zur Intensivstation wurde aufgeschoben. Dr. Ebert tauchte wieder auf. Und schaute ratlos von einem zum anderen. »Es tut mir Leid, Dr. Winters, aber Ihre Frau will Sie unter keinen Umständen sehen. Stattdessen will sie unbedingt mit Ihnen reden. Aber Sie haben nur ein paar Minuten! Sprechen Sie leise und so wenig wie möglich. Eine Schwester ist die ganze Zeit über in der Nähe. Sie wirft Sie sofort hinaus, falls Sie Frau Winters aufregen sollten.«

Lilian war überrascht. Doch sie ließ sich nichts anmerken und folgte dem jungen Arzt schnell, bevor der es sich wieder anders überlegen konnte. Bruno Winters blieb mit entgeisterter Miene zurück.

Nicola war an eine Reihe medizinischer Geräte angeschlossen. Ein Monitor mit mehreren farbigen Kurven, Infusionen zur Blutübertragung und Kreislaufstabilisierung, zahllose Kabel und Schläuche. Auf ihrem Gesicht eine Sauerstoffbrille, dicke Gipsverbände an den Unterarmen. Die Blutspuren waren entfernt worden. Im ersten Moment erschrak Lilian über ihre Gesichtsfarbe. Die war so weiß wie die Bettdecke, die sie fast bis zum Kinn einhüllte. Ihre Augen waren geschlossen. Trotz Dr. Eberts Worte war Lilian sich nicht sicher, ob die Patientin wach war oder schlief. Die Zeit drängte. Doch Lilian wartete schweigend. Anstelle von Wänden gab es halb hohe Glasfenster, die Tür stand offen. Trotzdem nahm Lilian die Geräusche der Intensivstation wie durch einen Schleier wahr: Rasche, leise Schritte. Das Piepen der Geräte aus den anderen Zimmern. Gedämpfte Stimmen.

Da öffnete Nicola die Augen. Drehte den Kopf in Lilians Richtung. Fing zu reden an. Es war mehr wie ein Stammeln. »Ich wollte eine … gute Mutter sein … Wollte meine Kinder … vor allem … beschützen …«

Ihre Stimme war leise. Lilian beugte sich zu ihr hinunter, um ihre Worte besser verstehen zu können.

»Wissen Sie, was das … Schlimmste war? Dass ich ihn … geliebt habe. Als ich das erkannte, wusste ich, dass ich … nie von ihm … loskommen würde.« Sie hielt inne. Das Sprechen strengte sie an.

Lilian brannten tausend Fragen auf den Lippen. Fragen, die sie als gute Polizistin sofort stellen müsste. Aber sie wusste, dass ohnehin jede Äußerung von Nicola nur unter Vorbehalt vor Gericht verwendet werden könnte. Also wartete sie geduldig darauf, dass Nicola weiterreden würde.

»Er war ein richtiges ... Schwein. Er drohte mir, er würde ... diese Geschichte von früher ... in der Firma bekannt machen. Damals war ich noch ... ganz jung. Als ich ihm das erste Mal begegnete ...« Sie musste Luft holen. »Bruno hätte nie verstanden, warum ich mit ihm in dieses ... Haus gegangen bin. Wo ich ihn doch kaum kannte ... Wenn er erfahren hätte, was dort ... alles passiert ist. ... Und wenn ich gewusst hätte, dass Bruno ... auch nicht besser ist ...« Sie machte die Augen zu. Atmete schnell. »Und Fabian, mein kleiner Liebling ... Ich hab alles falsch gemacht ... Oh Gott, was hab ich nur getan?« Sie konnte nichts mehr sagen. In ihr Gesicht kehrte all die Verzweiflung und Hoffnungslosigkeit zurück, die Lilian schon am Nachmittag darin gesehen hatte.

Sie legte Nicola die Hand auf den Arm. »Sie müssen nichts mehr sagen. Wichtig ist, dass Sie wieder zu Kräften kommen. Wir können später über alles reden.« Wir werden noch genug Gelegenheit dazu haben, dachte sie bitter.

»Bitte ... gehen Sie noch nicht!« Nicola sah sie flehentlich an. »Andreas hat mich gequält und gedemütigt, er hat mich ... benutzt und verachtet. Er hat mir gedroht, mein Leben zu zerstören ... Und ich hatte doch ... die Verantwortung gegenüber meiner Familie ... Ich hatte keine ... Wahl.« Sie schluckte. Dann kaum hörbar: »Ich hätte seine Welt niemals ... betreten dürfen ...« Ihr Blick flatterte, dann senkten sich die Lider.

Lilian wartete, doch es kam nichts mehr. Eine Schwester schaute durch die Glasscheibe und machte ihr ein Zeichen. Sie nickte. Als sie sich zum Gehen wandte, flüsterte Nicola: »Sogar jetzt liebe ich ihn noch ... Und es wird nie ... aufhören. Das ist viel schlimmer, als wenn ich tot wäre ...«

Lilian wartete noch einen Moment. Doch es blieb still. Sie ging auf den Gang hinaus. Als sie die Intensivstation verlassen wollte, kam ihr der junge Arzt entgegen.

»Da ist noch etwas, was ich Ihnen sagen wollte. Frau Winters hat am ganzen Körper Verletzungen. Die meisten sehen aus wie Striemen von Peitschenschlägen. Sie hat auch Verbrennungen. Ich schätze von Zigaretten. Die tieferen Wunden könnten auch von einem Messer stammen. Ich wollte das vorhin nicht sagen, vor ihrem Mann ...« Er hustete. Verlegen. »Die meisten Verletzungen sind bereits verheilt, aber sie ist wirklich übel zugerichtet worden. Wissen Sie, wer das getan hat?«

»Ja.«

»Gut, denn den Kerl müssen Sie sich schnappen.«

»Machen Sie sich keine Sorgen. Das hat Frau Winters schon selbst erledigt.«

Es war nach Mitternacht, als Lilian nach Regensburg zurückfuhr. Sie fühlte sich ausgebrannt und leer. Diese lähmende Erschöpfung war nicht nur durch die späte Stunde zu erklären. Und was war mit dieser unendlichen Traurigkeit? Die spürte sie vor allem dann, wenn sie wieder Nicolas Augen vor sich sah. Sie hätte sie so gerne aus ihrem Bewusstsein verdrängt. Es gelang ihr nicht. Wieder einmal wirbelten die Gedanken in ihrem Kopf durcheinander. Wie Blätter in einem Sturm. Sie dachte darüber nach, welche Wahlmöglichkeit man als Mensch eigentlich hatte. Waren Nicola die Dinge einfach aus der Hand geglitten? So wie sie dem, den sie geliebt und getötet hatte, schon lange vor ihr entglitten waren? Hatten sie eine echte Entscheidungsfreiheit gehabt? Wo war die Grenze? Eine Grenze, hinter der eine bewusste Entscheidung nicht mehr möglich war …

Was war mit ihr selbst? Absichtlich hatte sie den Zeitpunkt hinausgeschoben, mit ihrem Kollegen – der in diesem konkreten Fall sogar ihr Vorgesetzter war – über ihre inoffiziellen Ermittlungsergebnisse zu reden. Sich schließlich ganz konkret dagegen entschieden. Zum einen, weil sie im Vertrauen auf ihr Gefühl Laura für unschuldig gehalten hatte. Trotz der vielen Verdachtsmomente gegen sie. Und trotz ihres eigenen Wissens, dass das zu entscheiden Sache des Gerichts war. Zum anderen, weil sie aufgrund ihrer Beziehung zu David befangen gewesen war. Und weil sie deshalb Tatsachen verschleiert hatte … Alles in allem also mehr oder weniger gute Gründe, den Mund zu halten. Und das, obwohl sie ganz genau wusste, wie schnell sich solche Dinge verselbstständigen konnten. Denn irgendwann wäre es zu spät für ein klärendes Gespräch mit Helmut gewesen. Was wäre passiert, wenn sich ihre Einschätzung als falsch herausgestellt hätte? Wenn Laura den Mord begangen hätte? Die fatalen Entwicklungen hätte sie nicht vorhersehen können: eine Familientragödie in Lauras Familie, eine dramatische Entgleisung von Davids brüderlichen Gefühlen, ein dienstliches Verfahren gegen sie selbst mit ungewissem Ausgang, dazu ein steiler Abfall ihrer eigenen, mühsam aufgebauten Polizeikarriere, ein finanzieller Einbruch für sie und ihre Tochter. Und, und, und. Hätte sie die persönliche Verantwortung für diese Folgen übernommen?

Also hatte auch sie die Wahl gehabt. Sie hatte sich dafür entschieden, wider besseres Wissen ihrem Instinkt zu vertrauen. Und letzten Endes hatte sie einfach Glück gehabt. Andreas Robner und Nicola – beide Opfer und Täter zugleich – hatten kein Glück gehabt. Sie hatten sich in ihren ausweglosen Gefühlen verstrickt, jeder auf seine Weise. Der eine hatte seine Triebe zwanghaft und hemmungslos ausgelebt, während die andere sie erst einmal jahrelang unterdrückt hatte. Beides hatte im Chaos geendet. Da war sie wieder, diese Bipolarität des Lebens, an die sie unentwegt stieß. Schwarz und Weiß, Gut und Böse, Hell und Dunkel. Und dazwischen Abertausende von grauen Schattierungen. Und auch unendlich viele bunte, schillernde, verborgene Nuancen. Und diese Zwischentöne waren es, die das Leben so lebenswert machten. Vielleicht war das letztendlich die Wahl, die jeder für sich selbst treffen musste: alles zuzulassen, alles in sich zu vereinen, aus allem einen Ausweg zu finden. Einen Ausweg, der nicht Dritte in seinen tödlichen Strudel hineinsog …

Da musste Lilian an eine Geschichte denken. Die hatte ihr die Mama vor langer Zeit aus dem scharlachroten Märchenbuch der Vergessenen Geschichten vorgelesen. Die Erzählung hatte »Die Drachenfrau« geheißen. Ehrlicherweise musste Lilian zugeben, dass sie diese nie richtig verstanden hatte. Bis heute … Eine alte Drachin wohnte in ihrer Höhle. Sie hatte eine riesige, beeindruckende Gestalt. Auf ihrer orangegelben Haut prangten glitzernde Schuppen. Spitze Zacken auf Rücken und Flügeln. Lange Zähne, die bedrohlich glänzten. Ihre messerscharfen Krallen bohrten sich in das steinige Erdreich vor ihrer unwirtlichen Wohnstätte. Aus dem weit geöffneten Maul schoss ein leuchtender Feuerstrahl in den flammendroten Abendhimmel. Was für eine gewaltige Erscheinung, die da auf dem Felsen vor der schwarzen Höhle thronte! Ihre Augen sprühten vor Lebenslust und Gier. Sie war gefährlich, diese Drachenfrau. Sie war wunderschön, mutig, stolz. Und sie war entsetzlich einsam. Alles hatte sie besessen – und alles verloren. Ihre Stellung in der Drachengemeinschaft, die ihr so wichtig gewesen war. Die einzige Liebe ihres Lebens, für die sie gekämpft hatte wie eine Wilde. Und schließlich ihre Brut, die sie aufgezogen und soeben in die Welt entlassen hatte. Von ihr abgewandt, hoben sich ihre Kinder auf breiten Schwingen zum Himmel empor. Glitten in unbekannte Fernen davon, die für die alte Drachin für immer unerreichbar blieben. Lange sah die Mutter ihren Kindern nach. Sie hatte so viel für sie getan. Sogar getötet hatte sie für sie. Und jetzt konnte sie sie nicht zurückhalten. Dankbarkeit würde sie nie erhalten. Letztendlich stand sie ihr nicht einmal zu, denn schließlich war sie die Mutter. Die Drachenfrau wandte sich ab und kroch in ihre dunkle Höhle. So konnte sie nicht sehen, wie die Blicke ihrer Kinder zurückkehrten. Um ein letztes Mal auf das vertraute Zuhause zurückzuschauen. Und um die Mutter zu suchen …

Lilians Handy läutete. Sie schreckte aus ihren Gedanken hoch. Es war Laura.

»Entschuldigen Sie bitte, dass ich mich den ganzen Tag nicht bei Ihnen gemeldet habe. Ich hab grad die Mailbox abgehört. Da sind lauter Nachrichten von Ihnen drauf.« Ein Seufzen. »Ist zwar schon ewig spät, aber ich dachte mir, ich muss mich noch bei Ihnen rühren. Ich hab einen schlimmen Tag hinter mir. Mein Sohn hatte einen Unfall. Mit dem Roller. Wir kommen gerade aus der Klinik. Verdacht auf Schädelbasisbruch. Aber Gott sei Dank ist alles in Ordnung! Weshalb wollten Sie mich denn so dringend sprechen?«

»Ich …« Lilian wusste nicht, was sie sagen sollte. »Ich ruf Sie morgen an, in Ordnung? Machen Sie sich keine Sorgen, es ist alles okay.«

Sie fuhr weiter durch die Nacht. Einzelne Lichter in dem einen oder anderen Haus blitzten auf, der Schein der Straßenlaternen flog an ihr vorbei. Das Autofenster war weit geöffnet. Ein angenehmer Nachtwind erfrischte sie. Wie gut das tat! Endlich ein wenig Abkühlung nach der schrecklichen Hitze der letzten Tage. Irgendwann wurde ihr klar, dass sie trotz der späten Stunde noch einen Gang zu erledigen hatte. Sie ließ die Autobahnausfahrt Prüfening, an der sie hätte abbiegen müssen, hinter sich. Brauste weiter, bis die Lichter der Stadt hinter ihr in der Dunkelheit verschwanden.

Sie kannte den Weg. Vor dem Haus hielt sie an. Dann läutete sie und wartete unter einem Bogen aus betörend duftenden Rosen. Sie hätte zu gerne gewusst, welche Farbe sie bei Tageslicht hatten. Vielleicht ein ganz helles Rosa, fast weiß? Auch das letzte Mal, als sie hier gewesen war, war es schon spät gewesen. Und jetzt war es kaum festzustellen …

Nach dem fünften Läuten tauchte gedämpfte Helligkeit im Hausinneren auf. Sie hörte Schritte. Der Spion verdunkelte sich. Die Tür ging auf.

»Hallo, David. Tut mir Leid, dass ich dich jetzt noch störe. Aber ich muss unbedingt mit dir reden.« Ihr Mund fühlte sich trocken an.

Aus verschlafenen Augen sah er sie an. Verwundert. Seine langen Haare waren nicht wie sonst zurückgebunden, sondern hingen ihm ungeordnet über die Schultern. Auf einmal verstand sie, warum manche Männer langes, wallendes Haar bei Frauen als Offenbarung verstanden. Ihr ging es im Moment nicht anders. Sie verspürte den unerklärlichen Drang, mit ihren Fingern in dieser dunklen Flut zu versinken. Sein sonstiger Aufzug bildete einen seltsamen, fast anrührenden Gegensatz zu dieser sinnlichen Haarpracht. Ein alter, verwaschener Schlafanzug. Die nackten Füße steckten in ausgetretenen Korkpantoffeln.

»Komm rein, aber sei leise! Meine Kinder sind heute hier. Hoffentlich sind sie nicht aufgewacht.« Er zog sie ins Hausinnere. »Lisa hat einen so leichten Schlaf.«

Auf dem Weg in die Küche erklärte er flüsternd: »Alexandra hat mir die beiden heut Abend ausnahmsweise vorbeigebracht. Sie musste dringend weg. Ihr Freund war nicht da und auf die Schnelle konnte sie keinen Babysitter organisieren.«

In der Küche angekommen schloss er vorsichtig die Tür hinter sich. Dann holte er eine Flasche Milch aus dem Kühlschrank. »Willst du auch was trinken?«

Lilian setzte sich an den Tisch. »Ja, gern.«

Sie wartete, bis er zwei Gläser eingeschenkt und sich gesetzt hatte.

»Was gibt's so Dringendes? Ist der Regensburger Dom eingestürzt? Sind die Außerirdischen gelandet? Oder konntest du nicht schlafen, weil du plötzlich festgestellt hast, dass du ohne mich nicht mehr leben kannst?«

Sie hätte sein breites, jungenhaftes Grinsen erwartet. Doch er war ernst und sah sie fast ein wenig schüchtern an.

»Wir haben Andreas Robners Mörderin gefunden.« Sie trank einen großen Schluck Milch. Wie gut das tat. »Deine Schwester hat nichts damit zu tun.«

Sie hörte, wie er tief ausatmete. Das war alles. Eine Zeitlang schwiegen sie.

»Ihr habt den Fall also abgeschlossen«, sagte David schließlich. »Komisch, du schaust gar nicht zufrieden aus.«

Sie drehte das Glas in ihrer Hand. Es war ein antikes Stück mit einem in sich verschlungenen Muster am geschliffenen Rand. »Du bist ein guter Beobachter. Weißt du ... Ich bin froh, dass Laura aus der Sache heraus ist. Eigentlich war sie ja nie richtig drin. Du hattest recht mit deinem untrüglichen, brüderlichen Gefühl. Trotz deiner Besorgnis. Es hört sich bestimmt doof an, wenn ich das jetzt sage – aber ich wusste, dass du recht hattest. Trotzdem hielt ich sie für verdächtig. Berufskrankheit, nehme ich an. Ich sollte mich wohl bei deiner Schwester entschuldigen. Und bei dir.« Sie war erstaunt. Über sich. Denn dieser Satz eben war ihr gar nicht besonders schwer gefallen. »Es war ein Zufall, dass Laura den Robner von früher kannte. Er kannte viele Frauen. Er suchte nach Frauen.« In einem Zug trank sie das Glas leer.

David schenkte nach.

Sie fasste sich an die Stirn. Ihre Schläfen pochten, der Nacken schmerzte. Sie bewegte die Zehen. Wie immer waren sie eiskalt. Das hatte sie seit damals. Seit sie mit der Mama zum Steg am See gegangen war ... Sie machte die Augen zu. Was für ein langer und anstrengender Tag. Es war Zeit für ihre wohlverdiente Ruhe. Sie wollte ins Bett. Außerdem täte es ihr gut, endlich regelmäßig Sport zu treiben. Die Zeit musste dafür einfach reichen. Dann würde es ihr sicher besser gehen, auch um halb ein Uhr nachts. Sie musste lachen. Wie kam sie mitten in der Nacht auf so absurde Ideen?

»Was ist denn so lustig?«

»Eigentlich nichts. Eigentlich bin ich furchtbar deprimiert. Die Welt ist ungerecht. Diese Frau, die den Robner getötet hat ... Sie hatte allen Grund dazu, wirklich. Trotzdem frag ich mich, warum sie ihm diese Macht über sich gegeben hat. Aber sie hatte wohl keine Chance gegen ihre Gefühle – sie liebte ihn. Sie wollte sich heute Abend selbst umbringen. Ich komme gerade aus der Klinik.« Lilian stützte die Arme auf den Tisch und legte ihren Kopf darauf. Eine bleierne Müdigkeit kroch durch ihre Glieder. »Es ist nicht gut, wenn man jemanden zu sehr liebt. Es kann einen zerstören.«

»Alles, was an Besessenheit grenzt, ist zerstörerisch«, sagte David mit belegter Stimme.

Da waren sie wieder, diese Augen ... Auf einmal musste Lilian an das Gänseblümchen-Foto auf Bruno Winters Schreibtisch denken. Eine so alltägliche, friedliche Situation. Ob Nicola schon damals daran gedacht hatte, einen Blick in jene verbotene Welt zu werfen? Lilian wurde schlecht. »Und was die Medien wieder daraus machen, das weiß man ja. Die werden alles furchtbar übertreiben. So dass ihre Kinder sich nicht mehr in die Schule trauen, weil die anderen sich über sie die Mäuler zerreißen. Und die Justiz erst ...! Oh Gott, manchmal wünsche ich mir wirklich einen anderen Beruf. Vielleicht sollte ich umschulen.« Sie lächelte. Bitter. »Oder mir eine dickere Haut zulegen.«

»Gute Idee. Bei diesem Job.« Er stand auf und stellte sich hinter ihren Stuhl. Dann fing er an, ihre Schultern zu massieren. Langsam und sorgfältig. Ihre Nackenmuskeln fühlten sich hart und verspannt an.

»Das tut gut. Woher kannst du denn das?« Sie schloss die Augen. Diesmal vor Behaglichkeit.

»Ich kann so manches, wovon du nichts ahnst. Du weißt eben meine Qualitäten nicht zu schätzen.« Seine Finger arbeiteten sich bis zu ihrem Haaransatz weiter und kehrten dann wieder zu ihren Schultern zurück.

»Ist das herrlich ... Das kannst du gern öfter machen.« Sie gab sich dem wohligen Gefühl hin. Seine Hände glitten über ihren Rücken. Manchmal tat es sogar fast ein wenig weh. Sie stöhnte. »Au, so fest brauchst du auch nicht zuzupacken.«

»Das liegt nicht an mir. Das liegt an deinen Muskeln. Sag mal, treibst du eigentlich Sport? Das täte dir sicherlich gut. Besser, als immer nur am Schreibtisch und im Auto zu hocken und dazwischen Verdächtige zu verhören.« Er schmunzelte. »Ach, übrigens ... Da fällt mir was ein, Frau Kommissarin. Jetzt bin ich ja nicht mehr der Bruder der Hauptverdächtigen. Glauben Sie, dass unsere Beziehung sich dadurch ein wenig ... verändern könnte?« Die Bewegungen seiner Finger wurden sanfter.

»Vielleicht.« Lilian beschloss, an nichts anderes mehr zu denken. Nur noch an seine Hände. Und an diese wohltuende Magie, die aus ihnen in sie hineinströmte.

Seine Finger wanderten zu ihren Schultern zurück. Die Berührung glich nun mehr einem zärtlichen Streicheln als einer effektiven Massage. Trotzdem wünschte sich Lilian, dass er nie damit aufhören würde. Das war einfach sagenhaft. Nur noch eine ganz gewisse andere Beschäftigung wäre schöner. Wenn sie nur nicht so müde wäre ...

Langsam ging die Tür auf. David hielt inne und drehte den Kopf. Auch Lilian schaute sich um. Ein kleines Mädchen mit halblangen, mokkabraunen Locken tapste in die Küche. In einem rosaroten Schlafanzug mit lilafarbenen Herzen darauf.

»Papa, was war denn das vorhin für ein Läuten?« Mit großen Augen sah sie David an.

David ging zu ihr und hob sie auf den Arm. »Du musst ins Bett, Lisa. Es ist schon ganz spät. Schau, draußen ist es dunkel.«

Lisa schob sich eine zerdrückte Haarsträhne aus dem Gesicht. »Ja, ich hab's gesehen, es ist ganz dunkel. Wer ist denn die Frau da, Papa?«

Lilian begrüßte das kleine Mädchen. »Ich heiße Lilian. Ich wollte deinen Papa nur kurz besuchen. Bin gleich wieder weg.«

Lisas Blick drückte tiefstes Verständnis aus. »Da freut er sich bestimmt. Dann ist er nicht so allein, wenn Christian und ich im Bett sind. Wo er doch so oft alleine ist.« Sie überlegte kurz. »Sag mal, spielst du gern mit Barbies?«

Ihr Vater gab ihr einen Kuss. »Schluss mit der Fragestunde, Lisa. Ich bring dich jetzt wieder ins Bett.«

Lisa gähnte. »Ich bin aber gar nicht müde, Papa.« Sie rieb sich die Augen.

Ihr Vater überhörte diesen Einwand und trug sie hinaus. Lisa winkte der unbekannten Besucherin noch zu. Als sie schon auf der Treppe waren, rief sie noch nach unten: »Wenn du gern mit Barbies spielst, kannst du ja mal wieder kommen. Du kriegst dann die mit den braunen Haaren.« Bedauernd fügte sie hinzu: »Die mit den roten Haaren kann ich dir nicht geben – das ist meine Lieblingsbarbie, weißt du.«

Lilian lächelte. Lisas Augen hatten ihr gefallen. Trotzdem vermisste sie Davids Hände auf ihrem Rücken. Sie hörte, wie im oberen Stockwerk eine Türe geschlossen wurde. Dann hörte sie nichts mehr.

Als sie aufstand, fragte sie sich, ob irgendwann einmal der richtige Moment kommen würde. Der richtige Moment für sie und David. Aber egal. Sie war ohnehin so müde, dass sie nur noch auf ihm eingeschlafen wäre. Und nur darum ging es sowieso nicht.

ENDE

Anmerkungen der Autorin

Da ich dieses Buch u. a. der Freiheit der Gedanken gewitmet habe, scheint es mir fast überflüssig zu sein, darauf hinweisen zu müssen, dass alle Personen, Namen und Handlung frei erfunden sind und Übereinstimmungen mit der Wirklichkeit rein zufälliger Natur sind. Anders verhält es sich mit der Stadt Regensburg. Hier habe ich direkte Anleihen bei der Wirklichkeit gemacht – Schulden, die ich wohl nie zurückzahlen kann.

Ich möchte allen, die mich bei diesem ersten literarischen Projekt unterstützt haben, danken und vor allem:

Herbert – *für deine unendliche Geduld (trotz der vielen langen Nächte ...) und deinen persönlichen Beistand*

Monika Angerer – *für das Lektorat der Rohfassung und deine konstante Motivation*

Gabriela Beer – *für psychologische Fachinformationen zum Thema Sado-Masochismus und praktische Vorgehensweisen in der Psychotherapie*

Dr. Christian Hilgarth und Dr. Jürgen Kern – *für die Beratung im biochemischen Bereich*

Herrn Rebele, Polizeisprecher der Stadt Regensburg – *für die Unterstützung bei meinen Fragen zu polizeilichen Ermittlungen*

Ina Reichenspurner – *für deine Anregungen zur Person des Viktor*

Dr. Leo Rupprecht – *für die Beratung bei medizinischen Details und Abläufen*

Sonja Schlappinger – *für die Beurteilung der Urfassung sowie für deine vielen positiven Gedanken, die mir sehr geholfen haben*

KRIMI IM GMEINER-VERLAG

Manfred Bomm
Himmelsfelsen

376 Seiten. 11 x 18 cm. Paperback.
ISBN 3-89977-612-7. EUR 9,90.

Der Himmelsfelsen hoch über Eybach: Eines Morgens tönt ein grausamer Schrei durch den friedlichen Ort und nichts ist mehr so, wie es einmal war. Ein Mann ist vom Felsen gestürzt. Selbstmord oder Mord? Wer könnte Interesse am Tod des Ulmer Diskothekenbesitzers haben? Seine zwielichtigen Geschäftspartner oder gar eine eifersüchtige Frau? Und weshalb muss der Bruder des Toten, eine stadtbekannte Persönlichkeit, noch mit einem weiteren Todesfall fertig werden? Fragen über Fragen – und ein verzwickter Fall für den sympathischen Hauptkommissar Häberle und sein Team.

Gunter Haug
Gössenjagd

280 Seiten. 11 x 18 cm. Paperback.
ISBN 3-926633-611-9. EUR 9,90.

Radurlaub mit Todesfolge! Mehr und mehr entwickelt sich der Österreichurlaub von Kommissar Horst »Hotte« Meyer und seinen Begleitern zum Horrortrip. Aus ist es mit den gemütlichen Weinproben in idyllischen Heurigen der Wachau und des Niederösterreichischen Weinviertels! Ist es wirklich ein Herzinfarkt, an dem der kerngesunde Weinhauer verstorben ist? Und weshalb klingelt der Fahrer des Leichenwagens an der Tür des quicklebendigen Künstlers, um den vermeintlichen Toten abzuholen? Wer hat ihm den Auftrag dazu erteilt? Welches mörderische Spiel wird hier in Wirklichkeit gespielt? Ein Spiel? Nein, ein tödlicher Strudel, in dem der Kommissar urplötzlich selbst zu versinken droht.

GMEINER-VERLAG

www.gmeiner-verlag.de

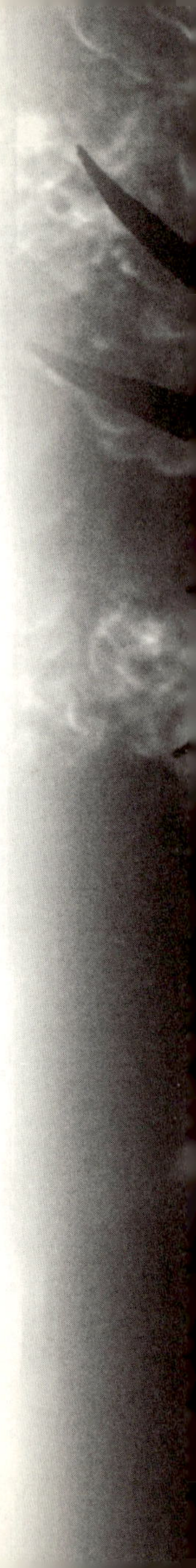